KB114878

나쓰메 소세키에서
무라카미 하루키까지

키워드로 읽는 日本 문학 2

근현대문학

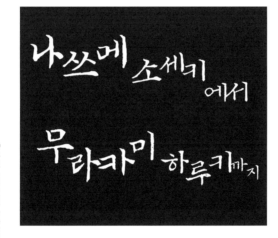

나쓰메 소세키에서 무라카미 하루키까지

【 한국일어일문학회 지음 】

글로세움

일본 근현대문학의 이해

1868년 메이지(明治) 신정부가 탄생한 후, 섬나라 일본은 장기간의 쇄국정치를 끝내고 외국에 문호를 개방하였다. 일본은 극히 짧은 기간에 서구 열강과 더불어 열강국가의 대열에 설 수 있는 자본주의 국가가 되었고, 이 과정을 일본역사에 있어서 근대(近代)라고 한다. 이러한 근대화의 과정에서 일본은 문명개화(文明開化)를 표어로 내세워 서양의 사상과 문화에 강한 영향을 받게 됨과 동시에 갑작스런 변화에 따른 무리와 모순도 발생했다. 문학 또한 근대화의 영향 아래 여러 가지 형태로 탈바꿈하면서 근대적 조건을 갖추어갔다. 근대 시민사회의 도래와 함께 봉건사회가 기반인 근세문학이 근대문학의 성격을 띠게 되면서 근대를 살아가는 사람들의 제반 문제를 추구하게 되었다.

문학(文学)이란 단어는 처음에는 유학(儒学)을 중심으로 하는 무사계급의 교양 전반을 나타내는 말이었지만, 차츰 '언어예술'이라는 근대적 개념으로 바뀌었고, 소설이 근대문학의 중심이 되었다.

문학사는 역사의 시대구분에 맞추어 그 범위를 정하는 것이 일반적이다. 여기서는 소설의 흐름을 메이지시대 전기(1868~1885), 메이지시대 후기(1886~1912), 다이쇼시대(1912~1926), 쇼와시대 전기에서 전전(戰前) 기간(1926~1945), 전후(戰後)에서 현대까지(1945~) 크게 다섯 기로 나누어 살펴보겠다.

메이지(明治) 전기에는 서양화의 물결을 타고 계몽사상가나 선각자들에 의한 외국문학의 소개가 처음 등장했다. 그중에서 유럽의 자유·평등 정신을 일본에 가져온 대표적인 사람은 후쿠자와 유키치(福沢諭吉)로 그는『학문의 권장』(学問のすすめ)에서 인간은 누구나 평등하게 태어나지만 학문을 하면 출세할 수 있다고 역설하였다. 봉건제도 아래 있던 당시 일본인들에게 이런 사상은 충격적이었고 감격을 선사했다.

또 자유민권운동을 주장하는 사람들은 정치가로서의 출세를 목적으로 스스로 정치소설을 쓰기 시작했다. 출판 인쇄의 발달과 더불어 많은 독자들을 확보한 정치소설가들이 국회의원에 당선되면서 정치소설이 붐을 일으켰다. 특히 도카이 산시(東海散士)의『미인의 기구한 운명』(佳人之奇遇)은 사회주의를 제창하는 정치가의 모험담과 연애를 혼합한 소설로 큰 인기를 얻었다.

메이지 후반기에 이르러 비로소 일본 근대문학이 전개된다.

쓰보우치 쇼요(坪内逍遥)는 '소설의 핵심은 인정(人情)이고, 그 다음이 세태풍속이다'로 시작되는 논문『소설신수』(小説神髄)에서 근대문학의 방향을 제시하였다. 그는 인간 본래의 모습은 욕망의 존재라고 인간 본질을 파헤치며 '인간의 내면을 그려가는 것이 문학'이라고 주장했다. 그리고 '있는 그대로의 사실'을 나타내는 것을 문학으로 규정하였다. 이러한 사실주의에 입각해 구어체 문장으로 쓴 후타바테이 시메이(二葉亭四迷)의 『뜬구름』(浮雲)은 일본 최초의 근대소설로 자리잡고 있다.

이런 서양화의 흐름에 반발하여 전통문학을 강조하는 작가들도 있었다. 그들은 고전주의에 입각해서 고전적 문체와 테마를 유지하면서 근대문학과 연결하려고 했다. 고다 로한(幸田露伴)은 일한문혼용체로 쓴 그의 대표작 『고쥬노토』(五重塔)에서 무사와 같은 강인한 인물을 등장시키고 있다.

한편, 이 시기에 독일 낭만주의 문학에 영향을 받은 모리 오가이(森鷗外)는 생명력 넘치는 청춘과 자아 확립, 이상적인 아름다운 드라마를 추구했다. 자기의 독일 유학 경험을 바탕으로 쓴 『무희』(舞姫)는 전아한 분위기의 일본의 엘리트 유학생과 독일 아가씨와의 슬픈 사랑 이야기다. 작품은 일본에 처음으로 '자아'라는 개념을 가져온 문학사적 의의가 있다.

낭만주의가 지나치게 이상을 추구하는 관념성에 반발해 자연주의 문학이 일어났다. 원래 자연주의는 19세기 프랑스를 중심으로 일어난 문학사조로 문학에 있어서도 과학적 실증법을 도입하여 이상과 관념을 버리고 진실된 인간의 모습을 그려내자는 주장이다. 에밀 졸라의 사상에 입각해 쓴 나가이 가후(永井荷風)의 『지옥의 꽃』(地獄の花)은 전기 자연주의의 작품으로 알려져 있다.

그러나 이러한 과학적인 방법이나 실증주의는 일본인들에게는 받아들여지지 않았다. 서양의 자연주의는 그대로 받아들여지지 않고 일본식 자연주의를 만들어 냈다. 다야마 가타이(田山花袋)의 『이불』(蒲団)

은 남녀 간의 문제를 노골적으로 그린 문제작이면서 일본식 자연주의를 결정한 작품으로 알려져 있다. 그 밖의 자연주의 문학의 대표작으로 주인공의 출신성분과 사회적 지위 문제를 중심으로 인간의 고뇌를 그린 시마자키 도손(島崎藤村)의 『파계』(破戒)가 있다.

다이쇼(大正) 시대에 이르러 추한 면을 들추어내는 것이 진실이라고 생각하는 자연주의에 반발하는 반(反)자연주의가 등장한다. 이들은 다양한 형태로 문학적 개성을 피워나갔다. 첫째, 관능과 정서에 호소하는 미적 세계를 추구했던 나가이 가후(永井荷風)와 다니자키 준이치로(谷崎潤一郎) 등의 탐미파(耽美派) 문학이 있다. 둘째, 이상주의적 개인주의를 주창하고 인간의 고귀함과 이상을 추구했던 무샤노코지 사네아쓰(武者小路実篤) 등의 시라카바파(白樺派) 문학이 있다. 셋째, 현실을 있는 그대로 그리는 것이 아니라 이지적으로 재구성해야 한다고 주장한 아쿠타가와 류노스케(芥川龍之介) 등의 이지파(理知派)가 있다. 그리고 마지막으로 고답파(高踏派) 혹은 여유파(余裕派)로 불린 일본 근대문학의 양대 거두 모리 오가이(森鷗外)와 나쓰메 소세키(夏目漱石) 문학이 있다.

쇼와(昭和) 시대가 개막되고, 제1차 세계대전을 전후해서 프롤레타리아 운동이 전개되었다. 눈앞에 먹을 것이 없는데, 인간의 고귀성, 미, 이지를 찾는 것은 부르주아들의 문학이라고 비난하면서 노동자들을 위한 문학의 필요성을 강조한 것이 프롤레타리아 문학이다. 이는 마르크스 사상을 토대로 노동자 계급의 자각과 생활의 향상을 목표로 했다.

이에 대한 반동으로 예술파 운동이 일어났는데, 문학은 무언가의 수단이 아니라 그 자체에 가치가 있다고 생각하는 작가들이 표현을 쏟아냈다. 가와바타 야스나리(川端康成), 요코미쓰 리이치(横光利一), 이부세 마스지(井伏鱒二) 등이 대표적 작가들이다.

제2차 세계대전 후는 문학운동이 성립하지 않았다. 문학이란 자명한 것으로 '문학이란 무엇인가'라는 모색이 필요없게 되었기 때문이다. 이 시기에는 가와바타 야스나리, 다니자키 준이치로, 시가 나오야 등 대가(大家)들이 침묵을 깨고 등장한다. 그리고 그 후에 전후파라고 불리는 미시마 유키오(三島由紀夫), 오오카 쇼헤이(大岡昇平) 등이 전쟁을 테마로 활동한다.

전쟁의 흔적이 사라지고 야스오카 쇼타로(安岡章太郎), 엔도 슈사쿠(遠藤周作) 등의 제3의 신인(第3の新人)이 등장하는데 이것은 문학운동 그룹이 아니라 사제관계가 중심이 되었다.

그 이후는 탈이데올로기 문학 세대인 내향의 시대(内向の時代), 신세대 작가(新世代の作家) 문학으로 계속된다.

근대문학의 중심은 소설이지만 시가문학도 많이 발전했다. 근대의 일본시는 서양시를 번역하면서 출발하였다. 신체시(新体詩)에 이어 자아의 각성과 해방을 노래한 낭만시 그리고 상징시가 발달하였다. 특히 탐미파 작가들은 동인지 「스바루」(スバル)를 중심으로 관능의 세계를 노래했다. 다카무라 고타로(高村光太郎)는 구어체의 기반을 이루었다. 나카무라 시게하루(中村重治)는 서구의 영향을 받아 지성미 넘치는 프롤레타리아 시를, 미요시 다쓰지(三好達治)와 나카하라 주야(中原中也)는 모더니즘의 시인으로서 활약했다.

단가(短歌)에 있어서도 와카(和歌)의 혁신 운동이 일어났다. 혁신 운동으로는 마사오카 시키(正岡子規)가 중심이 된 사실주의파와 요사노 뎃칸(与謝野鉄幹)을 중심으로 한 낭만주의를 주장하는 명성파(明星派)가 중심이 되었다.

하이쿠는 시가종합잡지「호토토기스」(ホトトギス)를 중심으로 객관적 사생을 중시한 마사오카 시키가 이끌었고 점차 자유율 하이쿠로 발전하였다.

일본에 살고 있는 동포들의 문학을 통틀어 재일동포문학 또는 재일조선인문학이라고 한다. 선구자는 최초로 아쿠타가와상 후보에 오른 김사량을 비롯하여 주로 1세대인 김달수, 김석범들이 주역이다. 이들은 일본에서 살아가는 조선인의 문제들을 다루어 문학활동을 전개했다. 그 뒤를 이어 이회성, 이양지, 유미리, 현월 등이 아쿠타가와상을 수상하면서 일본 문단에서도 큰 비중을 차지하게 되었다. 이들은 민족차별문제에 국한되지 않고 가족문제, 사회문제, 공동체에서의 소외문제 등을 심도 있게 다루고 있다.

신변잡기를 주로 한 일본의 사소설과는 달리 문제의식과 지성인들의 역할 등이 돋보이는 재일문학의 리얼리티는 많은 일본 독자들을 사로잡고 있다.

2003. 11

장남호

목 차

4. 쇼와시대의 개막과 전전(戰前) 기간 (1926~1945)

5. 전후(戰後)에서 현대까지 (1945~)

■ 시

■ 재일문학

메이지시대 초기 (1868~1885)

■ 소설

메시지시대 초기의 개괄

실용학문을 익히는 것만이 개인과 국가의 독립을 유지할 수 있다

과도기적 계몽기의 번역문학과 정치소설

■ 소설

메이지시대 초기의 개괄

【임종원】

메이지시대는 크게 1885년을 기점으로 두 시기로 나눈다. 전반기는 과도기적 계몽시대로 문명개화와 문학의 공익화의 시대라고 할 수 있다. 메이지 초기의 문예 경향은 에도 말기에서 근대 초기까지 이어진 게사쿠 문학과, 계몽 사조에 의한 문명사와 개화사, 번역문학과 정치소설의 유행으로 볼 수 있다.

■ 게사쿠 문학

게사쿠(戯作)는 근세 중기에서 메이지 초기에 이르기까지 주로 산문에 의한 통속문예를 총칭하는 문학의 장르로서 관정기(寛政期, 1789~1801)를 경계로 전후 2기로 나눌 수 있다. 전기 게사쿠는 주로 지식인의 여기(余技)로 시작되었다. 본래 전통적인 문예-'我'의 문예-에 종사하여야 마땅할 지식인들이 통속적인 문예에 관계했을 때의 변명과도 같은 표현으로 희작(戯作)이라 했던 것으로 이해되고 있다. 그것은 여가 선용의 의미이기도 했고, 또한 일단의 지식인으로서 통속문예의 필법을 빌어 서민의 교화에 뜻을 둔 사람도 있었다.

그들 가운데는 문장 표현상의 재미에 매력을 느낀 사람도 있었는데, 그것이 관정기의 개혁기(1787~93)라는 자유로운 시대 분위기를 반영하여 '재미'(おかしみ)를 유일무이한 미의식(美意識)으로 삼은 희작의 문학관을 완성시킨 것이다. 단지 웃음을 자아내기 위해서 모든 표현과 기교가 동원되었으며, 꿰뚫어본다는 의미의 '우가치'(うがち)와 농으로 돌리다, 얼렁뚱땅한다는 의미의 '차카시'(ちゃかし)라는 발상이 전개된다. 이와 같이 게사쿠 문학은 시대에 따라 발전하고 완성되었다.

전기 희작자의 대부분이 무사계급에 속해 있었는데, 당시는 무사로서의 본분이 엄격히 요구되었고, 더구나 웃음의 문예로서 게사쿠의 한계 역시 뻔한 것이기도 해서 그들 대개가 활동을 그만두고, 작자층의 대폭적인 전환이 이루어진다. 이후 후기 게사쿠의 시대가 열린다.

후기 희작자는 초닌(町人:반 상인계급, 혹은 서민의 총칭)과 하급무사 계층으로, 희작자가 되는 것을 곧 지식인으로 인정받는 절차로 생각한 사람들이었다. 웃음을 테마로 삼는 한 내용이나 표현기법은 전 세대에 의존했고, 질적으로는 저속했지만 한편으로는 웃음으로부터 벗어나고자 하는 주정적(主情的)인 닌죠본(人情本), 전기(伝奇) 취향의 구사조시(草双紙)로 발전해 그 나름의 세련미를 더하고 대중화시켰다. 교쿠테이 바킨(曲亭馬琴)이 스스로를 희작자로 불리는 데 저항감을 가진 이유를 여기서 찾을 수 있을 것이다.

근세 후기의 게사쿠는 현실을 대상으로 하면서도 인간과 삶의 파악이라는 문제에서 점차 멀어지고, 우가치 발상은 점차 그 예리함을 잃고 말았다. 희작자들은 글을 팔아 생계를 잇기 위해서는 독자에게 아부할 수밖에 없었고, 작품 속에 다양한 서비스적 요소를 가미하게 된다. 한편 그들은 문인으로서의 자만도 가지면서, 아부와 자만, 비하와 교만이 합치한 '비하만'(卑下慢)이라는 희작자적 스타일을 낳았다.

메이지시대에 들어와서도 가나가키 로분(仮名垣魯文), 만테이 오가(万亭応賀) 등의 활동은 계속되었지만, 근대소설은 이 오락적인 문학의 희작성을 부정하는 것으로부터 출발했고 새로운 소설을 '창작'(創作)이라고 부르게 된다.

그러나 게사쿠시대에 일본의 소설은 장편소설의 형태와 구어적 표현, 또 훗날 비난을 받게 되지만 일단의 성격이나 심리묘사 방식 등을 서서히 양성해갔던 점을 간과해서 안 될 것이다.

■ **문명사 · 개화사**

후쿠자와 유키치(福沢諭吉)가 『학문의 권장』(学問のすすめ), 『문명론의 개략』(文明論の概略) 등을 발표하던 시기는 『General History of Civilization in Europe』을 저술한 프랑수아 기조(F. Guizot)와 『History of Civilization on England』를 지은 버클(H. T. Buckle)을 본보기로 '문명사' 혹은 '개화사'라는 말이 하나의 사상적 조류를 이루고 있었다. 이것은 후쿠자와 유키치에게만 해당하는 것은 아니다.

'문명'(文明)이란 'civilization'의 번역어이고 '개화'(開化)는 'enlightenment', 또는 'Aufklärung'의 번역어이다. 이전까지 일본에는 문명이나, 개화의 개념이 없었다. 다쿠치 우키치(田口卯吉)의 『일본

개화소사』(日本開化小史, 1817~82)는 문명사의 관점에서 일본의 옛 역사를 뒤돌아본 최초의 근대적인 역사서라고 할 수 있다. 비슷한 시기에 기타가와 후지타(北川藤太)가 쓴 『일본문명사』(日本文明史, 1819)가 출간되었고, 와타나베 슈지로(渡辺修次郎)의 『문명개화사』(文明開化史, 1820), 개진당(改進党)의 사상가 후지타 시게키치(藤田茂吉)의 『문명동점사』(文明動漸史, 1824) 역시 대단한 명저로서 모두 일본 근대사에 있어서 고전(古典)으로 평가받고 있다. '문명동점사'란 유럽의 문명이 일본에 옮겨갔다는 의미에서 '동점'(動漸)의 역사가 되는 것인데, 네덜란드학문(蘭学)의 다카노 초에이(高野長英), 와타나베 가잔(渡辺華山)의 주변에서 시작하여 넓은 의미로서의 문화의 접촉으로서 사상사(思想史)라는 새로운 학문 분야를 이해하고 있다.

이와 같은 책들 외에도, '문명사'라는 이름을 붙인 책들이 이 시대에 상당수 발표되었다. 대부분 기조와 버클을 읽고 서양의 시각으로 일본의 문명을 회고한다면 어떤 결과가 나올 것인가 하는 문제를 전제로 서술된 것들이라 하겠다.

■ 정치소설

정치소설(政治小説)은 특정의 정치적 이데올로기를 고취시킬 목적으로 쓰여진 경향소설을 말한다. 문학사적으로는 1878년경에서 1888년경까지 자유민권사상을 민중에게 보급시키기 위해 쓰여진 소설군을 말하기도 한다. 서양문명 이입의 풍조에 따라 정치소설이, 자유민권운동(自由民權運動: 메이지시대 초기에 국민의 자유와 권리를 주장한 운동으로 주로 국회 개설을 요구했음)이 활발하게 전개되는 것과 더불어 정치적 이상의 실현과 인간 해방을 목적으로 유행했다.

야노 류케이(矢野竜渓)의 『경국미담』(経国美談)은 민권확립과 국권 신장이라는 주제를 명확히 제시했고, 도카이 산시(東海散士)의 『미인의 기구한 운명』(佳人之奇遇)은 낭만적인 연애를 중요한 소설적 흥미로 삼으면서, 제국주의의 희생물로 이용된 약소민족의 비애를 묘사한 서사시적 작품으로 동시대의 청년층으로부터 열광적인 지지를 받았다. 이들 작품의 뒤를 이어 나타난 정치소설은 점차 사실주의적인 경향이 농후해지는데, 대표작으로는 스에히로 뎃초(末広鉄腸)의 『설중매』(雪中梅)를 들 수 있다.

정치소설은 자유민권운동이 종식된 888년(明治 20년) 전후에 이르러 급속히 장르로서의 생명을 잃게 된다. 문체가 고풍스러운 한문체인데다가 등장인물 역시 유형성(類型性)을 면치 못했기에 근대적인 문학으로 발전할 가능성이 희박했기 때문이다. 그러나 정치와 사회의 문제를 놓고 진지하게 대결하고자 한 작자의 자세는, 지식인들로부터 멸시받아 왔던 소설의 지위를 향상시키는 데 공헌한 바가 컸다고 할 수 있다.

■ **계몽사상과 번역소설**

근대 초기에는 유럽의 계몽사상이 압권을 이루었다. 메이지유신과 더불어 사상계를 지배하기에 이르렀던 것은 막부시대 말기에 출현했던 복고적인 사상이 아니라 후쿠자와 유키치(福沢諭吉), 니시 아마네(西周), 가토 히로유키(加藤弘之), 나카무라 게이우(中村敬宇) 등 서양일변도의 지식인 그룹에 의한 계몽사상이었다.

대개가 도쿠가와 막부 정권의 기술 관료였던 그들은 진보적 학문 그룹인 메이로쿠샤(明六社)를 결성하여, 『학문의 권장』, 『문명론의 개략』, 『자유의 이치』(自由之理) 등 다채로운 저술과 번역활동을 통해 민중에게 서양문명에 대한 각성을 호소했다. 그 활동은 정부의 부국강병의 노선을 이론적으로 대변하는 것이었다.

계몽사상으로 각성된 민중은 한 걸음 나아가 정치적인 주체로서의 자각을 하게 되어 자유민권운동에 적극 가담함으로써 인민주의, 지방자치, 저항권, 혁명권 등의 사상으로 무장하여 정치권력과 투쟁하는 과정에서 민중봉기나 데모 등을 일으키게 된다.

이러한 자유민권사상의 폐허 위에 주창된 것이 천황제사상이다. 이는 1890년 대일본제국 헌법과 1891년의 교육칙어에서 실체화되고 확립된 것으로, 천황에게 정치적 주권자로서뿐만 아니라 도덕적 중심자로서의 지위를 부여했다. 그 후 교육칙어는 학교 교육의 경전이 되었고 국가주의와 유교가 혼합된 교육이 국민에게 강요되었다.

메이지시대 최초의 10년은 계몽시대이며 실용주의, 주지주의 사상이 지배했다. 문학과 같이, 직접적으로 사회적인 효용이 없는 것은 무시되고 에도시대에서 전래된 게사쿠나, 가부키와 같은 것이 겨우 명맥을 유지했던 것을 제외한다면, 과거 막부의 관리이거나 반체제적인 재야의 숨은 인사들이 정치와 풍속 세태를 조소하거나 풍자한 희문(戲文)이 있음에 불과했다.

1879년 번역소설 『화류춘화』(花柳春話, 로드리튼 作)가 발표된 뒤로 서양의 풍속과 인정을 직접적으로 알기 위해서는 소설밖에 없다는 인식이 퍼지게 되었으며 번역소설이 유행을 한다. 한편으로는 자유민권의 열기가 높아진 결과 정당들이 자당의 선전, 민중의 정치적 계몽을 목적으로 정치소설의 창작과 번안을 시도하게 되었고, 경향문학으로서의 『경국미담』, 『미인의 기구한 운명』 등이 출판되었다. 이러한 현상은 번역문학이나 정치소설이 실용적인 의미에서 출발했다고는 하나, 문학의 사회적 의의를 계몽했고 그 가치를 인식시키는 데 기여했음을 보여주는 것이라 할 수 있다.

일반적으로 이 시대를 풍미했던 것은 서구 모방의 풍조였고, 서양의 시를 흉내내어 일찍이 없었던 신체(新体)의 시풍을 일으켰으며 근대시의 시조가 되었던 것이 『신체시초』(新体詩抄, 1883)이다.

■ 소설

실용학문을 익히는 것만이 개인과 국가의 독립을 유지할 수 있다

후쿠자와 유키치 『학문의 권장』

【황호철】

1860년, 일본의 간린마루(咸臨丸)호가 미국을 향해 떠난다. 그 배에는 막부의 결정에 따른 일본 최초의 사절단이 타고 있었다. 서양의 항해술을 배운 지 얼마 되지 않은 일본인만으로 배를 항해하여 태평양을 건넌다는 것은 목숨을 건 큰 모험이었지만, 외국의 모습을 실제로 확인하고 싶었던 후쿠자와 유키치(福沢諭吉,1835~1901)는 사령관 종자로서 승선하여 오랜 항해 끝에 미국에 도착한다.

후쿠자와는 미국인에게 초대 대통령인 워싱턴(George Washington)의 자손은 지금 어떻게 지내고 있는지 물어보았다. 그런데 이상하게도 아무도 아는 이가 없었다. 즉, 미국인들은 미국을 독립시킨 워싱턴은 훌륭한 대통령이지만, 그 자손의 위인됨은 전혀 다른 문제라고 생각한 것이었다. 인간의 위대함이 일본처럼 가문이나 신분의 고하에 있지 않고, 개인에게 달려 있다는 사고방식에 후쿠자와는 깊은 감동을 받는다.

미국에서 돌아온 그는 지금 외무성의 역할을 하는 관청에서 외국문서를 취급하는 외국봉행번역원(外国奉行飜訳員)으로 근무하고, 외국

방문에서 듣고 배운 신지식을 기초로 적극적인 활동을 시작했다.

1862년, 막부는 유럽 여러 나라에 사절을 보내기로 한다. 후쿠자와는 통역관 자격으로 그 일행에 합류하여 프랑스, 영국, 네덜란드, 도이치, 러시아, 포르투갈 등을 거쳐 다음해 12월 귀국했다. 이 여행에서 후쿠자와는 직접 보고 느낀 유럽의 발달된 기술과 훌륭한 문화를 정리하여 『서양사정』(西洋事情, 1866)이라는 책을 펴냈다. 이 책은 일본인들에게 서양문명의 정확한 모습을 전달한 것뿐만 아니라 '메이지'(明治)라는 새로운 시대를 여는 원동력이 되었다.

후쿠자와 유키치

1868년 메이지유신(明治維新) 이후, 후쿠자와는 문명개화론의 선구자로 활동하며 서구 열강의 개방 압력에 놓인 일본에게 근대화에 관한 당면한 기본적 과제를 제시한다.

"지금의 일본 국민을 문명의 길로 나아가게 하는 일은 이 나라의 독립을 보존하기 위한 것일 뿐이다. 그러므로 나라의 독립은 목적이고, 국민의 문명화는 이 목적에 이르는 수단, 방법이다."

그는 당시 일본 민중을 무지문맹하다고 보고 이러한 상태로는 개인의 독립뿐 아니라 국가의 독립도 기대할 수 없다고 생각했다. 따라서 무지를 깨우치는 것이 국가의 급선무이며, 이는 교육을 통해서만 이루

후쿠자와 유키치와 유럽에 파견된 막부 사절단

어질 수 있다고 주장했는데, 교육내용은 서양학문으로서 일상생활에 필요한 실학(実学)이어야 한다고 여겼다. 즉 후쿠자와 유키치는 실학을 통해서만이 문명개화가 가능하고 문명개화만이 일신독립으로 나아갈 수 있다고 하여 '일신독립 일국독립'(一身独立 一国独立)이라는 일정한 방식을 확립했던 것이다.

그의 문명개화론은 나라의 독립을 유지하기 위한 수단으로서의 문명화였다. 단순히 문명화를 위한 문명화가 아니고, 서구 열강의 침략에서 자국을 보호하는 방법론으로서의 문명론이 그의 문명개화론이다. 좀더 구체적으로 말하자면, 문명이란 결국 사람의 지혜와 덕의 진보를 뜻하고 국민의 문명 수준은 국민의 심리발달 수준을 뜻하는데, 서양문명의 본질은 지혜에 있고, 동양문명의 본질은 고루한 덕에 있기 때문에 일본이 근대화를 이루고 개인의 독립과 국가의 독립을 이룩하기 위해서는 서양 실학에 의한 지혜의 문명을 받아들여야 한다는 것이 그의 문명관이다.

후쿠자와가 국가의 독립에 대하여 본격적으로 논한 것은 『학문의 권장』(学問のすすめ, 1872~76)에서부터였다. 이 책은 근대화로 가는 길목에 있는 모든 일본 국민의 교과서적인 책으로서, 나라가 독립하기위해서는 국민 전체가 독립심을 가져야 한다는 주장과, 국민이 독립의 기

력을 갖지 못하면 나라의 독립도 지킬 수 없다는 사상이 담겨 있다. 특히 '나라와 나라는 동등하지만, 나라 전체의 인민에게 독립의 기력이 없을 때는 한 나라의 독립의 권한은 신장하지 못한다'는 '일신독립 일국독립'의 주제 아래, 독립심이 없는 국민이 가져올 폐해에 대해 경고하고 있다.

그의 교육목적은 결국 나라의 독립을 유지하기 위한 것이다. 따라서 그는 국민 모두가 교육을 통해 실용적인 학문을 익히는 것만이 개인과 국가의 독립을 유지하는 데 중요하다는 사실을 지적하고 있다. 때문에 『학문의 권장』에서 서양의 학문을 익히는 것이 나라의 문명화를 가져오며, 나라의 진정한 독립을 이룩하게 된다는 귀납적 논리성을 확인할 수 있다.

또 그는 국가와 국가는 서로 동등하지만 그 국가 속에서 개개인이 독립자영의 기력이 없는 자는 세 가지의 악행에 떨어지고 만다는 것을 역설하고 있다. 개인이 무기력하면, 첫째 나라를 생각하는 마음이 절실하지 않게 되고, 둘째 외국인을 대할 때 독립자영의 뜻을 신장할 수 없게 되고, 셋째 모든 것을 자기가 하지 않고 남에게 의뢰하여 결국 나라를 팔아 넘길 우려가 있다는 것이다. 이를 방지하기 위해 사농공상(士農工商)이 다같이 독립자영하여 나라를 지켜야 한다는 주장이다.

후쿠자와가 말하는 학문의 목적을 더 구체화시키면 구습일소(旧習一掃)와 국민성 개혁이다. 그는 일본의 구습, 바꿔 말해 문명화를 지연시키는 관습들은 주로 유교적인 사고방식에서 나온 것이라고 생각했다. 그래서 유교적인 기풍을 일본에서 완전히 일소하고자, 전국을 두루 다니며 민중 계몽에 힘썼고 눈부신 저술활동을 전개했다.

일본사회를 처음 개화하는 데 촉진제가 되었던 네덜란드학(蘭学)과 실학, 그리고 서유럽을 두루 살필 수 있었던 후쿠자와는 계몽주의적인 교육활동을 시작하는데, 가장 시급한 일로서 학교를 세워 가능한 빠른 시간 내에 국민 의무교육을 실행해야 한다고 주장했다. 그는 교육목적의 본뜻을 국민의 무지부덕의 감소, 복지의 증대라고 규정하여 국민에게 국가시책과 국법에 대한 존중과 순응력, 판별력 등을 길러 새로운 복지사회 건설에 필요한 노동력과 기능을 창출하고자 했다.

이 밖에도 후쿠자와는 부국강병을 주장하여 자본주의 발달의 사상적 근거를 마련하고, 1882년 『시사신보』(時事新報)의 주필이 되어 끊임없이 민권과 국권의 신장을 주장했으며, 만년에는 여성의 지위 향상에 크게 공헌했다.

■ 소설

과도기적 계몽기의 번역문학과 정치소설

도카이 산시 『미인의 기구한 운명』

【김용안】

메이지 초기 소설 분야에는 백치적인 관능소설, 저급 신파조의 인정소설 등 전근대적인 게사쿠(戱作) 문예가 여전히 뿌리깊게 남아 서민들의 퇴폐적인 오락 수준으로 정체되어 있었다. 게사쿠가 에도의 답습 형태로 잔존하고 있는 한편, 번역문학과 정치소설은 문예 형식을 빌린 광의의 계몽운동으로 유행하고 있었다. 이것은 육체만 있고 사상이 없는 백치문학과 사상만 존재하는 경향문학으로, 양쪽 모두 치명적인 결함을 갖고 있었다.

문명개화를 모토로 하는 이 시대에서 변화를 주도하는 세력은 외국의 성과를 번역하고 소개하는 데 주력했다. 그것이 자기 힘으로 발견하고 고찰하는 것보다 훨씬 효과적이었기 때문이다. 진리이기 때문에 이익이 되는 것이 아니라, 이익이 되기 때문에 진리라는 것이 이 시대를 지배하는 담론이었고 이를 배경으로 태어난 것이 정치소설이다.

우선 정치소설의 외연(外延) 역할을 했던 번역문학에 대해 살펴보자. 초창기 번역문학이 일본 근대문학에 끼친 영향은 이루 다 헤아릴

도쿄, 신바시 정거장역 앞의 철도마차. 당시 도쿄역은 없었고, 신바시역이 도쿄의 현관이었다.

메이지무라에서 개통된 증기기관차의 등장

수 없다. 번역문학은 서양의 정치나 사상 풍속을 소개하기 위하여 시작되었는데 서양에 대한 관심이 높아짐에 따라서 큰 반향을 불러일으켰다. 처음에는 계몽성이 강했지만 점차 문학적인 의식도 나타나기 시작했다.

영국의 로드 리튼 원작을 니와 준이치로(丹羽純一郎)가 한문체로 번역한 『화류춘화』(花柳春話, 1878)는 이후 번역소설의 이정표가 되는 기념비적인 작품으로서, 정치소설과 연애소설을 합권한 소년의 출세담 내용으로 독자들에게 널리 애독되었다. 프랑스 J.베른 원작, 가와시마 주노스케(川島忠之助) 번역의 『80일간의 세계일주』에는 증기선, 기차, 기구, 잠수함 등 당시로서는 놀랄 만한 신기술이 등장하며 세계일주까지 감행하는 식의 획기적인 내용이 많아 당대 사람들을 경악시키고 서구붐을 조성하는 데 큰 역할을 했다. 그와 동시에 국민 일반에 대한 세계사적 계몽은 급속하게 진전되고 『서양 개화사』, 『영국문명사』 등의 정사도 많이 번역되었다. 정치소설로서는 사쿠라다 모모에(桜田百衛)가 프랑스혁명을 다룬 알렉상드르 뒤마의 역사소설 『어느 의사의 회상록』을 번안했고, 미야자키 무류(宮崎夢柳)가 역시 뒤마의 『바스티유 탈취』를 의역해서 『자유개선가』(自由凱旋歌)라는 제목으로 출판하고 스테프냐쿠

원작의 『지옥의 러시아』를 『귀추추』(鬼啾啾)라는 제목으로 출판했다.

야나기타 이즈미(柳田泉)는 『자유개선가』의 번역 수준에 대해 "굉장히 묘한 번역을 한데다가 내용의 증감을 마음대로 하고 전후 혼동은 말할 것도 없는 창작 수준의 호걸 번역이다. 또한 역사소설이어야 할 이 소설에 번역자의 감상이나 자유민권의 선전이나 귀족의 횡포 등이 가해져 결국은 정치소설로 날조해냈다"고 혹평했다고 한다. 이는 당시 번역 문예의 현주소를 집약하는 발언이었다. 하지만 원본을 능가하는 탁월한 번역도 등장하기 시작한다.

이러한 일련의 번역문예는 기나긴 동안 안분지족(安分知足)하던 자폐적 에도문화에 큰 충격을 던졌다. 서양정신의 영향으로 지금까지 없었던 것, 앞으로 어떻게 될지 모르는 미지의 세계에 일본인이 주목하기 시작한 것이다. 기나긴 동면 속에 있던 일본인의 인식이 족쇄에서 풀려나고, 종래의 인식으로는 추악하게 보이는 것까지도 가치가 있는 것으로 보이게끔 되면서, 기존의 일본문예에서 불문율처럼 여겨지던 '문예는 모름지기 고상하고 우아한 것을 추구해야 한다'는 지배계층의 논리와 '재미와 오락성으로 충만하면 된다'는 서민문예의 논리가 동시에 붕괴되기 시작했다. 문예를 담당하는 사람들은 기존의 가치를 헌신짝처럼 벗어 던지고 서양 일변도의 문예를 좇아 질주하기 시작하는데, 이것의 등대 역할을 담당한 것이 이른바 정치소설이다.

도카이 산시(東海散士, 1852~1922)의 『미인의 기구한 운명』(佳人之奇遇)은 바로 이런 배경 아래에서 태어났다. 미국 필라델피아의 독립각 누상에서 미국독립전쟁을 생각하고 있던 도카이 산시는 스페인 왕당파에 잡혀있던 아버지를 구출하려는 스페인의 미인 유란(幽蘭)과 아일랜드독립운동에 참가하고 있는 아일랜드 여지사 코렌(紅蓮), 이렇게 두 미녀를 만난다. 이윽고 유란의 아버지를 구출하지만, 유란의 기구한 운명이 이어진다. 유란과 산시의 이별과 해후 사이에서 싹트는 아련한 사랑과 슬픔, 젊은이의 이상과 열정을 이야기하고 있는 이 소설은, 서구의 역사를 빈틈없이 치밀한 구상으로 묘사하며 세계적인 규모로 전개된다. 이 소설은 제국주의 희생에 바쳐진 약소민족 독립의 비원을 노래한 것으로 메이지시대의 내셔널리즘을 대표하는 문학 작품으로 동시대의 청년에게 적지 않은 영향을 끼쳤다.

도카이 산시의 본명은 시바 시로(柴四郎)로, 현재 일본 후쿠시마현(福島県) 서부지방인 아이즈(会津) 한시(藩士)의 아들로 태어났다. 1865년 관군의 아이즈성 공격 때 포로가 되었는데, 석방 후에는 도쿄, 히로사키(弘前), 아이즈의 일신관(日新館) 등에서 공부하고 1879년부터 1885년까지 미국에 유학하여 경제학을 전공했다. 미국 체류 중 본 소설을 구상하고 1885년부터 30년에 걸쳐서 전 8편을 간행했다. 1892년에는 중의원으로 당선되고 그 후에는 진보당, 헌정당, 헌정본당, 대동구락부의 간부로서 정계에서 활약했다.

『미인의 기구한 운명』에는 작자의 열정적 삶과 다양한 인생역정이 녹아 있다. 작품은 메이지 최초의 사소설 형태의 정치소설이자 각종 소설 형태의 실험장으로, 작자의 문학적 사유가 산재해 있다.

이 소설의 특징으로 우선 한문훈독형의 문체를 들 수 있다. 도카이 산시는 이 문체를 통해 야성적 힘을 원색적으로 분출시키며, 그의 비장한 의지를 표출하고 있다. 작자는 미국 유학 시절, 자신이 포로가 되었던 치욕적 기억과 비분강개를 소설로 풀어내야 할 필요를 느끼고, 그 해법을 사소설적인 방법에서 찾았다. 자신의 아호 '도카이 산시'를 소설에 실명으로 등장시키고 실생활에서 만난 사건과 인물과 견문을 두루 묘사하며 그것을 소설의 진실로 담보한다. 자신의 자화상을 들여다보듯 제국주의에 희생된 나라의 젊은이를 투시했기에 작자는 이 소설을 통해 리얼리티를 확보할 수 있었다.

또 소설의 내면 풍경은 장편 서사시를 방불케 할 정도이다. 아시아 변방의 작고 외딴 섬나라, 그것도 오랜 동안 쇄국으로 잠자던 나라의 한 젊은이가 서양의 아름다운 여인과 구국 결단으로 뭉치고 로맨스까지 나눈다는 내용은 당시로서는 하나의 판타지였을지도 모르지만 서양 신드롬 일색의 사회구조 속에서 당대 독자들에게 상당히 매력적인 로맨스이자, 인과율에 귀속되지 않는 상상력에서 발원된 내용이었다. 그리고 역사 속의 실재 혁명가와 독립운동 지사들의 영웅적인 활약상이 생생하게 묘사되어, 망국의 설움은 역사적인 사실과 함께 외연을 넓히며 국제적으로 공감대를 확보해간다.

작자는 이 소설로 자신의 꿈을 그리고 있는데, 장기간에 걸친 집필로 구성이 와해되는 등의 결점이 있지만 작품에는 채 피지 못하고 산화해버린 자유민권운동에의 염원, 망국의 아픔에 대한 소설적인 해결이 보이고 정치·사회의 질곡에서 희망의 언어를 채굴하며 미래를 향해 나아가고 있다. 이것은 자칫 근거 없는 낙관주의로 비난받을 수도 있지만, 당시의 정치소설에 관류하고 있던 인민의 정치적 계몽, 정당의 혁명적 선전, 개인적 정견 발표, 신흥 일본의 국권신장을 역설하는 과정에서 흔히 발생했던 오류 아닌 오류라고 볼 수 있다.

마지막으로 이 작품에는 상징적인 제목과 상징적인 공간이 만들어내는 문학성이 보인다. 목적소설이자, 경향소설인 정치소설에서 보기 드문 상상력과 생동하는 이미지는 이 소설이 성공하는 데 중요한 요인 중 하나이다.

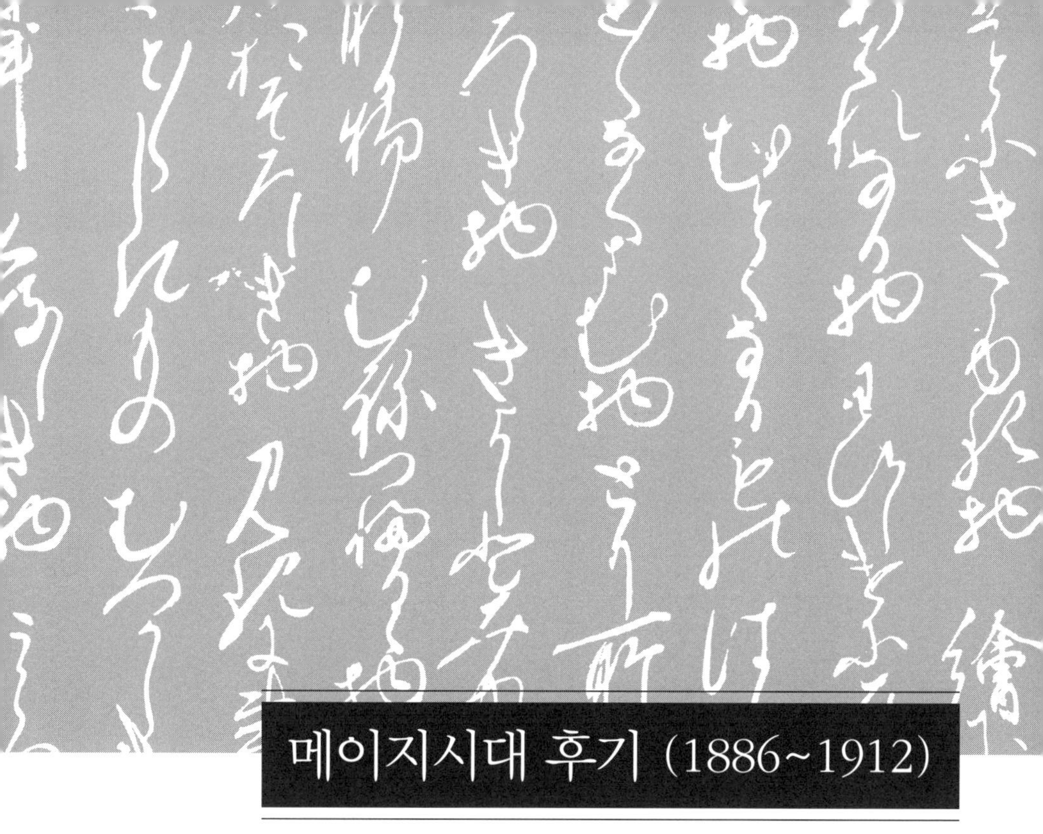

메이지시대 후기 (1886~1912)

■ 소설

메이지시대의 전개와 후기 문학의 특징

【유상희】

근대문학은 근대사회를 배경으로 한다. 근대사회는 시민사회로서, 그 특색은 자유주의적인 민주주의 정신으로 일관하고 있다. 이 사회를 움직이는 경제 기구는 자본주의이다. 근대 시민사회에서 살아가는 근대인은 봉건적인 신분의 구속에서 해방되어, 어디까지나 자유롭고 평등하며, 휴머니즘을 기본으로 한 근대적 자아에 각성하고 있다.

일본 근대문학은 종래의 문학 유산과 완전히 절연한 데에서 출발한 것이 아니고 전통문학의 토양 위에서 꽃피운 것이지만, 어느 시대보다도 외국문학의 강한 영향을 받아 발전한 것은 사실이다.

근세문학에 이르기까지 배양되어온 문학의 전통적 유산은 쇄국에 의한 난숙 끝에 퇴폐적 경향을 띠고 새로운 시대의 창조적 가치를 생산하기에는 역부족이었다. 그리고 가장 결정적인 약점은 체계적인 이론을 갖지 못한 데 있었다. 따라서 근대를 지향하기 위해서는 서구의 근대로부터 여러 요소를 받아들여야만 했다.

근세문학의 기반인 봉건사회를 타파하고 새로운 시민사회를 지향한 메이지 초기의 근대화 바람도 새로운 문학을 창조하기에는 역부족이었다. 강력한 개화기의 바람은 일고 있었지만 에도 말기 이래의 게사쿠(戱作) 문학과 전통 시가(詩歌) 및 가부키(歌舞伎)의 흐름을 이은 작품이 계속 쓰여지고 있었다. 뛰어난 계몽사상가나 선각자들의 손에 의하여 외국 문학작품이 소개되고 번역문학이나 정치소설이 나오기는 했어도 문학의 근대화는 아직 요원했다.

일본의 근대화는 '위로부터의 근대화'라는 한계 때문에 문학이나 예술 등 정신이나 미의 영역에 관련한 프로그램이 부재했다. 문화 창조의 중요한 전제가 된 저널리즘의 성립도 우선은 정치문제에서 시작하는 것이다. 체제의 근대화가 문화의 영역에 끊임없이 작용하지만 체제 자체에 문화의 근대화를 촉구하는 논리가 결여되었다고 하는 모순은 메이지 초기에 근대화의 철학을 제공한 메이로쿠샤(明六社)나 후쿠자와 유키치(福沢諭吉) 등의 계몽사상을 보아도 분명하다.

일본의 근대문학이 짊어져야 했던 많은 곤란은 이런 이율배반 때문에 생겼다. 가장 단적으로는 근대문학을 낳아야할 모태로서의 근대사회 자체가 문학의 근대화를 저해하는 마이너스 가치로서 기능했다고 하는 사실 중에서 찾을 수 있다. 따라서 일본의 근대문학은 그 모태인 '근대'(近代)를 끊임없이 비판하고 부정하는 존재로서 자기를 확립해 가야만 되는 역설을 피할 수 없는 십자가로 짊어진 것이다.

그리고 서구문명과 접촉한 일본인의 심성, 그 고유의 미의식이나 감수성이 저절로 선택을 강요당한 표현의 질 문제가 있다. 크리스트교 문화권에서 생장한 서구의 문화와 불교와 유교를 근간으로 한 동양문화와는 끝내 맞지 않는 이질성을 가지고 있다. 그 이질을 뛰어넘기 어려운 단층으로서 껴안은 채 메이지의 작가는 서양을 수용하기 위한 고투를 강요당한 것이다.

그러나 문명개화의 거센 흐름은 급속히 서구문학에 대한 관심을 불러일으켜 번역문학의 성행을 보게 되고 민권운동과 호응하여 정치소설이 유행하게 되어 새 시대에 부응하는 새로운 문학이 싹트기 시작한다.

그런 가운데 쓰보우치 쇼요(坪内逍遥)는 『소설신수』(小説神髄)를 통해 사실주의(写実主義)를 선언하여 근대문학의 방향을 제시했는데 이는 무엇보다도 문학을 도덕이나 정치로부터 해방시키고 문학 독자의 사명을 분명히 밝힌 데 큰 공헌을 했다.

이어서 서양문학의 이론이 소개되고 '신체시(新体詩) 운동'이 일어났으며, 쓰보우치 쇼요, 후타바테이 시메이(二葉亭四迷) 등의 사실주의와 함께 근대적 자아에 눈을 떠서 개인과 사회에 관한 문제를 제기하는 신문학운동이 활발해진다. 또한 후타바테이 시메이나 야마다 비묘(山田美妙)의 언문일치운동도 근대문학을 발전시키는 데 커다란 힘이 되었다. 모리 오가이(森鷗外)의 창작이나 번역물에 의한 문학계몽운동과 기타무라 도코쿠(北村透谷) 등에 의해 제창된 낭만주의는 문학에서의 근대를 가르쳐주었다.

이와 같은 극단적인 서구주의에 대한 반성으로 일어난 국수주의의 경향을 배경으로 하여 오자키 고요(尾崎紅葉), 고다 로한(幸田露伴), 히구치 이치요(樋口一葉) 등을 중심으로 한 이른바 의고전주의(擬古典主義)의 시대가 온다. 그러나 고요를 중심으로 한 겐유샤(硯友社)의 문학은 도코쿠를 중심으로 한 「문학계」(文学界) 사람들에 의해 부정되면서 낭만주의는 더욱 고조되어 종교적인 관심을 깊게 하는 가운데 낭만시는 그 전성기를 구가하게 된다.

이윽고 청일전쟁을 겪으면서 일본 작가들도 현실에 대한 안목이 깊어져 관념소설, 심각(深刻) 소설이 나타나게 된다. 그들은 전쟁 후에 급속히 팽창한 자본주의가 초래한 사회적 여러 모순 속에서 나는 무엇인가, 나는 어떻게 살아야 하는가 등과 같은 근대문학의 기본적인 과제에 매달렸다.

러일전쟁이 끝난 뒤 일본의 사회적인 모순은 더욱 심각해지는 가운데 19세기 말에 유럽에서 일어난 자연주의 운동의 유입으로 자연주의 문학의 시대가 도래한다. 그리하여 현실의 어두운 면을 묘사함과 동시에 숨김 없는 자아의 고백을 통해 개인의 해방을 지향함에 따라 마침내 메이지 후기 근대문학의 성립기를 맞이하게 된다.

종래의 인습을 타파하고 봉건적인 풍습을 파괴하는 것을 주안으로 하여 '있는 그대로'의 현실을 파헤치는 자연주의는 1906년부터 수년간에 걸쳐 문단을 뒤덮는 세력으로 팽창해갔다.

시마자키 도손(島崎藤村)의 『파계』(破戒), 다야마 가타이(田山花袋)의 『이불』(蒲団) 등 대표작을 비롯한 자연주의 문학은 현실을 직시하고 리얼리즘의 수법에 의한 극명한 묘사로 근대문학에 적합한 리얼리티를 확보하여 일본 근대문학에 큰 성과를 거두었다. 그런 반면 너무나도 비근한 신변의 현실을 노골적으로 폭로하는 데 급급하고 지나치게 사실에 치우친 탓으로 작품세계의 범위를 좁히고 말았다.

이와 같은 자연주의에 불만을 품고 그것을 초월하려는 움직임이 일어나는데 그 양상은 다이쇼(大正) 시대에 이르러 여러 형태의 그룹으로 나타나게 된다.

■ 소설

근대문학의 새벽종

쓰보우치 쇼요 『소설신수』

【유상희】

쓰보우치 쇼요(坪内逍遥, 1859~1935)의 본명은 유조(勇藏 : 나중에는 雄藏라고 씀)로, 1859년 나고야(名古屋)에서 하급 무사였던 아버지와 문예에 친숙했던 어머니 사이에서 10남매 중 막내아들로 태어났다. 그런 가정환경 속에서 쇼요는 일찍부터 가부키와 근세 게사쿠(戱作) 문학에 친숙해 그의 문예적 생애에 많은 영향을 받았다. 그는 나고야 영어학교에서 미국인 교사로부터 세익스피어 강의를 받으면서 영문학에 입문했다. 1876년 현의 장학생으로 선발되어 나중에 도쿄제국대학이 된 가이세이(開成) 학교에 입학, 영국을 중심으로 한 서구문학의 교양을 쌓아갔다. 1883년 도쿄제국대학 정치경제학과를 졸업하고, 전년에 창립된 도쿄전문학교(현재의 와세다대학)의 강사로 부임했다.

재학 시절부터 번역에 관심이 많아 스콧의 작품을 의역한 『춘풍정화』(春風情話)를 출판했고, 강사가 되고 나서는 세익스피어의 『줄리어스 시저』를 조루리(浄瑠璃)식으로 번안했다. 마침내 1885년부터 이듬해에 걸쳐 일본문학사에 길이 빛날 문학이론서 『소설신수』(小說神髓)를 발표한데 이어 소설『당대학생기질』(当世書生気質)까지 발표하여 문단에 큰 충격을 주었다.

소설『당대학생기질』

『소설신수』는 소설에 대한 종래의 가치관을 변경하고 심리주의적 사실주의의 원리와 작법을 체계적으로 설명한 것이다. 『당대학생기질』은 사실주의(写実主義)라고 하는 새로운 문학이론의 작품화를 의도한 것인데, 당시 대단히 권위 있는 문학사(文学士)가 쓴 소설이라 더욱 주목을 받았다.

1886년 초, 쇼요는 고향 후배인 후타바테이 시메이(二葉亭四迷)와 교류하게 된다. 시메이의 이질적인 인간성과 예술관 및 소설관에 크게 자극받은 그는 리얼리즘론을 더욱 심화시켜「미란 무엇인가」(美とは何ぞや, 1886)와 기타 평론을 발표했는데 이들은『소설신수』를 훨씬 능가하는 것이었다. 창작면에서도『미래의 꿈』(未来の夢),『아내』(細君) 등 4, 5편의 소설을 연이어 발표했으나 스스로 한계를 느껴 절필하고 말았다.

1890년 쇼요는 와세다대학에 종래의 인문과학 일반에 걸친 것과는 다른, 문예 중심의 문학과를 창설하고, 이듬해에는「와세다문학」(早稲田文学)을 창간, 주재하여 문학평론과 문학 지도에 힘을 기울였다. 그는 이 잡지를 통해 동서문명의 조화를 꾀하고 문예의 교외(校外) 교육과 더불어 메이지 문단의 동향을 분명히 하고자 했다. 실제로「와세다문학」은 후일 일본 자연주의 문학의 산실이 되었다.

쇼요는 「와세다문학」 창간호에 논문 「몰이상론」(没理想論)을 게재했다가 평론의 대가로 군림하던 모리 오가이(森鷗外)로부터 반박을 받는다. 그의 귀납적 기술방법이 연역을 주로 하는 오가이에게 거슬렸기 때문이다. 이로써 일본문학사상 유수의 일대 논쟁이 전개되었다.

1891년부터 이듬해에 걸쳐 벌어진 이른바 '몰이상논쟁'은 예술의 이념 추구를 심화하고, 예술이론의 중요성을 가르쳐준 점에서 일본 문단에 적지 않은 공헌을 했다.

쇼요는 1887년부터 연극과 극문학의 혁신을 지향했다. 현상을 세밀히 분석하여 황당무계한 몽환극과 지나친 합리주의에 의한 무미건조한 활극 등을 맹렬하게 비판하는 한편, 새로운 사극의 제창과 제작, 악극의 고취에 힘썼다. 또 문예협회를 설립하고, 세익스피어를 완역하는 등 1935년 세상을 떠날 때까지 연극계에 남긴 공적도 소설 못지 않게 눈부셨기 때문에 와세다대학 구내에 그를 기념하는 연극박물관이 세워졌다. 그의 최대 공적인 『소설신수』는 실로 근대문학의 여명을 고하는 '새벽종'으로 비유할 수 있다. 이 위대한 저술이 나오게 된 배경을 간단히 살펴보기로 하자.

쇼요가 도쿄제국대학에 재학했던 시기는 진화론파 학문의 전성기였다. 그는 『신체시초』(新体詩抄, 1882)를 펴낸 도야마 마사카즈(外山正一) 교수에게 영어, 논리학, 심리학을 배우고, 하버드대학을 졸업한 젊은 진화론 학자 페노로사 교수에게서 정치학과 이재학(理財学)을 배웠다. 그때 진화론과의 만남이 그가 구상하고 있던 문학이론의 성격에 결정적인 작용을 하게 된다.

대학 재학 중의 쇼요에게 있어 또 하나의 큰 사건은 서양의 문학비평과의 만남이었다. 그는 3학년 때 영문학 시험에서 '『햄릿』의 왕비 거투루드(Gertrude)의 성격을 해부하라'는 문제에 대하여 게사쿠(戱作)작가 교쿠테이 바킨(曲亭馬琴)류의 도의평(道義評)을 했다가 나쁜 점수를 받은 것이 하나의 계기가 되어 '근대문학이란 무엇인가'라는 명제에 대해 깊이 고찰하게 되었다고 한다.

『소설신수』는 때마침 일본사회에 태풍처럼 불어닥친 '개량 붐'에 상응하여 소설 개량을 호소한 것이기도 했다. 그는 새로운 소설의 방향으로서의 사실주의(写実主義)에 대해 이렇게 규정한다.

"소설의 주안점(主脳)은 인정(人情)이다. 세태풍속은 그 다음이다. 인정이란 어떤 것이냐? 인정이란 인간의 정욕(情慾)으로 소위 백팔번뇌(百八煩惱)가 이것이다."

즉 인간 심리를 분석하여 사실(写実:있는 그대로 묘사)하는 것이 소설이라는 것이다. 그러나 그것은 사물의 피상(皮相)을 묘사하는 것이 아니라 골수를 정확히 꿰뚫어야 한다. 그리고 작가는 심리학자처럼 인간을 표리(表裏) 양면에서 관찰해야 한다며 사실주의 문학에서 작가의 태도까지 언급하는 한편, 기존의 권징주의(勧徵主義)와 같은 공리적(功利的)인 문학은 전시대적이고 봉건적인 것이라고 비난했다.

『소설신수』는 상 · 하 두 권으로 되어 있다. 상권은 원리(原理)편으로 종래 부녀자의 오락물처럼 여겨졌던 소설을 문예 형태 중 가장 발달된 단계로 보아 소설의 가치 전환을 이루었다. 또 소설(예술) 속의 고유원리를 존중하여 다른 여러 원리의 방편으로 삼는 일을 부정했다. 인정

곧, 인간 내부를 모사[写実]에 의해서 구상(具象)하면서 인생의 인과(因果)의 이치와 인간 사회의 메커니즘을 파악하고 인생 비평을 하는 것이 소설이다. 하권은 기술(技術)편으로 문체, 각색, 주요인물 설정, 기타 사항 등에 대해 설명하고 있다. 『소설신수』는 체계적인 이론이 부족했던 당시 일본 최초로 소설의 틀을 잡은 저서로서 오자키 고요(尾崎紅葉)가 이끌던 겐유사(硯友社) 작가 등 동시대의 작가들은 물론 후대에 미친 영향이 매우 컸다.

쇼요가 자신의 문학이론을 스스로 실천해보이기 위해 발표한 『당대학생기질』은 한 학생을 주인공으로 하고 그를 둘러싼 많은 학생들을 등장시켜 그들의 생활과 경우(境遇)와 성격 등을 모사(模写)하여 당시 학생들의 기질이라고 할 수 있는 것을 묘사해냈다. 그러나 이 소설은 『소설신수』에서 주장한 이론만큼 철저한 것이 되지 못하고 구(旧)문학의 요소를 많이 남긴 채 중단되고 말았다.

현대의 일본문학 평론가 고니시 신이치(小西甚一)는 그의 공적을 높이 평가하여 다음과 같이 말한다.

"쇼요가 소설 창작에서 물러난 뒤에도 그의 사실(写実) 이론은 건재하여 후속 소설들은 표면에 나타나든 나타나지 않든 간에 그의 주장을 헌장(憲章)처럼 받들었다. 즉 쇼요는 창작면에서는 근대소설의 아버지라고 인정받기 어렵겠지만 이론면에서는 소설의 근대화를 주도했다."

■ 소설

사회 논리에 의해 배척된 한 청년의 신념

후타바테이 시메이 『뜬구름』

【윤은경】

스스로에게 "뒈져버려!"(くたばってしまえ:死ぬ의 막된 표현)라고 하며 필명조차 이와 비슷한 발음으로 지을 만큼 자신이 문학자임을 무엇보다 혐오하고 몇 번이나 문학의 세계에서 벗어나고자 했던 작가 후타바테이 시메이(二葉亭四迷, 1864~1909). 그러나 이러한 몸부림에도 불구하고 그가 낳은 창작품, 번역, 평론들은 근대 일본문학 확립에 지대한 영향을 미쳤다. 파란 많은 생애를 보낸 그의 삶 자체는 근대문명 여명기의 선구자가 어떠한 고민과 갈등을 겪었는지를 우리에게 전해준다.

시메이의 본명은 하세가와 다쓰노스케(長谷川辰之助)로 그는 젊어서 외교관이 되겠다는 목표로 도쿄외국어학교 러시아어과에 입학하지만 러시아문학의 매력에 빠져 대표적인 작품을 독파하고 페린스키의 평론에 심취하는 등 문학적 자질을 키워가게 된다. 외국어학교 중퇴 시기를 전후하여 쓰보우치 쇼요(坪内逍遥)와 교류하게 된 그는 1886년 쇼요의 권유로 『소설총론』(小説総論)을 발표하고, 이어 1887년에 쇼요의 이름을 빌어 『뜬구름』(浮雲) 제1편을 출판했다.

이듬해에 시메이는 『뜬구름』 제2편을 출판하고 투르게네프의 『밀회』, 『해후』 등을 번역해 주목을 받는다. 1889년 창작을 단념하고 내각관보국(内閣官報局)에서 근무하다가, 나중에는 육군대학과 도쿄외국어대학에서 러시아어를 가르친다. 이후 국제문제에 대한 그의 열의와 관심을 살려 베이징(北京)에서 일하지만 1904년 귀국해서 오사카 아사히신문(朝日新聞) 도쿄출장원이 된다.

신문사에 근무하면서부터 문학세계와 그의 질긴 인연으로 다시 창작활동을 시작하고 『그 옛날 모습』(其面影, 1907), 『평범』(平凡, 1907) 등을 발표한다. 1908년에 아사히신문 특파원으로 러시아에 부임하나 건강이 악화되어 귀국하는 선상에서 46세의 나이로 생을 마감한다.

그의 처녀작이자 대표작인 『뜬구름』은 언문일치체(소설의 회화 부분에 실제 말하는 것처럼 구어체를 사용하는 방법)로 쓰여진 일본 근대문학사를 장식하는 최초의 작품으로 유명하다. 발표 당시 고뇌하는 분조의 내면이나 자의식이야말로 근대적 자아의 발로이며 일본 소설에서 처음으로 본격적인 지식인 계층의 문제를 다룬 작품이라는 점에 주목됐다. 근래에는 분조와 오세이와의 연애문제나 가족의 문제, 이데올로기의 문제, 또 오세이(お勢)라는 여성에 대한 페미니즘적 접근 등 다양한 견지에서 작품을 읽는 시도가 잇따르고 있다. 일본문명의 이면을 읽어내고자 하는 문명 비판적 주제 또한 간과할 수 없는 중요한 포인트의 하나가 될 것이다.

우쓰미 분조(内海文三)는 아버지가 돌아가신 뒤 숙부의 집에 머물

며 학교를 졸업하고 관청에 근무하고 있었다. 숙부는 요코하마에 혼자 부임해 있었기 때문에 집안의 실권은 숙모인 오마사(お政)가 쥐고 있었는데, 그래도 분조의 관청 근무가 순조로운 동안은 일가는 평온하게 보였다. 응석받이에다가 감정의 기복이 심한 숙부의 딸 오세이(お勢)는 그의 안정된 직장과 서양주의를 좋아했고, 오마사도 두 사람을 혼인할 사이로 인정하고 있었기 때문이다.

그런데 한 사건이 소설의 모든 진행을 바꾸어 놓는다. 관청의 비리를 묵인하지 못해 실직하게 된 분조는 다른 사람들에게 실직 사실을 알리지 못한 채 전전긍긍하다 이후 결심하고 오마사에게 이 사실을 밝힌다. 예상대로 그녀의 태도는 돌변하여 그의 요령 없음을 탓하지만, 아직 이 시점에서 오세이는 그의 실직을 개의치 않으며 분조를 격려한다.

그러나 이 무렵, 분조와는 달리 처세술이 뛰어난 동료 혼다 노보루(本田昇)가 연적으로 등장하게 된다. 분조는 고결한 정신의 소유자(라고 생각했던) 오세이가 경박한 노보루에게 마음을 줄 리 없다고 생각하지만, 현실은 분조의 생각과 반대로 흘러간다. 오세이와 이야기를 나누어보는 일에 모든 것을 걸었던 분조의 시도는 허무하게 끝나버리고, 점차 오세이의 경망스러움을 알게 된다. 그러나 분조는 여전히 그녀를 선도해야 한다고 생각하고 그녀의 마음을 되돌릴 수 있을 거라는 바람을 버리지 않는다.

결국 분조는 소신껏 살아가지만, 직장과 연인 모두를 잃고 만다. 한 인물의 내면적 지향이 사회 논리에 의해 배척되는 데 초점이 맞추어져 있는 이 소설은 어렴풋하게나마 당시 사회나 현실을 지배하는 논리가 무엇인지 드러내고 있다. 분조의 좌절은 그의 지향이 국가주의나 출세지향주의로 집약되는 당시 일본의 사회적 토대와의 마찰에서 빚어졌다고 할 수 있다. 그에게 부족했던 것은 신념이 아니라, 이른바 현실감각이었다.

메이지시대는 지식인이 자신의 신념을 지키며 양심적으로 살아가기 어려운 시기였다. 작가 자신 역시 유교 도덕에 의해 교육을 받고 자라났지만, 급변하는 현실 속에서 유교 관념이 지탱이 되어주지는 못했다. 그렇다고 새로운 사상 속에서 진정한 마음의 중심이 되는 무언가를 찾기란 역시 어려운 일이었다. 작가는 『뜬구름』에서 주인공 분조가 스스로를 지탱하는 신념을 세우고 이를 맹목적으로 지키며 살아가고자 하는 모습에 소극적으로는 지지를 보내면서도 전면적으로 긍정하고 있다는 인상은 주지 않는다. 그만큼 사회와 개인과의 관계, 사회의 논리에 의해 개인의 신념이 지켜지지 못하는 현대 문명사회를 살아가는 지식인의 고민을 작가 자신이 몸소 느끼고 고민했기 때문일 것이다.

성실하고 능력 있는 사람이 어느날 갑자기 면직되고, 반대로 상사에게 아첨하며 주변의 정세에 눈치 빠르게 영합하는 자가 출세하는 모순, 오직 한 길로 진심 어린 애정을 가진 자가 말주변만 좋은 경박한 재간꾼에게 사랑을 빼앗기고 만다는 비극은 비단 메이지시대뿐만 아니라 오늘날에도 충분히 일어날 수 있는 일이다. 데라다 다츠야(寺田達也)의 표현을 빌자면, '실패의 영웅'이라 불릴 만큼 생애에 있어 좌절을 되풀이하던 후타바테이 시메이가 일본의 근대소설의 선구라고 평가되는 작품 『뜬구름』을 남겼다고 하는 사실 자체도 어찌 보면 일본 근대문학사상 커다란 역설이라고 할 수 있을 것이다.

자신의 사상과 사회의 현실과의 충돌에 절망하여 일종의 허탈 상태에 빠진 『뜬구름』의 분조를, 반대로 사회적인 야심에 이끌려 사랑하는 애인을 버리고 사회의 논리에 영합하는 모리 오가이(森鷗外)의 단편소설 『무희』(舞姬)의 주인공과 비교해보는 것도 의미있는 일이 되리라 생각한다.

■ 소설

사랑과 돈의 함수관계

오자키 고요 『곤지키야샤』

【왕신영】

『곤지키야샤』(金色夜叉)는 1897년부터 약 5년에 걸쳐 『요미우리신문』(読売新聞)에 발표되어 이례적인 큰 반향을 불러일으키면서 신파극, 유행가, 영화에 이르기까지 막강한 파급효과를 지니며 대중적 인기를 모았던 당대 최고의 신문소설이다. 이 작품은 사랑과 돈의 함수관계 를 그린 근대의 고전으로 우리나라에서는 조중환(趙重桓)에 의해 『장한몽』(長恨夢, 1913)으로 번안되어 일명 '이수일과 심순애'로 널리 유행했다.

고등중학생인 하자마 간이치(間貫一)는 부모를 여의고 과거에 자신의 아버지의 은혜를 입은 시기사와 부부의 보호를 받으며 그 집에 기거하고 있는 동안, 자연스럽게 그들 부부의 외동딸인 미야(宮)와 결혼을 약속하는 사이가 된다. 그런데 대부호의 아들 도미야마 다다쓰구(富山唯継)의 출현에 의해 이들의 안정된 관계가 뒤흔들리게 된다.

정월 초사흘 밤, 가루타(カルタ) 놀이를 하기 위해 삼삼오오 젊은 남녀들이 모여들었다. 그 자리에 다다쓰구는 다른 젊은이들은 본 적도

없는 크기의 다이아몬드가 박힌 황금반지를 끼고 나타나 뭇사람들의 탄성을 자아낸다. 그런 다다쓰구의 마음을 한눈에 빼앗은 처녀가 다름 아닌 미야이다. 미모에 자신있는 미야는 그에 걸맞는 부귀영화를 누리고 싶었기에, 약혼자가 있음에도 불구하고 다다쓰구의 재력에 이끌려 그의 청혼을 받아들인다. 이 사실을 알게 된 간이치는 미야의 본심을 확인하려 그녀가 요양차 가 있던 아타미로 향한다.

오자키 고요

파도 소리마저 아련한 달빛 어린 해변에는 그들 두 사람뿐. 본심을 캐묻는 간이치에게 미야는 그저 용서해 달라는 말만 되풀이한다. 마침내 그녀의 변심을 확인한 간이치는 이렇게 외친다.

"아아, 미야 이렇게 두 사람이 함께 있는 것도 오늘밤이 끝이오. 당신이 나를 보는 것도, 내가 당신과 이야기를 나누는 것도 오늘로 끝이오. 미야, 1월 17일, 오늘밤을 잘 기억해두시오. 내년 이달 이밤 간이치는 어느 곳에서 저 달을 보고 있을지! 내후년 이달 이밤…, 그리고 십년 뒤의 이달 이밤. 평생 동안 나는 이달과 이밤을 잊지 않을 것이오. 어찌 잊을 수가 있겠소. 죽어도 잊지 못할 것이오! 미야, 잊지 마시오. 1월 17일을! 내년 이 밤이 오면 내 눈물로 저 달빛을 흐리게 하리다. 달빛이… 달빛이… 달빛이 흐려지면 이 간이치가 어디에선가 당신을 원망하며 오늘밤처럼 울고 있다고 생각하시오."

비통한 말을 남긴 그는 용서를 빌며 매달리는 미야를 뿌리치고 달빛 속으로 사라진다. 4년의 세월이 흐른 뒤, 재물 때문에 사랑을 빼앗긴 간이치는 고리대금업자인 와니부치의 서기가 되어 어느새 냉혹하

『곤지키야샤』의 단행본 표지

기 그지없는, 복수를 위해 스스로 사랑도 우정도 그리고 여인들의 유혹과 사람들의 원한마저 아랑곳하지 않는, 오로지 돈만 노리는 수전노로 변해 있었다. 그는 '곤지키야샤'(金色夜叉)라는 말 그대로 황금의 화신이 되어 있었던 것이다.

한편 도야마의 아내가 되어 귀부인으로 변신한 미야는 우연히 눈에 띈 간이치의 모습에 가슴이 찢어지는 듯한 고통을 느끼며 그에 대한 사랑을 새삼 깨닫게 된다. 그녀는 간이치의 학생 시절 친구인 아라오 조스케를 만나 자신의 괴로운 심중을 털어놓고 도움을 요청한다. 간이치는 아라오를 통하여 미야의 심정을 알게 되고 그녀가 보내온 편지를 받기도 하지만 냉정한 마음은 변하지 않는다. 어느 날 미야는 마음을 굳게 먹고 아라오의 이름으로 간이치를 방문하여 자신의 괴로운 심정을 토로하며 용서를 빌지만 거절당하고 만다. 그러나 그날 밤 꿈속에서 간이치는 자신의 잘못을 죽음으로 사죄하려는 미야에게 마침내 '용서한다'는 말을 하고 만다. 그의 굳은 결의에도 어느새 동요의 기미가 보이기 시작한 것이다.

그런 일이 있고 난 뒤, 간이치는 여행지인 시오하라 온천의 아름다운 풍경에 잠시 번뇌를 잊고 마음의 평온을 찾는다. 거기서 그는 우연히 동반자살을 시도하는 젊은 남녀 한 쌍을 구하게 되는데 그 자살의 원인이 젊은 여성에 대한 다다쓰구의 탐욕 때문이라는 사실을 알게 된다. 간이치는 그들을 자신의 집에서 기거하도록 하고, 함께 하는 생활에서 평화로움을 느끼기 시작한다. 생활에 변화가 일게 되면서 그는 변함없이 보내오던 미야의 편지를 읽기 시작한다.

그러나 소설이 막바지에 이르렀다고 생각되는 부분에서 작가의 죽음으로 작품은 미완성인 채로 끝을 맺는다.

『곤지키야샤』는 호소력을 지닌 화려한 문체와 돈과 사랑을 둘러싼 배반과 복수, 그리고 참회라는 대중적인 주제로 당시의 독자들에게 열광적인 인기를 얻음으로써 1880년을 전후로 등장하기 시작한 신문소설의 지위를 확고히 했고, 그로 인해『요미우리신문』은 그들 매체의 문화적 중심에 우뚝 설 수 있게 되었다.

작가인 오자키 고요(尾崎紅葉,1867~1903)는 하이쿠(排句) 시인이자 풍속소설의 일인자로서, 당대 최고의 엘리트이지만 통속성을 무시하지 않은 작품을 씀으로써 한 시대를 풍미할 수 있었다. 또한 시중의 이야깃거리들을 소재로 한 토픽적 성격의 신문소설을 지향함으로써, 그의 작품을 통해 우리는 자본주의가 형성되어가던 메이지시대의 세태 풍습과 사회상을 들여다볼 수 있다.

오늘날 이 작품이 연극이나 영화 등의 대중매체를 통해 끊임없이 재생산되고 있는 것은 '돈과 사랑'이라는 그 주제의 보편성과 대중성 그리고 그 둘의 함수관계가 지니는 다면성 때문이기도 할 것이다.

■ 소설

메이지시대 지식인 청년의 고뇌

모리 오가이 『무희』

【윤혜영】

계몽사상가이자, 일본 근대문학을 대표하는 작가 모리 오가이(森鷗外, 1862~1922)의 『무희』(舞姫, 1890)는 사랑과 출세의 갈림길에 선 한 젊은이의 고뇌를 그리고 있다. 주인공이 5년간의 독일생활을 마치고 귀국하는 도중 선상에서 과거를 회상하며 쓴 수기의 형식을 취하고 있는 이 소설은 1인칭시점의 자기고백적인 글이다.

일찍이 아버지를 여위고 홀어머니 밑에서 외동아들로 자라 수석으로 법학부를 졸업한 수재인 오타 도요타로(太田豊太郎)는 관명을 받고 법률을 공부하기 위해 독일로 건너간다. 베를린의 자유로운 공기를 접한 도요타로는 법률보다는 문학이나 역사에 관심을 지니게 된다. 그러던 어느 날 해질 무렵 산책길에서 우연히 울고 있는 가련한 소녀 엘리스를 만나게 된다. 그녀는 아버지의 장례식을 치를 돈이 없어 울고 있었던 것이고, 이 사연을 들은 도요타로는 가지고 있던 회중시계를 건넨다.

이를 계기로 둘은 친해지고 연민이 사랑으로 발전하게 된다. 하지만 이 일로 인해 도요타로는 면직된다. 그리고 일본에 있는 어머니의 사망 소식을 듣게 된 도요타로는 절친한 친구인 아이자와 겐키치(相沢謙吉)의 소개로 신문사의 통신원이 되고, 엘리스의 집에서 거주하며 힘들지만 엘리스와 함께 나름대로 즐거운 나날을 보낸다. 그러던 중 일본에서 독일 시찰을 온 대신에게 수행원이었던 아이자와가 도요타로를 통역으로 추천한다. 이어 도요타로는 대신을 따라 러시아를 여행하게 되고, 대신은 그의 재능을 인정해 같이 일본에 돌아가 외교관이 될 것을 권유한다. 대신의 말을 따르면 그에게 입신출세의 길이 열리는 것은 기정 사실이다. 하지만 그러기 위해서는 엘리스와 헤어지지 않으면 안 되는 것이다. 아이자와 또한 엘리스와 헤어지라고 충고한다.

양자택일의 기로에 서서 고민하며 눈 속을 헤매며 방황하고 병을 앓는 그 사이 아이자와가 모든 일의 전말을 엘리스에게 이야기해 엘리스마저 발광하기에 이른다. 결국 도요타로는 자신이 출세하기만을 바랐던 어머니에 대한 효심으로 엘리스와 헤어질 것을 결심하고 광란하는 엘리스와 태내의 아이를 남겨두고 귀국길에 오른다.

이러한 로맨틱한 슬픈 사랑 이야기는 '아이자와 겐키치와 같은 좋은 친구는 이 세상에서 얻기 힘들다. 하지만 내 뇌리 속에 그를 미워하는 한 조각의 마음은 오늘까지도 남아있다.'라는 문장으로 끝을 맺고 있다. 마지막 문장의 애매모호함과 주인공 도요타로의 약한 의지를 포함하여 이 작품을 둘러싸고 도요타로가 진정으로 엘리스를 사랑했는가, 그가 진실로 출세 의욕이 있었는가의 문제는 소설 발표 당시부터 지금까지 가장 큰 논쟁의 대상이 되고 있다. 또한 근대적 자아의 자각에 대한 문제, 메이지시대의 입신출세주의와 지식인의 문제도 논지의 요점이 된다.

나중에 발표된 나쓰메 소세키(夏目漱石)의 『양귀비』(虞美人草, 1908)가 그러하고 이광수의 『무정』(無情,1917)이 그러하듯 시대의 차이는 약간 있지만, 사랑과 입신출세의 갈림길에 서서 고민하는 청년들은 의지면에 있어서 약하다는 공통점을 가지고 있는 것을 잠깐 확인해 두고 싶다. 참고로 『양귀비』의 주인공인 오노(小野)는 은사의 딸과 결혼할 것인가, 근대사회가 요구하는 조건을 갖춘 하이칼라적인 여성 후지오(藤尾)를 선택할 것인가의 갈림길에서 고민하다가 결국 은사의 딸을 택한다. 반면, 『무정』의 주인공인 형식은 선형과 영채 중 출세가 보장된 선형을 택하고, 『무희』의 도요타로도 결과적으로는 형식과 같이 출세의 길을 택한 것인데, 자신의 아이를 가진데다가 반미치광이가 된 엘리스를 저버린 그의 행위는 반인도주의적이다. 그러나 이같은 모습은 근대 문명사회에서 살아남기 위한 젊은이들의 한 전형으로, 시대가 낳은 일그러진 초상으로 볼 수 있다.

이 소설에 등장하는 무희 엘리스는 오가이가 베를린 유학 중 친하게 지냈던 극장의 무희를 모델로 삼은 것인데, 그녀는 오가이가 일본에 돌아간 뒤 그를 만나러 일부러 일본에 찾아온 적이 있다고 한다.

이 작품에는 작자 자신의 에고이즘과 청순한 사랑에 눈뜬 젊은이, 그리고 메이지 국가 건설의 주역이라는 본연의 임무와 사명감 사이에서 번민하는 청춘에 대한 회한의 고백이 담겨 있다. 또한 『무희』는 오가이의 처녀작으로 당시 일반인에게는 신기하기만 했던 이국의 풍속을 낭만적 분위기와 전아한 문체로 묘사하여, 발표됨과 동시에 사회에 많은 센세이션을 불러일으키기도 했다.

모리 오가이의 본명은 모리 린타로(森林太郎)로, 1862년 의사의 아들로 태어났고 오가이 자신도 19살이라는 젊은 나이에 의대를 졸업한다. 곧 군의관으로 임명받아 독일로 유학을 떠나 의학을 배우고 문학을 가까이 하며 약 5년간의 유학생활을 했다. 귀국 후에도 본업은 의사였지만 잇달아 소설과 번역본을 발표하는 등 왕성한 문예활동을 펼쳐 나쓰메 소세키와 쌍벽을 이루며 일본 근대문학을 대표하는 작가로 꼽히고 있다.

■ 소설

시인은 내부 생명의 관찰자이자 전달자이다

기타무라 도코쿠 『내부생명론』

【윤혜영】

'인생은 무엇 때문에 고통이 있는 것일까?' 25세의 젊은 나이에 아내와 어린 딸을 남기고 스스로 목을 매어 숨을 거둔 고뇌하는 청년 기타무라 도코쿠(北村透谷, 1868~94).

도코쿠는 일찍이 자유민권운동의 최고조기의 풍조에 자극되어 정치에의 야심을 품고 적극적으로 가담했다. 그러나 자유당의 좌익 세력이 오사카(大阪) 국사범 사건의 조선혁명계획을 기획하고, 도코쿠에게 군자금 획득을 위한 강도 결행의 행동단이 되길 권유했다. 이에 도코쿠는 번뇌한 끝에 머리를 깎고 그들과 결별을 선언하기에 이른다. 이렇게 정치에의 야심을 잃고 문학자가 되어 지금까지와는 다른 방법으로 목적을 달성하려 생각하고 있을 무렵, 요코하마(横浜)의 공립여학교에 다니고 있던 이시자카 미나라는 여성을 만나게 되는데 그녀는 도코쿠의 인간관 형성에 결정적인 영향을 끼친 인물이다. 구체적으로는 그녀를 통해 접하게 된 기독교에 의해서라고 할 수 있다.

그에게 있어 이 시기는 정열을 기울였던 민권운동 이탈 후 자신을 재정립시키려는 모색을 하던 때이기도 하다. 결국 미나를 향한 사랑을 통해 그는 생의 의미를 찾을 수 있었던 것이다. 이윽고 도코쿠는 1887년 3월에 세례를 받고 1888년 11월에 미나와 결혼한다. 그는 연애의 신성과 정신의 진실을 일치시킴으로써, 자아확립, 생명감의 충실을 기하고자 했다. 하지만 결혼 후 아이로니컬하게도 이 기독교관에도 굴절이 보이고 결혼에도 비관론이 펼쳐진다. 하지만 연애론은 비관적인 결혼론에 반비례하여 관념적으로는 보다 더 높아진다.

『내부생명론』(内部生命論, 1893)은 도코쿠 자신의 문학 인식, 인간론 등이 피력되어 있는 등 그의 특색이 가장 잘 반영되어 있는 낭만주의 경향의 평론이다. 일본 낭만주의란, 전근대성에 대항해 관념적으로 개인의 자아 해방을 추구하며, 메이지시대의 낭만주의는 자유주의와 기독교 정신, 영국과 독일의 낭만파 문예의 번역을 모태로 한 것으로 특히 기독교의 영향은 주목할 만한 것이었다. 기독교를 배경으로 새로운 문예세계를 개척한 도코쿠는 영원을 동경하며, 회의하고 고뇌하는 젊은 정신을 드러내 근대인으로서의 자각을 보인다.

도코쿠는 서두에서 '조화(nature)는 변치 않는 것이고 이를 대하는 인간의 마음은 변하는 것이지만 인간의 마음가짐에 따라 변하지 않는 조화도 변할 수 있다'는 말로 시작하고 있다. 예를 들면 불교적 염세가가 보는 조화는 무상적, 염세적이며 기독교적 낙천가가 보는 조화는 유망적, 낙천적이라는 것이다. 이렇듯 변함이 있는 인간의 마음이야말로 연구할 가치가 있다는 것이다. 도코쿠가 말하고 있는 내부생명은 우주정신과 교감을 이루는 인간 내부의 근원적 존재를 의미하는 것이다. 또한 메이지의 사상계에 새로운 경지를 개척한 예수교 일파에 대해 '생명나무'를 인간의 마음에 심었다고 하는 등 기독교적인 인간관이 그 배경이 되고 있기도 하다.

이 인간관은 문학세계로 이어져 문예 또한 마찬가지로 철학과 종교와는 다르고 정면에서 '내부생명'을 다루는 것이 아니라 사상과 미술을 겸비하지 않으면 안 되는 것이라고 말하고 있다. 도쿠가와(德川) 시대의 유교적 도덕도 인간 내부의 생명을 설명하는 것은 아니므로 메이지의 사상은 예전의 귀족적 사상을 평민적 사상으로 전환시키지 않으면 안 된다. 그러므로 시인이나 철학자는 내부생명의 관찰자여야 하고 그들의 가장 고귀한 일은 근본적 생명, 즉 내부의 생명을 전하는 것이라는 게 도코쿠의 주장이며 그의 문학관이다.

또 문예에 있어서 사실파(写実派)와 이상파(理想派)로 구별을 했다. 사실파는 객관적으로 내부생명의 모든 현상을 관찰하는 자로, 이상파는 주관적으로 내부생명의 모든 현상을 관찰하는 자로 규정하고 있다. 여기에서 도코쿠는 다시 시인과 철학자의 구분을 확실히 하고 있는데 시인은 영감으로 내부생명을 제조하고 초자연적인 것을 볼 수가 있다. 이때 시인의 눈은 우주적인 것 속에서 혹은 인간의 마음속으로 구체적인 형태를 갖추어 나타나는 것이다.

이와 같이 『내부생명론』은 인간의 마음을 연구하는 데 있어서 내부생명의 존재에 대한 이해가 필요하다는 것을 역설하며, 이 이론을 중심으로 그의 독특한 문학상을 제시하고 있다. 즉 인간론, 인생론이 문학론과 밀접한 관계를 지니고 있는 것이다. 또 그는 형식을 중시하는 교회나 신도를 규탄하는 한편 마음을 중시할 것을 주장하며, 문학 또한 그 근저에 있는 생명의 맥을 깊이 찾아내야 한다는 점을 역설했다. 하나의 문학 작품이 시대를 초월해 많은 사람들의 공감대를 형성할 수 있는 비밀이 바로 여기에 있는 것이다. 진정한 문학이란 인간존재의 근본을 찾아내야만 하는 것, 이것이 관념적 이상주의자 도코쿠의 생각이었던 것이다.

■ 소설

유곽마을 소년소녀의 아련한 첫사랑

히구치 이치요 『키재기』

【노미림】

『키재기』(たけくらべ,1896)는 요시와라(吉原) 유곽에 접해 있는 다이온지(大音寺) 앞을 무대로, 8월의 센조쿠 신사(千束神社)의 축제로부터 시작되어, 11월 3일[酉の日] 오토리 신사(大鳥神社)에서 거행되는 도리노이치(鳥の市)에 이르기까지, 계절의 추이와 함께 점점이 전개되는 소년 소녀의 아련한 첫사랑 이야기다. 일본 고유의 풍습, 유곽 마을의 슬프면서도 희극적 분위기, 순수한 소년 소녀들의 가슴 아픈 삶과 그들의 미묘한 심적 동요가 아름다운 문체로 펼쳐져 있다.

다이온지 앞이라고 불리는 요시와라 서쪽 인접 지역에 사는 어린이들은 두 그룹으로 나뉘어 있다. 건설 막노동자의 우두머리를 아버지로 가진 조키치(長吉)가 이끄는 패거리와, 일찍이 부모를 여의고 다나카야의 고리대금업자인 할머니 손에 자란 쇼타로(正太郎)가 이끄는 패거리다. 조키치 패거리는 대부분 사립학교의 열세 학생들이고 쇼타로 패거리는 우수한 공립학교 학생들이다.

쇼타로 패거리의 여왕으로 군림하고 있는 14세 소녀 미도리(緑)는 오이랑(지위가 높은 유녀를 두고 하는 말로, 보통 자기 방을 갖고 있는 유녀)인 언니 오마키의 뒤를 이어서 장래 오이랑이 될 운명이다. 언니의 후광을 업고 이사해온 양친과 함께, 미도리는 유곽에 살면서 학교를 통학한다. 같은 학교에 통학하고 있으며, 두 그룹의 중립자적인 위치에 있는 신뇨(信如)는 류게지(竜華寺) 지주승의 아들로 아버지의 뒤를 이어 승려가 될 모범적이고 착실한 학생이다.

8월의 센조쿠 신사 축제가 시작되기 직전, 늘 잘난 체하며 정신적으로 학대하는 쇼타로에게 모욕을 느낀 조키치는 그를 혼내주려는 계획을 세우고 신뇨에게 편들어줄 것을 간청한다. 처음에 거절하던 신뇨는 폭력은 삼간다는 조건으로 합세할 것을 허락한다.

축제일 밤, 조키치는 쇼타로를 상대로 싸움을 벌인다. 마침 쇼타로는 자리에 없고 엉뚱하게도 나약한 산고로가 대신 화를 당한다. 같이 있던 미도리는 산고로를 감싸며 싸움을 말리다가 조키치에게 굴욕을 당한다.

"기생년, 입이나 놀리고. 그래봤자 그 언니에 그 동생이지. 거지 같은 계집애! 네 상대는 이거야!"

미도리는 흙투성이 신발을 이마에 직통으로 맞는다. 그 더러운 흙투성이 신은 미도리가 놓여진 위치를 말해주고 있는 듯하다.

득의양양해진 쇼타로는 그 패거리에 신뇨가 가담했음을 자랑스레 떠벌린다. 같은 패거리의 우두머리인 쇼타로와 평소 친하게 지내고 서로 좋아하는 사이였던 미도리지만 이날 이후로 미도리의 머릿속에는 신뇨에 대한 키재기, 즉 비교의식이 서서히 자리잡아가게 된다. 유곽에서의 자신의 미래와 장차 존경받는 지주승으로서 미래가 보장된 신뇨. 그리하여 똑똑하고 다정다감한 연하의 쇼타로보다는 무뚝뚝하기만 한 신뇨의 존재가 점점 더 크게 느껴지는 것이었다. 그렇잖아도 미도리는 자기보다 연상이며, 학교 오가는 길에 자주 만나게 되는 신뇨와 어떻게든 친해보려고 애써보았다. 그렇지만 신뇨는 신분이 신분인 만큼 항간의 소문을 의식하여 고의적으로 미도리에게 냉정하게 대했고 그녀도 어느 정도 체념하고 있던 중이었다. 결국 미도리는 축제날 봉변을 당한 이후, 학교도 중퇴한다.

시간은 흘러 어느덧 11월 3일의 닭의 축제날(酉の日:매년 11월의 유일을 말한다. '유'는 일본어로 '토리'인데 이 말이 '차지한다'는 뜻의 '取り'와 음이 같다는 이유로 행운을 차지하는 운이 있기를 바라는 날이다)이 왔다. 쇼타로는 요시와라 유곽의 번잡함 속에서 시마다마게(島田髷:이것으로 머리를 묶어 올리는 것은 소녀에서 아가씨가 되었다는 뜻으로, 초경이 시작됨을 축하하는 것이다)로 머리를 묶어 올려 교토인형같이 치장한 미도리를 발견하고 뒤를 따라가지만 기분이 언짢아진 미도리에게 상대를 거절당한다.

생리적인 변화로 몸의 이상을 느낀 미도리는 모든 것이 다 싫어졌다. 오이랑이 되는 것도, 어른이 되는 것도 다 싫어진 것이다. 이 날을 경계로 활달한 성격에 말괄량이였던 미도리는 방 안에 틀어박혀 흐느끼기만 하는 내성적인 성격으로 변한다.

어느 서리 내린 아침, 수선화 조화를 격자문 밖에서 안으로 넣어둔 사람이 있었다. 미도리는 까닭 없이 그리운 생각이 들어 선반 위에 있는 작은 꽃병에 꽂아두고는 그 쓸쓸하고 청결한 모습을 바라보며 아꼈다. 그런데 우연히 전해들은 얘기로는, 그날 아침이 바로 신뇨가 다른 학교에 가서 스님이 되는 수행을 시작한 날이었다고 한다.

일본 최초의 여류 직업소설가 히구치 이치요(樋口一葉,1872~96)는 도쿄에서 출생하여, 세이카이소학교 고등과를 수석으로 졸업했으나, 사업에 실패한 아버지가 병으로 사망하자 바느질로 생계를 꾸려가는 등 극심한 빈곤을 경험했다. 그녀는 생계 수단으로 소설을 쓰기로 결심하고, 1894년 12월『그믐날』(大つごもり)을「문학계」(文学界)에 발표한 이래, 1896년 1월까지, 7편의 소설과 4편의 에세이 등 대표작이라 할 수 있는 작품을 마루야마후쿠산초(丸山福山町)에서 집중적으로 집필하는데, 이 기간이 와다 요시에(和田芳恵)에 의해서 '기적의 14개월'이라고 불리게 된 것이다.『키재기』는 이 시기에 쓰여진 작품으로 그녀가 바로 사망하기 전 해인 1895년 1월부터 다음해 1월까지이다.

작가는 타고난 감수성과 문장력을 바탕으로 빼어난 작품을 잇달아 발표, 모리 오가이(森鷗外), 고다 로한(幸田露伴) 등 대작가들로부터 격찬을 받으며 일약 일본 문단의 총아로 떠올랐지만, 25세라는 젊은 나이에 폐결핵으로 사망해 많은 사람의 안타까움을 자아낸 동시에 동경의 대상이 되기도 했다.

당시 일본은 천황 중심의 가족국가 형태인 메이지시대로 독신 여성에 대한 탄압이 엄격하던 시절이었다. 거금을 주고 사들인 것이기는 하나 한때 사족 신분으로서의 긍지가 대단했던 그녀는 경제적인 이유로 파혼 후, 결혼도 마다하고 글쓰기에 몰두하여 평생 4,000여 수의 와카와 40여 권의 일기, 서간문, 수필, 그리고 21개의 단편소설을 남겼다. 특히 『키재기』는 최근 미국 고등학교의 국어 부독본에도 그 일부가 실려 있는 바, 이치요로 하여금 일약 문학 작가로서의 이름을 확고하게 보장해 준 수작이다.

그녀는 불교의 다비로 화장을 치른지 꼭 108년째인 2004년, 일본 역사상 여성으로서는 두번째로 일본의 5000엔권 새 화폐에 초상이 실리는 영광을 안기도 한다.

■ 소설

'가정의 아버지'에서 '이념의 아버지'로

시마자키 도손 『파계』

【노영희】

'파계'(破戒)란 원래 종교적인 의미로 사용되는 말이지만, 이 작품에서는 아버지의 엄한 훈계가 마치 종교의 계율처럼 주인공의 마음을 사로잡고 있는 것을 강조하는 것으로서 쓰이고 있다.

초등학교 선생 세가와 우시마쓰(瀨川丑松)는 천민 출신이다. 그는 아버지로부터 '신분을 감추라'는 훈계를 받으며 자라는데, 그가 '천한 신분'이라는 것이 알려지면 학교에서 쫓겨날 뿐 아니라, 이 사회에서 떳떳하게 살아갈 수 없기 때문이다. 그는 자신이 천한 계급 출신이라고 공언하며 사회적 편견과 당당하게 투쟁하는 선배 이노코 렌타로(猪子蓮太郎)의 저서를 접하면서 자신도 그런 떳떳한 삶을 동경하지만, 용기가 없기에 날로 고민에 빠지게 된다.

한편, 우시마쓰가 학생들 사이에서 신망이 두터워지자 교장은 시기하여 그를 내쫓을 기회를 호시탐탐 노린다. 그러던 중 갑자기 아버지의 부음을 듣고 귀향길에 올랐던 그는 자신의 신분을 아는 다카야기(高柳)와 우연히 같은 기차를 타게 된다. 결국 다카야기의 입을 통해 그의

• • •

시마자키 도손

신분이 학교에 알려지게 되면서 그의 고민은 더해간다. 병을 무릅쓰고 천민해방운동에 분주하던 선배 렌타로가 정적(政敵)의 손에 쓰러지게 되고, 이를 계기로 우시마쓰는 드디어 아버지의 훈계를 어기고 학생들 앞에서 머리를 숙이고 신분을 밝히면서 이제까지의 잘못을 빈다. 학생들은 만류하지만 그는 낡은 사회 풍속에 등을 돌리고, 이제까지의 모든 것을 버리고 텍사스라는 신생(新生)의 땅을 향해 일본을 떠난다.

이 소설에는 아버지의 훈계와 선배가 가르쳐준 이념 사이에서 갈등하는 주인공의 모습이 사실적으로 제시되어 있다. 여기에서 갈등이란 아버지의 훈계를 지키면서 살아가야 할 가족사적 세계와, 그 훈계를 파계하고 신분을 밝히라는 선배 렌타로의 정신적 세계와의 관계에서 발생하는 것이다. 결국 주인공은 아버지의 훈계를 어기고 선배의 가르침을 따라 자유인으로서의 정신적 자각에 이르게 된다. 이것은 백정의 자식이라는 신분을 고백함으로써 당시 여전히 잔존해 있던 봉건성으로부터 벗어나고자 하는 근대인으로서의 자각과 자기 주장이다.

세가와가 학생들 앞에서 자신의 출신 성분을 밝히는 절정 부분은 다음과 같다.

"이제부터 앞으로 5년, 10년이 지나서 가끔씩 여러분이 초등학교 시절을 생각할 때 '아아! 그 4학년 교실에서 세가와라고 하는 교사에게 배운 적이 있었지. 그가 가끔씩 천민이란 출신을 고백하며 작별을 고하고 갈 때, 새해가 되면 자기들과 똑같이 설날을 축하하고, 천황탄생일이 돌아오면 기미가요를 부르며, 뒤에서나마 우리들의 행복과 출세를 기원한다고 했었지.' 이렇게 생각해주면 좋겠어요. 내가 지금 이런 이야기를 고백하니까 필시 여러분은 불결하다는 느낌이 들겠지요.

설령 난 비천한 출신이더라도 적어도 여러분이 훌륭한 생각을 갖도록 매일 마음을 써서 가르쳤어요. 하다못해 그 노고를 생각해서 오늘까지의 일은 부디 용서해주세요."

이렇게 말하고, 학생의 책상에 손을 짚고 용서를 빌 듯 머리를 숙였다.

(중략)

"사실 난 천민이에요, 백정이에요. 부정한 인간이에요."

자연주의 문학의 대가인 시마자키 도손(島崎藤村, 1872~1943)은 가계의식이 강했다. 그는 평생 동안 '집'과 '아버지'의 문제를 끊임없이 작품화했다. 그는 가부장제 가족제도의 망령과 평생 대결했으며, 그 '집'의 실상을 잘 파헤친 작가로 알려져 있다. 첫 장편소설인 『파계』(破戒, 1906)에서 아버지의 훈계를 둘러싼 자식의 번민을 그려내고 있으며, 이어서 『봄』(春, 1908)과 『집』(家, 1910)에서도 전통적인 집이 젊은이들에게 얼마나 괴로운 굴레였는지를 분명하게 파헤치고 있다.

위에서 소개한 『파계』에서는 아버지상과 교사상을 대립시킴으로써 작품의 주제를 분명히 하고 있다. 그가 천착한 아버지상은 '그늘의 존재'인 아버지와 '힘 있는 존재'로서의 아버지라는 두 방면에서 생각할 수 있다. 그늘의 존재로서의 아버지는 문명의 물결에 시달리는 피해자의 성격을 띠며 변화하는 사회에서 점점 멀어져가는 과거지향형의 존재이다. 그런데 그늘의 존재인 아버지는 한편으로는 강력한 명령으로 언제나 그 아들의 뒤를 쫓아다닌다. 사회에서는 날로 그늘의 존재로 잊혀져가고 있는 아버지가 가정에서는 아직도 강력한 명령의 존재로 힘을 발휘하고 있는 것이다. 그런데 우시마쓰가 그 아버지의 강력한 명령인 훈계를 어기고 자유인으로 자각하는 지점에서 아버지상의 변모는 극치를 이룬다. 주인공은 아버지가 항상 강조했던 삶의 훈계보다는, 선배인 렌타로의 주장에 따라 자유의 길을 선택하게 된 것이다.

우시마쓰의 아버지는 아들에게 세상을 살아가는 방법을 가르쳐주었다. 아버지는 자신의 삶보다도 아들의 미래를 기원하는 사람이었지만, 이 아들의 출세라는 점에서는 부모로서 가족이기주의를 벗어나지 못했다. 말하자면 아버지의 교훈은 세상을 살아가는 지혜였지만 진실이 아닌 요령을 위한 지혜는 세상과 충돌하기 쉬울 뿐 아니라, 우시마쓰의 마음속에서도 끝없는 갈등을 초래한 것이다.

이제까지 우시마쓰의 행동을 지배하고 있었던 것은 혈연의 힘이었다. 그가 혈연인 아버지의 훈계를 버리고 개인의 자유를 존중하는 정신에 철저해짐으로써 그에게는 이제 렌타로의 이미지로 집약되는 사상의 선생, 이념의 아버지가 새로운 의미를 지니게 된 것이다.

■ 소설

사회의 관습에 묶인 한 중년작가의 진실

다야마 가타이 『이불』

【노영희】

30대 중반의 다케나카 도키오(竹中時雄)는 일상의 권태에 몸부림치며 변화를 갈구하고 있다. 아내는 셋째를 임신중이고 이미 신혼의 쾌락도 다 식어버린 지금 어느 것 하나 흥미를 붙일 곳 없는 상태이다. 마침 그때 고베(神戸) 여학교 학생인 요코야마 요시코(横山芳子)로부터 제자가 되고 싶다는 편지가 날아온다.

요시코는 끈질긴 간청 끝에 도키오의 제자가 되어 문학 수업을 받고자 도쿄로 상경하여 그의 집에서 한달 정도 머물게 된다. 그녀의 출현으로 도키오 집안은 생기가 넘치게 되었다. 요시코의 화려한 옷차림과 생기있고 발랄한 표정에 도키오의 가슴도 두근거리게 된다. 한 달이 채 지나지 않아 여제자를 집에 두는 것이 곤란해지자, 도키오는 요시코를 처형의 집에 머물도록 한다. 그로부터 1년 반의 세월이 흐르고, 그 사이에 요시코는 2차례나 고향에 다녀온다.

그런데 요시코에게는 고베 교회의 수재이며 도지사대학 학생인 21세의 애인 다나카 히데오(田中秀夫)가 있었다. 다나카는 요시코를 그리워한 나머지 결국은 문학을 공부한다는 구실로 도쿄로 상경한다. 그들의 행동에 불안을 느낀 도키오는 '온정어린 보호자'로서의 임무를 내세워 비추(備中)에 있는 요시코 아버지에게 편지를 한다. 그리고 요시코의 영혼과 육체 모두 그 젊은이에게 빼앗긴 사실을 알고 분개하며, 자신도 대담하게 그녀를 통해 성욕을 만족시켰으면 좋았으리라고 후회한다. 결국 요시코의 아버지가 딸을 데리고 귀향함으로써 이제 도키오의 생활은 3년 전의 쓸쓸하고 황량한 모습으로 되돌아왔다.

고향으로 돌아간 지 닷새만에 요시코는 편지를 보낸다. 이에 도키오는 요시코가 머물던 방으로 가서 그녀의 체취를 맡으며 회한에 젖는다. 요시코가 사용하던 이불과 잠옷을 꺼내어 그것에 얼굴을 파묻고 마음껏 그리운 여자의 냄새를 맡는다. '성욕과 비애와 절망'이 도키오의 마음을 엄습한다.

1907년 「신소설」(新小說)에 발표된 『이불』(蒲団)은 일본 자연주의의 성격을 결정지었다고 일컬어지는 문제작으로, 작자 다야마 가타이(田山花袋, 1871~1930)를 당시 일본 문단의 중심인물로 만들었다. 처자를 가진 중년의 가장이자 여제자에 대해 스승의 입장을 지키려고 하는 사람이, 다른 한편에서는 남자로서 뜨거운 성적 충동을 느낀다는 것이 주제인데, 거기에 작가는 사회의 관습에 묶여 괴로워하는 인간의 진실을 그리려고 했던 것이다. 이러한 문제를 자신의 체험적 사실에 의거하여 노골적으로 쓴다는 일은 당시 일본 문단에 센세이션을 불러일으킬 만큼 획기적인 방법이었다. 작품은 내부의 모순, 신구(新旧) 두 세력의 대립, 행동과 자의식의 갈등을 통해 그것이 메이지적인 근대의 모순의 반영임을 자연스럽게 알려주고 있다.

다야마 가타이

가타이의 또다른 자연주의적 작품으로 『시골 선생』(田舎教師, 1909)을 살펴보자. 주인공의 모델이 된 하야시 세이조(林清三)가 남긴 일기를 토대로 한 이 작품은 한 시골 선생의 삶을 담담하게 묘사함으로써 당시 현대 청년의 비극을 그려내고 있다. 현지답사를 통해 이루어진 집필 작업이 가타이에게는 '한 청년의 혼을 묘 아래에서 환기시킨 듯'해서 즐거운 일이었다고 고백했다. 주인공의 삶 속에 작가의 청춘이 함께 하고 있고 당시 청년의 고민을 대변해준 작품으로 평가된다.

러일전쟁의 한 분수령이 되었던 요양(遼陽)이 함락되어 축하와 환호성으로 시끄러운 날, 그 밤에 한 시골 교사가 숨을 거둔다. 고바야시 세이조(小林清三)라는 이름의 그는, 시골에서 중학교를 졸업하고 문학공부를 위해 다른 친구들처럼 도쿄로 가고 싶은 마음이 간절했지만 가난으로 꿈을 이루지 못하고 시골 학교의 임시교사가 되었다. 시골 학교의 선생으로서의 생활은 성에 차지 않고 동료 선생들의 순응적 삶도 마음에 들지 않는다. 그는 시인으로서 입신하기 위해 여러 잡지에 투고하기도 하고 독학으로 그림을 배우거나 오르간을 배우면서 공허한 마음을 채우려 한다.

세월의 변화 속에 그는 집안의 몰락으로 유랑생활을 하게 되고, 가난과 병마로 인해 도쿄 유학뿐 아니라, 친구의 동생에 대한 사랑마저도 포기한다. 마지막 소망이었던 도쿄 음악학교 지망에도 실패한 뒤 실의를 극복하는 과정에서 운명에 자신을 맡기게 된다. 그는 결국 체념주의자가 되어버렸다. 이제 그에게는 미래에 대한 꿈도 다부진 소망도 존재하지 않는다. 다만 운명에 순응할 뿐이다. 그러다가 폐병에 걸리고, 결국 병이 악화되어 비극적 삶을 마치게 된다.

평론가 도날드 킨은 『시골 선생』의 가치를 사라져가는 일본을 그린 점에서 높이 평가하고 있다. 『이불』의 등장인물들이 새로운 20세기의 인간관계에 휘말려 있던 점에 반해, 『시골 선생』에 등장하는 사람들은 전세기(前世紀)의 그림자가 남아 있는 시골에 살고 있기 때문이다. 그만큼 작품은 평범한 한 시골 선생의 삶을 통해 변해가는 시대 속에서 방황하는 모습을 소박하게 보여주고 있음이 특징적이다.

■ 소설

봄새가 된 백치 소년 로쿠조

구니키다 돗포 『봄새』

【장영순】

어느 지방 청년 교사인 '나'는 자주 뒷산 시로야마(城山)에 올라가 풀을 베고 누워 오랜 세월 동안 인적이 드문 숲을 바라보며 전원을 즐기곤 한다. 그곳에서 우연히 로쿠조(六蔵)를 만나게 되는데 그는 나의 하숙집에 동거하는 11세의 백치소년이다. 소년은 원숭이처럼 돌담을 넘기도 하고 특히 새를 좋아해서 벙어리 같은 소리를 지르며 새의 뒤를 쫓기도 한다.

나는 백치소년을 가엾게 여겨 어떻게든 보통 사람으로 끌어올리려고 노력한다. 그러나 그는 무엇을 가르쳐도 조금도 기억하지 못한다. 숫자에 대한 개념이 없을 뿐더러 자신이 좋아하는 새 이름조차 쉽게 기억하지 못하는 로쿠조. 나는 천수대 돌담 위에 앉아 노래를 부르는 소년을 보며 하늘과 햇살, 낡은 성터와 소년이 그려져 있는 한 폭의 그림을 연상한다. 그리고 소년은 백치가 아니라 천사, 또는 자연의 아들이 아닐까 생각한다.

그런데 이듬해 봄 어느 날 로쿠조가 행방불명된다. 사방을 찾아 돌아다니던 나는 시로야마의 돌담 밑에 죽어 있는 그를 발견한다. 그리고 자유롭게 날아다니는 새를 망연히 바라보며 신기하게 여기던 로쿠조의 모습을 떠올리면서, 그가 새처럼 나무 위로 날아가 앉으려고 돌담 위에서 뛰어내린 것이라고 추측한다. 그 후 나는 천수대에 올라가 로쿠조를 떠올리며 인류와 다른 동물과의 차이, 인류와 자연과의 관계, 생과 죽음의 문제를 생각한다. 그리고 워즈워스의 시에서 죽어 땅에 묻혀 자연으로 돌아간 소년의 죽음보다 이 백치소년의 죽음이 더 큰 의미를 지닌다고 여긴다. 또한 나는 봄 하늘을 자유롭게 날고 있는 한 마리의 새를 바라보며 그 새가 바로 로쿠조가 아닐까 생각한다.

로쿠조와 마찬가지로 백치인 그의 어머니는 아들의 죽음을 알고 슬퍼운다. 어느 날 로쿠조의 묘에 갔는데 먼저 와 있던 그의 어머니는 혼잣말을 한다. '아무리 백치라도 새의 흉내를 내는 사람이 있단 말이냐? 하지만 차라리 너는 죽는 편이 행복할 거야.' 그리고 왜 로쿠조가 새 흉내를 냈는지 그 이유를 나에게 묻는다. 나는 로쿠조가 죽은 것은 불의의 재난이었으며 그가 새 흉내를 냈을 것이라고 한 것은 자신의 상상이었을 뿐이라고 변명한다. 그래도 그의 어머니는 아들이 새가 되었을 것이라고 믿고 있는 사람처럼 시로야마에서 해변가 쪽으로 날아가는 새 한 마리를 슬픈 표정으로 떠나보낸다.

소설가이자 시인이기도 한 구니키다 돗포(国木田独歩,1871~1908)는 치바현에서 태어나 도쿄전문학교를 중퇴하고 교사를 거쳐 1894년 청일전쟁 때는 신문기자로 종군하기도 했다. 그 뒤에도 신문이나 잡지의 편집이나 경영에 종사하는 등 저널리스트로서의 일을 계속한다. 그

의 작품들은 이런 사회활동 중이나, 그 사이 휴직기 중에 쓰여진 것으로 그의 경험들이 작품 속에 녹아들어 있다. 『봄새』(春の鳥,1904)의 백치소년도 그가 사이키(佐伯)에서 교사생활을 하던 시절의 실제 경험에서 소재를 취한 것으로 알려져 있다.

종군기자로 활약해 문필가로서 명성을 얻은 돗보는 1895년 사사기 노부코와 연애결혼을 한다. 그러나 경제적인 어려움을 이유로 반 년만에 이혼을 한다. 상처를 입은 돗보는 닛코(日光)의 절에서 칩거하면서 산책과 시작으로 매일 매일을 보낸다. 거기서 처녀작 『겐 아저씨』(源叔父,1897)를 완성시킨다. 이것은 인간의 비극을 아름다운 자연 속에 녹여낸 작품으로 이와 같은 서정성은 이후 발표되는 그의 다른 작품에도 계속 이어진다. 같은 해 1897년 다야마 가타이와의 공저 『서정시』(叙情詩, 1897)가 출판되고 또 1898년에는 자연미를 그린 수필 「지금의 무사시노」나 「잊을 수 없는 사람들」 등의 작품이 발표되기도 한다. 그리고 1901년 이 작품들을 수록한 첫번째 소설집 『무사시노』(武蔵野)가 간행된다.

1905년에는 두번째 소설집 『돗포집』(独歩集)이 출판된다. 생활은 어려웠지만 가정적으로 안정기였던 가마쿠라 시절에 쓴 작품과 자신이 편집자이자 경영자로 일한 「긴지화보」(近事画報)로 바쁜 나날을 보내면서 틈틈이 완성한 작품을 모은 것으로 『봄새』도 여기에 수록되어 있다.

이어 1906년에는 세번째 소설집 『운명』(運命,1906)이 출판되는데 이것에 의해 그의 문학적 지위는 확고해진다. 말년에는 현실을 응시하고 저변의 인생을 객관적으로 묘사한 『궁사』(窮死,1907), 『대나무문』(竹

の木戸, 1908) 등의 작품을 발표해 자연주의 작가로서도 평가를 받게 되지만, 1908년 37세의 나이에 폐결핵으로 사망한다.

돗포 소설의 특징 중 하나는 세상에서 소외된 이들과 고독을 견디며 살아가는 이들을 주인공으로 등장시키고 있다는 점을 꼽을 수 있다. 『봄새』의 불쌍한 백치 모자(母子), 『겐 아저씨』의 뱃사공 노인과 부모에게 버림받은 거지 소년 기슈(紀州), 이들 모두 순수하고 고독한 존재이다. 소설에서 이들의 죽음은 모두 자연과 융화를 이룬다. 『겐 아저씨』에서 아저씨는 죽어서 가족과 같이 묻힘으로써 자연으로 돌아가 행복해지고, 『봄새』에서 백치소년 로쿠조는 죽은 뒤 자유로운 새가 됨으로써 행복해진다. 이와 같은 인간과 자연과의 관계는 돗포의 문학을 논할 때 가장 많이 언급된다. 특히 영국의 낭만시인 워즈워스와 관련지어 논해지는 경우가 많은데, 『봄새』는 특히 처녀작 『겐 아저씨』에서 시작된 워즈워스의 낭만적 서정성이 완벽하게 완성을 이룬 작품이라는 평을 받기도 한다.

이처럼 소외된 존재 중, 특히 소년을 주인공으로 하고 있는 작품이 많다는 점도 특징이라 할 수 있다. 『그림의 비애』(1902)에서는 한 남자가 자신의 소년시절의 우정을 떠올리며 그때의 순수한 시절에 끌리면서도 지금은 그 순수함에 빠져들지 못하는 비애를 그리고 있다. 그리고 『소년의 비애』(1902)에서 12살 소년은 도쿠지로(德二郎)라는 남자의 부탁으로 조선에 팔려가게 되는 한 여인을 만난다. 자신의 불행한 운명을 알면서도 그것을 어찌 할지 모르는 여인을 동정하면서도 아무것도 할 수 없는 한 소년의 비애를 담아내고 있다. 또 『말 위의 친구』(1903)에서는 봉건적인 사고를 가진 아버지의 뜻을 꺾고 자신의 뜻을 펼쳐서 사무장이 되는 소년의 모습을 그리고 있다. 이와 같은 작품들 중에는 소년의 눈을 통해 비참한 현실을 그린 것도 있고 사회 속에서 밝고 건강하게 살아가는 소년의 모습을 그린 것도 있다.

한편 이들 작품과는 달리 『봄새』에서는 현실세계로부터 완전히 유리된 백치소년을 등장시키고 있는데, 과연 돗포는 왜 이토록 자연이나 소년의 순진함에 집착한 것일까. 시인으로서의 자세를 잃지 않았던 삶에서도 그 이유를 찾아볼 수 있겠지만, 그보다 청일전쟁과 러일전쟁을 겪으면서 자신의 힘으로는 어쩔 수 없는 세상으로부터 자유로워지고 싶은 작가 돗포의 마음이 죽은 백치소년을 봄새에 비유하고 있는 나를 통해 나타나 있는 것은 아닐까 생각된다.

다이쇼시대 (1912~1926)

■ 소설

■ 소설

다이쇼시대와 문학

【권혁건】

■ 다이쇼시대 개관

일반적으로 다이쇼(大正) 천황의 재위기간이었던 1912년부터 1926년까지 약 15년간을 다이쇼시대라고 한다.

일본인에게 정신적으로 지대한 영향을 미친 메이지(明治) 천황은 한일합방의 숙원을 달성한 뒤 2년만에 당뇨병으로 고생하다가 1912년 생을 마감했다. 메이지 천황이 죽은 뒤, 그의 아들 요시히토(嘉仁)가 대를 이어 1912년 7월 천황(天皇)이 되었다. 이때 즉위한 천황이 다이쇼 천황이다. 그러나 병약한 그는 일본 근대사에서 크게 두드러진 활약을 하지 못한 인물이었다.

일본은 러일전쟁에서 승리한 이후 강력한 제국주의 정책하에 남만주 철도주식회사를 설립하여 탄광과 주변지역의 자원개발에 착수하는 한편, 우리나라를 강압적 방법으로 식민지화했다. 하지만 어린 다이쇼 천황은 병약했기 때문에 정상적인 정치활동을 하지 못했다.

그가 즉위한 이듬해 1913년 2월, 성난 민중이 헌정 수호를 외치며 의회를 포위하고 정부계 신문사와 파출소를 습격하여 불태우는 사건이 일어났다. 가쓰라 다로(桂太郎) 일본 내각은 이에 맞서 의회를 해산시키려고 했으나 그렇게 할 경우 내란이 일어날 위험이 있었기 때문에 할 수 없이 내각을 사퇴했는데, 이를 '다이쇼 정변'이라고 한다.

가쓰라의 뒤를 이어 내각을 구성한 인물은 사쓰마 군벌의 해군 대장 출신인 야마모토 곤베에(山本權兵衛)였다. 그러나 야마모토 곤베에 내각도 해군이 독일의 지멘스와 미쓰이 물산으로부터 군함 도입 문제로 수년 동안 뇌물을 받아온 사실이 폭로되어, 1914년 사퇴하게 되는데 이것이 '지멘스 사건'이다.

1914년 6월 오스트리아 황태자가 세르비아의 한 청년에게 암살당한 사건을 계기로 7월에 제1차 세계대전이 일어났다. 전쟁은 전 유럽으로 확산되어 영국, 프랑스, 러시아, 이탈리아 등의 연합국과 독일, 오스트리아 등의 동맹군 사이에 치열한 전쟁이 전개되었다. 일본은 일영동맹(日英同盟)에 근거하여 재빠르게 연합군 측에 가담하고 독일에 선전포고를 했다. 일본 육군은 독일의 아시아 근거지인 중국의 산둥성(山東省) 일대를 점령했고, 해군은 태평양의 독일령 남양군도를 점령했다.

일본이 제1차 세계대전에 참전한 실질적인 목적은 구미 열강이 아시아를 돌아볼 겨를이 없는 틈을 타 중국을 침략해서 국익을 챙기고자 함이었다. 때문에 산둥성 일대를 점령한 일본은 중국의 철수 요구를 거부하고 오히려 병력을 증강해나갔다.

제1차 세계대전은 일본에 유례없는 호황을 가져다주었다. 선박 수요의 급증으로 해운업과 조선업은 공전의 호황을 누려 일본은 일약 세계 3위의 해운국으로 발돋움했다. 그리하여 1914년의 11억 엔의 채무국에서, 1920년에는 27억 엔 이상의 채권국으로 급변하게 되었다.

다이쇼시대 말기인 1923년(大正 12년) 9월 1일, 진도 7.9의 강진이 도쿄를 중심으로 한 관동(關東) 지방을 강타했다. 이른바 '관동대지진'이 발생한 것이다. 이 지진은 도쿄와 요코하마를 일순간에 화염에 휩싸이게 했고, 수많은 인명과 재산의 손실을 가져온 천재지변이었다. 도쿄와 요코하마 지역 약 70%를 파괴한 이 지진으로 69만 호의 가옥이 파괴되었고, 사망 및 행방불명자가 14만 명에 달했다.

■ **다이쇼시대의 문화와 문학**

다이쇼시대는 민중세력의 대두와 대중문화가 발전한 시기다. 러일전쟁 이후 의무교육이 철저하게 실시되어 일본 국민 대다수가 문자를 읽을 수 있게 되었기 때문이다.

이 시기에 일본 대중문화와 근대문학의 발전에 엄청난 영향을 끼친 대표적인 신문인 요미우리(読売)신문과 아사히(朝日)신문은 발행 부수를 확대해나갔다. 뿐만 아니라 「중앙공론」(中央公論)과 「개조」(改造) 등을 비롯한 종합잡지가 발간되었다. 1925년에는 도쿄와 오사카에서 라디오 방송이 개시되었고, 이후 라디오 방송은 일본 전국으로 확대되었다. 영화도 다이쇼 말기부터 관객수가 비약적으로 증가하여 일본인들이 외국을 인식하는 데 커다란 영향을 주었다. 레코드가 대량으로 팔리기 시작한 때도 이 시기로 레코드 판매와 동시에 가요곡이 유행하기 시작했다. 이들 미디어를 통해서 새롭고 다양한 외국사상과 문학이 일본에 소개되었다. 일본문학도 대중화되기 시작하여 전집, 문고본 등의 형태로 작품이 출판되기 시작했다. 이에 따라 문화 수준이 향상되고 삶이 윤택해졌다.

다이쇼시대의 문학은 메이지 말기의 자연주의가 쇠퇴하며 나타난 반자연주의(反自然主義)의 작가들에 의해 전개되었다. 이 시기에 활약한 반자연주의를 대표하는 작가는 나쓰메 소세키(夏目漱石), 모리 오가이(森鷗外), 나가이 가후(永井荷風), 다니자키 준이치로(谷崎潤一郎), 무샤노코지 사네아쓰(武者小路実篤), 시가 나오야(志賀直哉), 아리시마 다케오(有島武郎) 등이다. 또한 다이쇼 중기 이후에 문학을 지배했던 이지파(理知派), 혹은 신사조파(新思潮派)라고 불리는 작가들도 반자연주의 작가들로 볼 수 있다. 대표적인 작가로는 아쿠타가와 류노스케(芥川龍之介), 기쿠치 간(菊池寛), 구메 마사오(久米正雄), 야마모토 유조(山本有三) 등이다. 이들은 도쿄제국대학 출신들이 주축이 되어 활동했던 동인지 「신사조」(新思潮)를 중심으로 활약했다.

다이쇼시대의 문학은 민주주의를 배경으로 하면서 개성의 존중과 인간성 탐구, 자유의 개화를 그 근본 정신으로 한 것이 특색이다. 하지만 다이쇼시대는 15년간이라는 짧은 시간에 막을 내리고 전쟁과 패전, 그리고 경제적 번영이 뒤엉킨 길고 긴 쇼와(昭和) 시대를 맞이하게 된다.

■ 소설

반자연주의와 탐미파 문학

【권혁건】

■ 반자연주의 개관

일본 자연주의의 대표 작가라고 할 수 있는 시마자키 도손(島崎藤村)이 『파계』(破戒)를 발표한 이듬해 1907년에는 프랑스의 자연주의 작가 모파상의 영향을 강하게 받은 다야마 가타이(田山花袋)가 『이불』(蒲団)을 발표함으로써 일본 자연주의 소설이 성립하게 된다. 일본의 자연주의는 러일전쟁 이후 허탈한 사회 상황 속에서 메이지 40년대(1907~12) 전후에 잇달아 작품이 발표되어 일본 문단을 뒤덮는 세력으로 성장했다.

그러나 메이지 말기 문단에 주류를 이루던 자연주의를 극복하고 독자적인 작품세계를 구축하려고 하는 작가들이 태어났다. 자연주의가 일본에 확립되어 가는 시기에 이른바 반(反)자연주의 작가들이 출현하게 된 것이다. 작가의 신변을 노골적(露骨的), 무기교적(無技巧的)으로 편중되게 묘사하는 자연주의의 고백문학에 반발하여 문학에는 좀더 다른 면이 있다는 견해를 가진 작가 그룹의 활동이 집단을 이루어 생겨나게 되었다.

자연주의와 상반된 문학관을 갖고 자연주의에 비판적인 입장을 취한 작가들의 문학 경향을 종합해서 반자연주의(反自然主義)라고 한다. 당시 자연주의에 불만을 표시하고 그것을 초월하려는 움직임을 나타냈던 그룹은 크게 넷으로 구분할 수 있다.

첫째, 자연주의 작가들로부터 고답파(高踏派), 여유파(余裕派)로 불린 모리 오가이(森鷗外)와 나쓰메 소세키(夏目漱石) 문학이다.

둘째, 관능과 정서에 호소하는 미적 세계를 추구했던 나가이 가후(永井荷風)와 다니자키 준이치로(谷崎潤一郎) 등의 탐미파(耽美派) 문학이다.

셋째, 이상주의적 개인주의를 주창하고 자기에게 충실할 것을 존중했던 무샤노코지 사네아쓰(武者小路実篤)와 시가 나오야(志賀直哉) 등의 시라카바파(白樺派) 문학이다.

넷째, 평범한 인간 생활을 작품 대상으로 택하며, 현실적이고 이지적인 작풍을 나타내었던 아쿠타가와 류노스케(芥川龍之介), 기쿠치 간(菊池寛), 구메 마사오(久米正雄) 등의 이지파(理知派), 혹은 신사조파(新思潮派)로 불리던 문학을 들 수 있다.

이들은 하나의 통일된 문학관을 가진 것이 아니라 각자 서로 다른 입장을 취하며 다이쇼시대에 자연주의의 뒤를 이어 개성적이고 독창성이 있는 작품을 활발하게 발표해나갔다.

■ 탐미파 문학

추악한 현실을 있는 그대로 폭로하는 자연주의에 대항하여 미(美)의 창조를 지상의 목적으로 삼아 자유스럽게 미적 세계를 그리려고 했던 탐미파(耽美派) 문학이 메이지 말기와 다이쇼시대에 등장하여 문단의 주류를 이루며 활동하기 시작했다. 탐미파는 서구(西欧)에서 19세기 후반에 출현한 유미주의(唯美主義) 사조의 영향을 받아, 미의 창조를 예술의 유일지상(唯一至上)의 목적으로 추구하는 창작 태도로 탐미주의(耽美主義)라고도 불린다.

탐미주의는 포우(E.A.Poe)의 영향 아래 프랑스의 보들레르(Charles-Pierre Baudelaire)에 의하여 고조되었고, 영국에서는 페이터(W.H.Pater)를 시조로 오스카 와일드(Oscar Wilde)에 이르러 호화롭게 선양되었다. 탐미주의는 일반적으로 자연보다는 인공을 중시하고 사상보다는 감각을 중요시한다. 그리고 독창성을 존중하고 도덕규범을 초월한 미를 주장한다. 탐미주의자들의 공통된 특색은 정신이나 심정보다는 감각을, 작품내용보다는 형식이나 기교를 중시하고, 자연이나 인생으로부터 초월하여 독자적 예술세계를 창조하려 한다.

일본에 있어서 탐미주의는 반자연주의 운동의 일환으로서 일어나 점차 고유 세계를 수립해나갔다. 그 탄생의 직접적인 계기는 1909년의 모리 오가이(森鷗外)를 중심으로 창간된 단가(短歌)의 문예잡지 「스바루」(スバル)를 기점으로 해서 「미타문학」(三田文学)에 의해 전개되었다. 일본 탐미주의의 이론적 기초를 제공한 사람은 서구의 문예사조를 일본에 소개했던 우에다 빈(上田敏)이며 탐미주의, 탐미파를 대표하는

작가는 나가이 가후(永井荷風), 다니자키 준이치로(谷崎潤一郎), 사토 하루오(佐藤春夫) 등이다.

나가이 가후는 미국과 프랑스를 외유한 체험을 감각적인 문체로 『아메리카 이야기』(アメリカ物語), 『프랑스 이야기』(フランス物語) 등의 작품을 발표했다. 또한 메이지시대의 물질문명에 대한 비판을 강화해 가는 가운데 차츰 전통적인 에도(江戸) 문화에로의 애착을 심화시켜 서정시와도 같은 풍속소설 『스미다강』(すみだ川)을 발표했다. 이후 시대의 풍속을 단적으로 포착하는 색채가 풍부한 화류계(花柳界)를 무대로 한 작품으로 전환하여, 다이쇼시대에 들어와서는 『솜씨 겨루기』(腕くらべ)와 『오카메사사』(おかめ笹) 등의 탐미적 작품을 발표했다.

나가이 가후는 모리 오가이와 우에다 빈의 추천에 의해 게이오(慶応)대학 교수가 되었다. 이때 그는 와세다대학에 교수로 근무했던 쓰보우치 쇼요(坪内逍遥)의 편집으로 창간된 「와세다문학」에 대항하여 1910년 5월에 「미타문학」을 창간했다. 「미타문학」은 모리 오가이와 우에다 빈을 고문으로 하고 나가이 가후가 주간으로 참가하여 창간되었으나 게이오대학 문과의 기관지 역할을 했다. 또한 자연주의의 「와세다문학」에 대립하여 탐미파 진영의 거점이 되어 「명성」과 「스바루」 계통의 작가들에게 작품을 발표할 수 있는 장을 제공했다. 이를 중심으로 반자연주의 작가가 결집하게 된다. 하지만 가후는 다이쇼시대에 들어와서 1916년 2월에 게이오대학 교수와 「미타문학」의 편집일을 그만두고 작품활동에 전념했다.

나가이 가후의 지원과 천거에 의해 문단에 등단한 다니자키 준이치로는 출발 당시부터 탐미파 작가라고 볼 수 있다. 다니자키는 이후 독자의 관능적인 미의 세계를 구축하여 탐미파의 대표 작가가 된다. 그는 철저한 탐미와 환상적인 여성의 관능미 묘사로 주목받았으며, 당시 자연주의 풍조에 반발하여 여성의 아름다운 육체 숭배를 기초로 한 퇴폐적인 미를 즐겨 그린 작풍으로 인해 '악마주의자'로 불렸다. 탁마된 문체와 형식미로 탐미적 경향을 유감없이 표현하여 메이지 말기와 다이쇼시대에 탐미파의 제1인자로 활약했다.

그의 출세작인 『문신』(刺青)은 그의 나이 만 24세 때 발표된 작품으로 오늘날까지 탐미파 문학의 걸작으로 평가받고 있다. 1923년 관동 대지진 이후 도쿄에서 관서지방으로 이주한 그는 이듬해에 전기 다니자키 문학의 집대성이라고 일컬어지는 『치인의 사랑』(痴人の愛, 1925)을 발표했다. 이는 다이쇼시대 말기 풍속소설의 기념비적인 작품으로 향락적, 탐미적인 작품의 집대성으로 평가받고 있다.

그 밖의 탐미주의 작가로 사토 하루오를 들 수 있다. 나가이 가후를 흠모하여 문단에 나온 그는 「미타문학」과 「스바루」에 시와 평론을 발표했으며 단편소설 『전원의 우울』(田園の憂鬱)과 『순정시집』(殉情詩集) 등을 발표하여 재능을 인정받았다.

■ 소설

문명의 발달은 곧 문명의 퇴화다

나가이 가후 『솜씨 겨루기』

【이진후】

신바시(新橋)의 게이샤 고마요(駒代)는 실업가 요시오카(吉岡)를 내연의 남편으로 섬기나, 인기 배우 세가와(瀨川)에 푹 빠져 헤어나질 못한다. 이 사실을 알게 된 요시오카는 고마요의 절친한 친구이자 라이벌인 기쿠치요(菊千代)를 기적에서 빼내고, 또 가게를 하나 차려준다. 한편 요시오카를 빼앗겨 복수의 칼을 갈고 있던 리키쓰기(力次)는 동생뻘인 게이샤 기미류(君竜)와 세가와를 만나게 한다. 기미류의 매력에 흠뻑 빠진 세가와는 고마요를 버리게 되는데, 이중으로 충격을 받은 고마요는 한때 광란 상태에 빠지게 된다. 그러던 중 고마요가 있던 집의 여주인이 급사를 해, 오바나(尾花) 노인의 호의로 고마요는 그 집을 물려 받는다.

이 소설은 화류계의 치정담으로 치부해버리면 극히 단순한 소설로 보이기도 한다. 하지만 나가이 가후(永井荷風, 1879~1959)는 이 소설에서 현 일본의 실상에 대한 그의 불만과 복잡한 심경을 강변하고 있다. 여기서 잠시 작가의 생애를 일별해보자.

나가이는 부잣집 도련님으로 태어나 어린 시절을 유복하게 보낸다. 정부의 요직을 거쳐 실업계에서 성공한 아버지는 자기의 대를 이을 나가이에게 특별한 기대를 걸고 그를 엄하게 교육시킨다. 하지만 아버지의 기대와는 달리 나가이는 문학, 예능에 취미를 붙이고 또 그 문하생을 자청해서 입문한다. 이 시기에 서양 사상, 특히 니체와 에밀 졸라에 심취하게 되는데, 이것은 양가집 자제로서 집이라는 구속에 대항하여, 자립과 자기 주장을 호소하고 있는 그의 청춘의 한 단면이라고 할 수 있다.

에밀 졸라의 사상에 입각해 창작한 『지옥의 꽃』(地獄の花, 1902)은 일본 전기(前期) 자연주의를 대표하는 소설로, 그를 문단에 알리는 작품이 되기도 했다. 그는 항상 예술의 본고장 프랑스를 동경하지만, 현실적인 아버지는 미국으로 유학할 것을 강권한다. 이에 할 수 없이 미국으로 가나, 그의 마음은 항상 프랑스로 향해 있기 때문에 대사관에서 아르바이트를 해서 프랑스로 갈 여비를 마련하고자 한다. 결국 아버지도 그의 고집에 한풀 꺾여, 쇼우킨(正金)은행 프랑스 리용 지점에 근무하는 조건으로 그가 프랑스에 가는 것을 허락한다. 프랑스에서 나가이는 은행을 그만두고 예술의 본 고장을 만끽하려고 하나, 아버지는 더 이상 그의 프랑스 체재를 허락하지 않고 귀국을 종용한다. 5년간에 걸친 그의 외유는, 시민사회의 개인주의와 자유를 사랑하는 정신을 체험했다는 점에서 큰 의의가 있다.

귀국 후, 그는 미국 외유 체험을 바탕으로 『미국 이야기』(アメリカ物語, 1908)를 집필해 화려하게 복귀한다. 연이어 『프랑스 이야기』(フ

ランス物語, 1909)로 주목을 끌지만 판매금지를 당해 심적 타격을 입는다. 하지만 그는 모리 오가이(森鷗外), 우에다 빈(上田敏) 등의 추천에 힘입어 게이오대학 교수가 되고, 「미타문학」을 주간해 반(反)자연주의 진영의 중심인물로서 문단활동도 활발히 전개한다. 거듭되는 판매 금지 처분과 대역사건(大逆事件 : 1910년 5월, 여러 사회주의자, 무정부주의자가 메이지 천황의 암살을 기도했다는 구실로 처형된 사건)을 계기로 나가이는 큰 전기를 맞게 된다.

미국을 거쳐 프랑스에서 귀국한 나가이의 눈에 비친 일본은, 어설픈 서양화와 문명개화로 인해 점점 황폐해져 가고 있었다. 또 대역사건을 지켜 본 나가이는 자신이 아무리 문명 비판, 시국 비판을 해본들 한 개인의 힘으로는 도저히 어쩔 수 없는 한계를 깨닫는다. 이에 더 이상의 문명 비판적인 글을 쓰지 않겠다는 이른바 '화류계소설 선언'(戯作者宣言)을 하게 된다. 이후 나가이는 화류계에서 소재를 취재해 그 세계에서 서식하는 인간 양상을 묘사해나간다.

위에서 소개한 『솜씨 겨루기』(腕くらべ, 1918)도 '화류계소설 선언'을 한 이후의 작품으로, 나가이 중기 작품의 대표작이라 할 수 있다. 다이쇼 초기의 신바시 화류계를 무대로 금전과 색욕의 세계에서 힘과 솜씨를 겨루는 군상들과 그들의 풍속, 계절의 추이를 에로틱하고 감각적인 문체로 그리고 있다. 하지만 나가이는 그것만을 주장하고자 한 것은 아니었다.

나가이가 에도(江戸) 정취를 동경한 것은 어설픈 서구문명에 의해 퇴색된 일본의 상황이 있었기 때문이었다. 그래도 좋았던 시절의 일본이 가장 많이 남아 있는 곳, 그곳이 바로 화류계란 사실을 발견하고 그는 몸소 그 세계에 뛰어들게 된다. 그러나 그 세계도 역시 전대(前代)의 인정과 정취가 물질주의, 공리주의에 의해 침식되어 변질되어가고 있음을 절감한다. 이에 적잖이 고정화된 감은 있지만, 나가이 특유의 비판적 필치로 일침을 가하고 있는 것이다.

이후에도 계속해서 『오카메사사』(おかめ笹, 1921), 『보쿠토키담』(墨東奇譚, 1937) 등 화류계소설을 꾸준히 집필하지만, 시국이 점점 전쟁으로 인해 경색되고 연이어지는 판금과 제재로 인해 이런 류의 소설은 패전이 될 때까지 더 이상 발표하지 못하게 된다. 하지만 그는 결코 시류에 편승하지 않고, 비록 발표는 되지 못했지만 작품활동을 계속해나갔다. 여러 작가들이 당국에 협조해 작품활동을 한 것과 비교해보면 시사하는 바가 많다고 하겠다.

패전 이후, 전쟁으로 인해 편협한 문학에 질린 독자들의 갈망과 새 시대의 저널리즘의 물결을 타고 전쟁 중에 집필한 나가이의 작품들이 차례차례 발표된다. 죽을 때까지 노장의 투혼을 발휘해 저작을 계속한 나가이는 『단쵸 테이니치죠』(断腸亭日乗)란 일기를 남기고 1959년 4월 30일 세상을 떠났다.

■ 소설

탐미, 여성숭배의 극치

다니자키 준이치로 『슌킨 이야기』

【이진후】

부유한 상가(商家)의 아름다운 딸로 태어난 슌킨(春琴). 재색을 겸비한 그녀는 어디에서나 총애를 받으며 성장하지만, 9세 때 눈병에 걸려 그만 앞을 보지 못하는 맹인이 되고 만다. 집에서는 그녀의 장래를 위해서 가야금을 배우게 하고, 또 하인인 사스케(佐助)로 하여금 그녀를 보살피도록 한다. 마음 속 깊이 슌킨을 사모하는 사스케는 충실히 그녀를 보좌한다.

세월이 흘러 슌킨은 더욱 아름다운 여인으로 성장하고, 빼어난 가야금 실력을 바탕으로 교습소를 연다. 장님이지만 아름다운 여인이 가야금을 켠다는 소문이 퍼지자 교습소는 성황을 이루고 슌킨은 여기저기에 불려가 연주를 한다. 하지만 세인들의 관심은 맹인이 가야금을 연주한다는 호기심과 슌킨의 미모에 있을 뿐이었다. 오만함과 함께 재능도 갖춘 그녀는 자신에게 예의 없이 굴거나, 가난한 사람에게 가혹하게 대한다.

이런저런 일이 화근이 되었는지 어느 날 밤 누군가 깊이 잠든 슌킨에게 펄펄 끓는 물을 끼얹어버린다. 슌킨의 괴로워하는 모습에 망연자실한 사스케는 자기의 눈을 바늘로 찔러 스스로 장님이 되어버린다. 물리적으로 눈을 감음으로써 비로소 슌킨의 예술적 경지와 정신의 위대함을 이해하게 된 사스케는 열반(涅槃)에 든 것과 같은 희열을 느낀다.

다니자키 준이치로

• • •

『슌킨 이야기』(春琴抄, 1933)는 스타일에 있어서는 일본 고전문학의 전통을 잇고 있으며, 발상에 있어서는 여성찬미라는 다니자키의 특색을 가장 잘 나타내는 동시에 일본적 미의식의 세계를 그려낸 작품이다.

이 소설에도 그의 처녀작인 『문신』(刺青, 1910)에서부터 펼쳐진 일관된 주제가 용해되어 있다. 우선 『문신』에서 그는 당시로서는 보기 드문 가학적 세계관을 제시했으며, 또 여성의 발에 집착하는 페티시즘(fetishism)을 선보였다. 아름다운 발을 지닌 여성이 문신을 한 후 전세를 역전시켜 남성을 지배한다는 내용의 '여성숭배 사상'을 주제로 내세웠다. 이후 다니자키를 '악마주의자'로 불리게 한 『악마』(悪魔, 1912)에서는 오물을 선호하는 이상성욕의 세계를 선보이기도 한다. 그 후에도 그는 거듭되는 '악'의 문제를 전면에 내세워 작품을 계속 발표한다.

다이쇼 중기에 다니자키는 처와의 애증관계에서 비롯된 『저주받은 희곡』(呪はれた戯曲, 1919), 『길 위에서』(途上, 1920) 등과 같은 탐정소설

소설『細雪』문학비

을 연상케 하는 소설군을 발표한다. 『저주받은 희곡』에서 작자는 '예술가인 내가 너처럼 무식하고 몰취미한 여자보다 훨씬 더 중요하다'며 자신의 예술에 방해가 되는 아내를 죽이고 있다. 이는 후일 '오다와라(小田原) 사건'이라 불리게 된 기묘한 삼각관계의 영향이기도 하다. 즉 처인 치요(千代)와 친구이자 제자인 소설가 사토 하루오(佐藤春夫) 그리고 처제와의 사이에 애정의 삼각, 사각관계가 형성된 것이다. 다니자키는 연하장에 처 치요를 사토 하루오에게 양도한다는 문구를 적고 각계에 보내 일대 센세이션을 일으켰다. 막판의 번복으로 약속이 이행되지는 않았으나, 이혼 이후 결국 사토 하루오와 치요는 결혼했다. 이 기묘한 애정행각은 당시 그가 살고 있던 지명을 따서 오다와라 사건이라 불렸다.

이 시기를 오작(誤作)과 남작(濫作)의 시기라고 하기도 하지만, 새로운 작품 세계와 수법을 모색한 과도기라 보는 것이 타당할 것이다. 즉 '여백읽기'의 중요성을 새삼 인식하여 탐정소설의 수법을 도입하는 시기라고 보면 무리가 없을 것이다. 이 여백읽기는 독자에게 의미심장한 여운과 긴장감을 줌으로써, 이후 다니자키의 소설 세계를 한층 더 깊이있는 소설로 만들어 나가는 원동력이 되었다고 해도 과언이 아니다. 이 시기 이후 다니자키는 큰 전기를 맞는다.

1923년 9월 1일 관동대지진이 일어나자, 가족들을 데리고 관서지

방으로 이주한 그는 새로운 세계를 발견한다. 청년기 이후 그는 늘 서양을 동경해왔다. 그러나 피상적인 서양에 대한 동경을 접고, 일본의 전통세계를 재발견하게 된 것이다. 소위 말하는 '고전회귀의 시대'(古典回帰の時代)인데, 이 시기 역시 다이쇼 때의 다니자키가 그랬듯이, 또다른 소설의 방법적 모색기에 지나지 않았다고 볼 수 있다. 또 연이은 발매금지 등, 시국의 상황이 어쩔 수 없이 전통의 미를 강조하는 소설을 쓸 수밖에 없었다는 점도 간과할 수 없을 것이다.

다니자키 준이치로 기념관

여하튼 관서지방으로 이주한 후, 그는 일본의 전통미에 입각한 소설을 차례로 발표한다. 앞서 언급한『슌킨 이야기』도 그중 하나라고 할 수 있지만, 그의 소설의 축은 여전히 건재함은 말할 필요가 없다. 즉 이 소설에서도 슌킨이 사스케에게 보이는 가학적인 요소와 여성숭배 등이 변함없이 주축을 이루고 있는 것이다. 또한 다이쇼기의 방법 모색에서 이룩한 '여백읽기'도 한몫을 하고 있는데, 다름 아닌 사스케가 범인일 수도 있다는 설이다. 한때 다니자키를 연구하는 학자들 사이에서는 큰 화제가 된 이 문제도, 결국은 다니자키가 독자들에게 내던진 하나의 여백읽기라는 사실은 그의 필력이 점점 더 고조되고 있음의 반증이 아닐까.

이 시기에는 고전적 미가 강조된 소설이 계속 발표된다. 그리고 1935년부터는 『겐지 이야기』(源氏物語)의 현대어역 작업에 착수하여 1941년에 완성한다. 그리고 이듬해에 대작 『사사메유키』(細雪)를 「중앙공론」(中央公論)에 발표하나, 군부의 강압으로 발표 정지 처분을 받는다. 이 작품은 일본이 패전한 후, 1948년에 완성된다.

그 후 문제작 『열쇠』(鍵, 1956)를 발표하나, 오른손 마비 증세가 와 구술작업에 의존할 수밖에 없게 된다. 하지만 그의 능력은 한계가 없는 듯, 죽기 직전에 완성된 『미치광이 노인 일기』(瘋癲老人日記, 1961)에서도 처녀작 『문신』 이후 계속 추구해온 세계를 '노인의 성(性)'이란 테마에 입각해 완성도 높은 작품을 발표했다. 그리고 1965년 향년 89세로 세상을 떠났다.

작가가 10년 동안 인기를 유지하기란 매우 힘든 일이다. 하지만 다니자키는 20세부터 죽기 직전까지 50여 년을 항상 문단의 선봉에서 인기와 명성을 유지했다. 1968년 노벨문학상 수상자인 가와바타 야스나리(川端康成)는, 자신은 시대를 잘 타고났을 뿐 이 상을 받을 만한 훌륭한 사람이 많았다고 했는데, 이는 다니자키를 지칭하는 것은 아닐까.

■ 소설

사랑과 우정의 이상적 형태

무샤노코지 사네아쓰 『우정』

【왕태웅】

반(反)자연주의의 양상은 여러 유파로 나타나는데 그중 이상적 개인주의를 주창하고 자기 자신에게 충실할 것을 존중했던 시라카바파(白樺派)가 있다. 시라카바파는 문예지 「시라카바」를 주축으로 한 동인들로, 기독교적 세계관에서 인류애와 이상적 사회를 추구하고, 윤리와 자아, 보편적 인간성과 예술을 존중했다. 이는 인간 본능의 추함까지 노골적으로 묘사하는 자연주의와는 대조적인 경향으로 당시 문단에 참신함을 불어넣었다. 대표 작가에는 무샤노코지 사네아쓰(武者小路実篤, 1885~1976)와 시가 나오야(志賀直哉), 아리시마 다케오(有島武郎) 등이 있다.

시라카바파의 이론적 지도자 무샤노코지 사네아쓰의 『우정』(友情, 1919)은 낙천주의자인 작가가 그의 전 생애에서 가장 충실한 시기에 완성한 대표작으로 치밀한 구성과 쉽고 명쾌한 문체로 독자들을 매료시키는 연애의 명작이다. 연애와 우정이라는 두 가지 문제를 축으로 한 청순한 청춘의 모습은 어떻게 그려져 있을까?

노지마(野島)는 아직 세상에서 인정받지 못한 청년 각본가이다. 친구 나카다(仲田)의 집에서, 그의 누나 스기코(杉子)의 사진을 보고, 그녀의 아름다움과 청순함에 강하게 끌린다. 제국극장에서 처음으로 스기코를 만나고 나서, 노지마는 그녀를 이상적 배우자로 극대화하게 되고, 자신의 아내로서의 스기코를 상상하게 된다.

노지마는 친구인 신진 소설가 오미야(大宮)에게 스기코를 사랑하고 있다는 사실을 털어놓는다. 두 사람은 서로 존경하고, 두터운 우정으로 맺어져 있다. 오미야는 이미 사촌동생의 친구인 스기코를 알고 있으므로, 노지마의 사랑이 성공하기를 바라며 그를 도와주기로 약속한다.

가마쿠라(鎌倉)에 갔을 때 노지마는, 스기코가 오미야를 좋아하고 있는 것은 아닐까 의심하게 된다. 그러나 평소와 조금도 변함이 없는 오미야의 모습에 자신의 걱정을 떨쳐버린다. 오미야는 프랑스 유학을 구상 중이고, 노지마는 친구와 헤어지는 일이 슬프지만, 연적이 없어지는데 안심하게 된다. 오미야가 일본을 떠나는 날, 도쿄역에서는 많은 사람이 배웅했다. 그런데 다른 사람들과 함께 오미야를 보내는 스기코의 태도와 그 눈빛에서 노지마는 스기코가 오미야를 사랑하고 있다는 것을 알아차린다.

1년 후, 마침내 노지마는 스기코에게 청혼을 하지만 거절당한다. 실의에 나날을 보내는 노지마에게 파리의 오미야로부터 엽서가 도착한다. 엽서에는 영어로 '나는 너에게 사죄하지 않으면 안 된다. 모든 것은 모 동인잡지에 실은 소설을 보면 알 것이다'라고 쓰여 있었다. 그리고 글의 마지막에는 자신이 노지마를 존경하고 있다는 사실과, 충격에서 남자답게 일어서 주기를 바란다는 부탁이 실려 있었다.

소설을 읽고 노지마는 오미야에게 답장을 한다. '오미야여, 각자의 분야에서 승부를 내자. 언젠가 정상에서 너와 악수를 할 때가 있을지도 모른다. 그러나 그때까지는 우리 서로 다른 길을 걷자. 오미야, 나를 걱정하지 말아줘, 상처받아도 나는 나야. 언젠가 다시 힘차게 일어설 것이다.'

작품은 예술과 사회문제에 대해서도 다루고 있지만, 단연 연애와 우정이 중심이 되고 있다. 연애에 있어서 청년이 가져야 할 이상적 모습은 오미야의 말에서 단적으로 보여진다.

'나는 여자를 얻어, 점점 일할 힘을 얻는다. 친구는 여자를 잃고 한층 성숙해진다. 양쪽이 일본 및 인류에 있어서 의미가 있기를 나는 절실히 바라고 있다.'

이러한 이상적 형태는 사네아쓰의 첫 소설에 해당되는『어리숙한 사람』(お目出たき人,1911)에서도 나타난다. 여기에서도 짝사랑의 실연을 자아성숙의 밑거름으로 삼아 자기발전을 이룬다.

작가 자신도 1922년 5월에 쓴『우정』의 서문에서 다음과 같이 말하고 있다.

"이 소설은 실은 '새 마을'(新しき村:무샤노코지가 실제 자신의 이론을 실현할 현실 사회의 이상향으로서 건설한 마을)의 젊은이들이 앞으로 결혼을 하든 실연을 당하든 양쪽을 모두 축하하고 싶었고 또 힘을 주고 싶다고 생각하여 쓰기 시작한 것인데, 쓰고 나니 이런 소설이 되었

다.(중략) 그러나 어느 쪽에 처해진다고 해도 자신의 힘만 얻으면, 일으켜 세울 것은 일으켜 세워진다고 생각한다."

'실연 당하는 것도 만세', '연애하는 것도 만세'라는 작가의 사상은 극히 순수하고 낙천적이다. 이 낙천적인 사상과 더불어, 당시의 사람들은 『우정』을 신선하게 느꼈다. 그때까지 무(無)이상, 무해결, 무의지 입장을 견지한 자연주의 사조에서는 느낄 수 없는 밝음이 있었기 때문이다.

무샤노코지는 1885년 5월 12일, 지금의 도쿄의 치요다구에서 태어났다. 아버지 사네요(実世)는 귀족으로, 사네아쓰가 두 살 때 아버지는 "이 아이를 잘 키워줄 사람이 있다면, 이 세상에서 단 한 사람의 남자가 될 텐데…"라는 말을 남기고 세상을 떠났다고 한다. 아버지의 이 예언이 없었다면 작가 사네아쓰는 존재하지 않았을지도 모른다. 황족과 귀족 자제들만 다니던 학습원(学習院)을 다니며 숙부 가데노코지 스케코토(勘解由小路資承)로부터 톨스토이를 배우고, 그 인도주의적인 생활 방식에 강한 영향을 받게 된다. 또한 숙부가 살고 있던 가나가와현에서 독서와 농사로 생활을 꾸려나간 일이 있었는데 이것은 이 후의 '새마을'(新しき村)로 이어지게 된다. 이후 도쿄제국대학 사회학과에 진학하지만, 1년만에 중퇴한다.

시라카바파는 개성의 신장을 주장했지만, 그 주장은 멤버의 두터운 우정과 강한 신뢰로부터 뒷받침되고 있었다. 『우정』은 이와 같은 분위기 속에서 태어난 작품이다. 작중의 노지마와 오미야의 우정은, 사네아쓰와 시가 나오야의 우정과 비교될 수 있다. 노지마와 오미야의 인물상이나 두 사람의 교류는 실제의 사네아쓰와 시가나오야의 그것과 겹친다.

오미야는 결과적으로 노지마를 배신하게 되지만 결코 비굴하지 않다.

"나는 너를 존경하고 있다. 너는 부서지면 부서질수록 위대한 인물로서 일어설 것을 나는 믿고 있다."

노지마도 이에 응답하여 답장을 보낸다.

"오미야여, 나를 걱정하지 말아. 상처받아도 나는 나야. 언젠가 다시 힘차게 일어설 것이다."

자살 같은 것은 생각할 수 없이, 끝까지 자기의 생명과 인격을 존중하면서 살아갈 노지마의 모습이 상상된다. 소설의 결말에도 작가의 '인간의 가치'를 존중하는 사상이 나타나 있다.

■ 소설

당신이 할아버지와 어머니 사이에서 태어난 자식이라면

시가 나오야 『암야행로』

【왕태웅】

당신이 만약 거부할 수 없는 어두운 운명의 소유자라면, 그래서 어두운 밤길과 같은 인생의 길을 걷고 있다면 그 보이지 않는 길에서 계속 헤매고만 있을 것인가? 아니면, 여기 이 남자처럼 그 어둠의 끝을 찾아 나서는 당당한 자아(自我)로 남을 것인가?

주인공 도키토 겐사쿠(時任謙作)는 여섯 살 때 어머니를 여의고 할아버지 밑에서 자랐다. 그가 기억하고 있는 어린 시절의 부모님에 대한 추억으로는 어머니는 자신을 진정으로 사랑해주었지만 왠지 모르게 아버지로부터는 부당하게 미움을 받았다는 기억이 남아 있을 뿐이다. 이러한 기억을 간직하면서 성장한 겐사쿠는 집안끼리 잘 알고 지내던 외할아버지의 수양딸의 딸인 아이코(愛子)에게 청혼을 하게 된다. 그러나 가족처럼 여겼던 사람들로부터 뭔가 석연치 않은 이유로 거절당하게 되고 인간에 대한 근본적인 믿음이 흔들리게 된다. 이후로 방탕한 나날을 보내며, 계속되는 방황의 삶은 결국 자기혐오를 불러오게 되었다.

그러던 중 겐사쿠는 그런 자신의 생활을 바로잡기 위해 오노미치

라는 벽촌에서 소설 집필에 전념하려 한다. 그러나 그것도 막다른 길에 도달하게 되고 더 이상 인간을 신뢰할 수 없게된 그는, 믿을 수 있는 오직 한 사람의 여자, 어머니 대신 자신을 키워준 오에이(お栄)와의 결혼을 결심하고, 형 노부유키(信行)에게 자신의 뜻을 전하자 뜻밖의 비밀을 알게 된다. 그것은 바로 자신이 할아버지와 어머니의 과실로 태어났다는 것이었다. 그 충격으로 계속되는 혼란스런 생활과 벼랑 끝에 놓인 듯한 고독감. 그는 오직 창녀의 풍만한 젖가슴을 움켜쥠으로써 자신의 공허함을 채울 수 있었다. 인간의 인격과 전혀 관계가 없는 여성의 풍만한 유방만이 그에게는 확실한 무언가로 느껴질 뿐이었다.

• • •
젊은 시절 시가 나오야는
많은 젊은 문인들의 모방의 대상이 되었다.

도쿄 생활에서 실패를 맛본 그는 기분전환을 위해 옛 사찰과 고미술(古美術)을 접할 수 있는 교토로 여행을 떠난다. 거기서 그는 우연히 오래된 병풍 속 미인을 닮은 고아한 여인 나오코(直子)를 만나 운명적인 끈을 느끼고 결혼하게 된다. 그러나 잠시의 행복 뒤에 잇따른 불행. 어린 장남의 죽음과, 자신의 부재중에 사촌에게 아내가 범해진 사건이 벌어진다. 운명적인 불행이 그를 엄습해온 것이다.

겐사쿠는 어머니의 과실과 겹쳐지는 아내의 과실을 필사적으로 용서하려고 애써보지만 그럴수록 머리는 점점 더 혼탁해지게 된다. 그는 자신의 기분을 스스로 치유하기 위해 다이센(大山)의 사찰로 찾아들게 된다. 어느 날 밤, 체력이 약해 질대로 약해진 그는 무리한 산행을 하다가 목숨을 잃을 뻔한 위기를 맞게 된다. 그리고 그 상황에서 자신의 몸과 마음이 대자연 속에 용해되는 듯한 도취감을 느끼면서 아집을 버리고, 그 고요함 속에서 무한한 공간과 영원으로 통하는 시간을 깊이 경험하게 된다. 남편의 소식을 듣자마자 달려온 나오코는 비로소 온화하고 애정이 가득한 남편의 눈빛을 발견하게 된다.

『암야행로』(暗夜行路, 1921~37)는 '소설의 신(神)'이라 불리는 시가 나오야(志賀直哉, 1882~1971)의 유일한 장편으로, 집필기간 또한 그의 작품활동기 대부분에 걸쳐 있어 내용에 있어서도 그의 사상의 변화와 발전이 고스란히 융해되어 있다고 할 수 있다. 아버지와의 화해, 야마노테센 전차 사고로 죽을 뻔한 경험을 통해 시가는 인생에 있어서 깨달음과 조화의 경지에 도달하게 된다. 이같은 결론으로 자신의 힘으로는 어찌할 수 없는 어두운 운명 앞에 선 겐사쿠가 용서와 화해로 대변되는 밝은 세상을 향해 한 걸음 내딛을 수 있었던 것이다. 소설 속 주인공은 주인공의 내적 발전에 의해 변화, 발전하는 것이 아니라, 작가의 인간적 변화와 집필 시점에 의해 작가의 의식이 투영되어 있는 이례적인 소설이다.

또한 다이센에서 겐사쿠가 죽음을 눈앞에 두고 있는 모습은 그의 다른 작품 『기노사키에서』(城の崎にて, 1917)에 등장하는, 삶과 죽음의 경계없이 고요한 죽음을 맞이하는 '벌'의 죽음과 일맥상통한다. 『기노사키에서』는 작가의 실체험으로부터 탄생한 다이쇼시대의 대표 단편 소설로, 죽음을 의식한 주인공이 세 가지 작은 동물인 벌, 쥐, 도롱뇽의

죽음을 지켜보며 운명에 대해 깊은 통찰을 보여주는 작품이다. 이 작품은 간결한 문장으로 일관한 심경소설의 걸작으로 그 완벽한 문체 때문에 문학을 꿈꾸는 젊은 문학도들은『기노사키에서』를 필사한다고 한다.

■ 소설

본능에 충실했던 한 여자의 비극

아리시마 다케오 『어떤 여자』

【유은경】

요코(葉子)는 의사인 아버지와 기독교연맹의 부회장을 어머니로 둔 부유한 가정에서 태어나, 소녀 시절부터 뛰어난 미모와 넘치는 재기로 또래 친구들의 부러움을 한 몸에 산다. 열아홉 살 때는 청일전쟁의 종군기자로 명성을 날리던 시인 기베(木部)와 사랑에 빠져 부모의 반대를 무릅쓰고 둘만의 결혼식을 올린 뒤 단칸방에서 살림을 차릴 정도로 당돌하고 대담하기도 했다.

그러나 그녀의 결혼생활은 오래가지 못했다. 가난도 힘겨웠지만, 결혼하자마자 본색을 드러내기 시작한 기베에게 환멸을 느꼈던 것이다. 결국 2개월도 채 안 돼 요코는 집을 나와버렸고, 수소문 끝에 찾아온 기베의 애원을 비웃으며 임신 사실도 숨긴 채 이혼을 강행했다.

사생아 사다코(定子)는 유모에게 맡기고 남자들과 자유분방한 생활을 하던 요코는, 부모의 병사(病死)를 계기로 어머니의 유언에 따라 미국에서 사업을 하는 기무라(木村)와의 재혼을 결심한다. 사랑은 눈곱만큼도 느끼지 못하지만, 유산도 받지 못한 채 어린 두 여동생을 보살펴야 할 처지가 되고 보니 어쩔 수 없었던 것이다.

그러나 기무라의 친구 고토(古藤)에게 두 여동생을 부탁하고 미국행 배에 오른 요코는 운명적인 만남으로 인해, 그 길로 일본으로 되돌아 오는 위험한 선택을 하고 만다. 그 배의 사무장인 구라치(倉地)의 야성적인 매력에 흠뻑 빠져 그가 유부남인 줄 알면서도 본능에 순응해버린 것이다. 귀국 후 두 사람은 조용한 곳에 집을 얻어 둘만의 애욕에 찬 생활을 시작하지만, 그들의 간통이 신문지상에 오름으로써 구라치는 면직된다.

요코는 구라치와의 생활로 행복의 절정을 느끼면서도, 불현듯 엄습하는 전처의 존재감에 그를 의심하기도 하고, 괜한 질투심으로 그를 괴롭히기도 한다. 자신의 유일한 무기인 미모와 육체로 구라치를 차지한 요코는 그의 사랑에만 매달리다 자궁에 치명적인 병을 얻게 되자, 점차 자신감을 잃고 신경질적이 되어간다. 더구나 쫓기는 신세가 된 구라치의 발길이 멀어지면서부터는 불안증세가 심해져, 주위 사람들 모두를 자신의 적으로 의심하기에 이른다.

결국, 요코는 모든 것을 잃고 초라한 병원에서 수술의 실패로 인한 후유증에 시달리며 격렬한 통증에 몸부림친다.

일본에서 여성들이 스스로 권리를 선언하고 나선 것은, 1911년 9월 '원시(原始)에 여성은 태양이었다'라는 권두언을 실은 「세이토」(青鞜)의 창간 이후이다. 그 이전에는 부모의 뜻에 따라 결혼해야만 했고, 이혼도 남편에게만 권한이 있었다. 이 작품은 「세이토」의 창간보다도 10

년 전에 실제로 있었던 사건을 소재로 삼아, 아리시마 다케오(有島武郎, 1878~1923)가 1911년 1월부터 동인지 「시라카바」(白樺)에 발표한 장편소설이다. 배경은 물론 사건이 있었던 1900년도로 되어 있다. 지금으로부터 약 100년 전, 어떤 상류 가정의 이혼녀가 약혼자를 만나러 미국행 배를 타고 가다가 유부남과 사랑에 빠져 그대로 되돌아와 살림을 차린 사건이 일어났던 것이다.

도덕적으로나 윤리적으로나 여주인공 요코는 지탄받아 마땅한 여자였다. 그러나 작가 아리시마는 요코를 지탄의 대상으로서가 아니라, 여자의 인권을 인정해 주지 않던 시대의 희생양으로서 그리고자 했다. 그녀는 결혼할 때나 이혼할 때, 그리고 구라치를 선택할 때도 늘 자신의 감정에 충실하게 행동했다. 즉 요코는 자의식에 눈뜬 신여성이었던 것이다. 요코를 그런 식으로 해석한 데는 작가 특유의 철학이 작용했음은 물론이다.

아리시마는 「사랑은 아낌없이 뺏는 것」(惜しみなく愛は奪う)이라는 에세이에서, 외계(外界)의 자극을 그대로 받아들이는 습성적 생활보다는, 외계가 개성을 자극했을 때 의식적인 반응을 보이는 지적 생활이 낫고, 지적 생활보다는 개성이 필연의 충동으로 자신의 생활을 이끌어 나가는 본능적 생활이 인간의 진정한 삶을 누리게 해준다고 역설했다.

그 '본능적 생활'의 핵심은 사랑이고, 요코는 바로 본능적 생활을 시도했던 것이다. 하지만 요코의 본능은 '캄캄하고 커다란 힘'으로 비유되듯이 '본능이 향하는 대로 걸어갈 수밖에 없었다', '거의 반성도 없이 본능이 이끄는 대로 구라치와의 생활에 뛰어들고 말았다' 하고 후회가 엿보이듯 비극적 종말을 내포한 것이었다. 왜냐하면, 아리시마가 바라던 본능적 생활이란 '순연(純然)한 여자의 본능으로, 여자의 입장을 명확하게 파악하여 거기서부터 자신의 생활을 창조해 가는 것'이었는데, 거기에는 '남자에게서 완전히 독립하여 여자 자신만의 힘으로 자신의 세계를 건설해 갈 수 있는 힘'이 전제되어 있었던 것이다.

아리시마 다케오는 유년 시절부터 무사도적 교육과 영어 교육을 동시에 받는 독특한 환경에서 성장했다. 학습원(学習院) 초등과 시절에는 황태자의 학우로 선발될 정도로 모범적인 학생이었다. 삿포로(札幌) 농업학교에 입학한 후, 급우 모리모토 고키치(森本厚吉)의 영향으로 기독교에 귀의하게 됐으나, 3년간의 미국 유학 생활을 통해서 기독교의 모순을 느끼면서부터 신앙에 대한 회의를 품기 시작했다. 한편 그는 사회주의 사상에도 흥미를 가졌는데, 귀국 후에는 요주의인물로 감시의 대상이 될 정도로 활동하기도 했다.

그의 처녀작이 자본가의 횡포로 애인을 빼앗겨 분노하는 하층계급 노동자를 묘사한 『탕탕벌레』(かんかん虫)이고, 그의 대표작이 지주의 착취로 비참한 생활을 하는 소작인을 묘사『카인의 후예』(カインの末裔,1917)임을 생각해보면, 아리시마의 사상과 문학적 성향이 어느 정도 선명해질 것이다.

아리시마는 모교에서 교편을 잡는 한편, 1910년에는「시라카바」의 동인으로 참가하여 『어떤 여자의 그림프스』(ある女のグリンプス) 등을 연재했으나, 본격적으로 작가생활을 시작한 것은 1916년 부인과 아버지의 연이은 죽음 이후였다.

아리시마는 자신의 사상을 문학으로 뿐만 아니라 행동으로도 실천했는데, 유산으로 물려받은 홋카이도(北海道)의 농장을 소작인들에게 무상으로 분배했으며, 잡지사 기자였던 유부녀 하타노 아키코(波田野秋子)와 가루이자와(軽井沢)의 자기 별장에서 정사(情死)로 생을 마감했던 것이다.

인도주의자이자 본능예찬론자였던 아리시마는, 시라카바파 중에서도 계급적 모순, 여성의 해방 등 사회문제에 주목했던 양심적 지식인으로서, 다이쇼 문학사에서 중요한 위치를 차지하고 있다.

■ 소설

인간 에고이즘의 날카로운 해부

아쿠타가와 류노스케 『라쇼몬』

【하태후】

때는 교토의 쇠퇴가 극심했던 헤이안(平安) 말기의 어느 날 저물 무렵, 한 하인이 비 때문에 라쇼몬(羅生門) 아래에 멈추어 서 있다. 섬기던 주인으로부터 해고를 당한 그는 굶어죽지 않으려면 도둑이 되는 외에 방법이 없는 상황에 내몰려 있었지만 태도를 바꾸려는 결심도 서지 않은 채였다.

어찌 되었든 오늘 밤은 이 라쇼몬의 다락 위에서 비바람을 피해야 했다. 계단을 올라가던 하인은 부랑자의 시체를 버리는 곳으로 되어 있는 이 다락 위에서 관솔불을 붙이고 죽은 사람의 머리카락을 뽑는 노파를 발견한다. 머리카락이 쭈뼛하게 설 정도로 공포에 짓눌린 후, 맹렬하게 솟아오르는 '악을 증오하는 마음'이 든 하인은 다락으로 뛰어 올라 노파를 붙잡는다.

노파는 죽은 사람의 머리카락을 뽑아서 가발을 만들려 하고 있었다. 게다가 노파의 말은 이 죽은 자들도 이 세상에 살아 있을 때에는 자기의 생계를 위해서는 남을 속이기도 하고, 수단 방법을 가리지 않았던 자들이었으므로 자신이 굶어 죽는 것을 피하기 위해서 머리카락을 뽑아도 나무랄 수는 없다는 것이었다.

그러자 하인은 "정말 그런가, 그렇다면 너는 내가 네 껍질을 벗겨가도 원망 않겠지. 나도 그렇게 하지 않으면 굶어 죽을 몸이다." 하고 내뱉고는 재빨리 노인의 옷을 벗기고 노파를 차서 넘어뜨리고는 계단을 뛰어 내린다. 하인은 곧바로 칠흑 같은 밤 저편으로 사라져버렸다.

『라쇼몬』(羅生門, 1915)은 아쿠타가와 류노스케(芥川龍之介, 1892~1927)가 대학 3학년인 24세 때 발표한 작품으로, 간결한 내용을 통해 인간의 에고이즘을 날카롭게 파헤치고 있다. 그는 이 작품을 통해 먹느냐, 먹히느냐의 곤경에 빠졌을 때 인간은 결국 자기밖에 생각하지 않는다는 인간관을 드러내고 있다.

『라쇼몬』과 더불어 구로사와 아키라(黒沢明) 감독의 영화 「라쇼몬」(1951년 베니스영화제 그랑프리 수상)의 원작이 된 『덤불 속』(藪の中, 1922)은 다음과 같은 줄거리다.

야마나시의 역로에서 조금 들어간 숲 속에서 발견된 남자의 시체를 둘러싸고 누가 그를 죽였는가에 대해 7명의 진술이 펼쳐진다. 검찰에게 문초를 받는 나무꾼, 행려법사, 보조원, 노파의 이야기에 의하면 악명 높은 도적에게 습격을 당해 남편은 죽임을 당하고 처는 어떻게 된 것인지 모른다고 한다. 그런데 도적에 의하면 남편을 죽인 것은 분명히 자신이지만, 그것은 여자의 원에 의해서 남자 두 사람이 정정당당하게 싸운 결과라는 것이다. 처에 의하면 도적에게 당한 자신을 보는 남편의 눈이 너무나도 싸늘해 동반자살하려는 마음이 들어 남편을 먼저 죽였지만 자신은 죽음에 이르지 못했다고 한다. 최후로 남자의 혼령이 이야기하는 바에 의하면 자기 아내를 도적이 자신의 처로 삼으려고 그녀를 설득하자 아내는 '저 사람을 죽여라!' 하고 자신을 가리켰다는 것이다. 도적이 멈칫하고 있는 사이 처는 어느 틈엔가 도망쳐버렸고, 도적도 가버리고 나자 자신은 스스로 목숨을 끊고 지금은 중유를 떠돌아다니고 있다고 진술한다.

결국 작품의 주제는 인간 세계에 절대적 진실이란 존재하지 않으며, 하나의 사건에 당사자 자신들도 여러 해석이 있을 수 있어, 인생의 진상이란 것은 대개 그 일단만이 잡힐 뿐 전체를 파악하기 어렵다는 사실을 말하고 있다. 또 인간 내면의 세계는 설령 그것이 죽은 혼령의 말일지라도 완전한 진실일 수는 없다는 인간의 허위를 강조한다. 역시 작자의 회의적인 인생관이 드러나 있다.

아쿠타가와는 도쿄에서 태어나 생후 8개월경 어머니의 광기로 외숙부댁인 아쿠타가와 미치아키(芥川道章)의 양자로 가게 되었다. 윤택하지 못한 가정 형편이지만 문예를 사랑하는 분위기 속에서 그는 감수성 예민한 소년으로 자라게 된다. 1913년 도쿄제국대학 영문과에 입학하여 재학중 구메 마사오(久米正雄), 기쿠치 간(菊池寛) 등과 함께 동인지 「신사조」(新思潮)를 펴내고 인생 현실의 단면을 이지적 수법으로 파악하고 재구성한 작품을 발표한다. 아쿠타가와는 동인지에 발표한 단편소설 『코』(鼻, 1916)가 나쓰메 소세키(夏目漱石)의 격찬을 받음으로써 화려하게 문단에 등단했다. 『코』는 『라쇼몬』, 『고구마죽』(芋粥, 1916), 『지옥변』(地獄変, 1918), 『덤불 속』 등과 더불어, 그가 애독한

헤이안시대 말기의 설화집 『곤자쿠 이야기집』(今昔物語集)에 바탕을 둔 것으로, 여기에 근대적, 심리적 해석을 가미하여 지극히 화려한 수사(修辞)로써 재구성한 작품이다.

그러나 그의 문학적 인생 전체를 놓고 본다면 이 시기도 중기의 잠시였고, 그의 200여 편의 작품 중 몇 작품에 불과하다. 초기의 그의 작풍은 이지(理知)에 의한 것이었지만 말기의 그의 작풍은 돌변하여 '의식적 예술활동'을 담은 시정 넘치는 작풍으로 변하게 된다.

그의 작품을 소재에 따라 왕조물, 개화기물, 현대물, 중국물, 기리시탄물, 야스키치물 등으로 분류하는데, 아쿠타가와의 작품이 소재에서나 주제에서 실로 다양하기 때문에 그의 예술적 시각은 중층적(重層的)이고 복안적(複眼的)이라고 할 수 있다.

1927년 7월 24일, 아쿠타가와는 35세로 다량의 수면제를 먹고 '장래에 대한 막연한 불안'을 이유로 자살한다. 자살에 대한 구체적인 이유로는 유전적 광기에 대한 불안, 건강 악화, 애정 문제, 문학상의 절망 등을 들 수 있으나 어느 하나 확실하지 않다.

자살 직전에 쓴 작품이 『서방의 사람』(西方の人)이며, 자살 당일 늦게까지 『続 서방의 사람』을 썼다. 이는 예수의 생애에 자신의 생을 기탁하여 쓴 작품으로, 그가 인생에서 추구하고자 했지만 이루지 못한 것이 무엇인가 하는 점이 잘 나타나 있다. 그가 자살했을 때 머리맡에 성서가 펼쳐져 있었다. 우리는 그의 문학에서 예술과 현실의 괴리를 분명히 볼 수 있다.

'그리스도의 일생은 언제나 우리들을 움직일 것이다. 그것은 천상에서 지상으로 오르기 위해 무참히도 부서진 사다리다. 어두컴컴한 하늘에서 세차게 내리는 억수 같은 빗속에 기울여진 채….'

■ 소설

위선과 고독에 미친 폭군의 일생

기쿠치 간 『다다나오경 행장기』

【하태후】

막 스물이 된 청년 무장 마쓰다이라 다다나오(松平忠直)는 오늘 하루의 전투를 끝내고 진영으로 돌아와 막사 안에서 잠시 휴식을 취하고 있었다. 여기에 여러 명의 가로(家老)들이 찾아왔다. 그들은 조금 전 동군의 본진으로 불려가 도쿠가와 이에야스(德川家康)와 접견하고 온 이들이다. 다다나오는 가로들을 기분 좋게 맞이했다. 그것은 조부인 이에야스의 칭찬을 그들이 전해줄 것이라고 기대하고 있었기 때문이다. 그러나 그들이 낭패인 기색으로 다다나오경에게 전한 것은 칭찬은 커녕 심한 질책이었다. 에치젠의 마쓰다이라의 군대가 일본 제일의 겁쟁이들 집합인 까닭에, 이겨야 하는 싸움을 그르치고 말았다는 것이 아닌가.

때는 겐나(元和) 원년(1615년) 5월 6일, 싸움이란 말할 것도 없이 오사카 여름의 전투다. 온 힘을 다해 싸운 다다나오는 노여움 때문에 갑자기 창백해졌고 허공의 한 점을 꼼짝 않고 쳐다보고 있었다. 에치젠에 67만 섬의 영지를 가진 이 혈기왕성한 젊은 영주는 지금까지 타인에게 질책을 받은 일이 한 번도 없었다. 게다가 그의 부친 히데야스에게 불끈하는 체질을 이어받아 설령 그것이 조부 이에야스의 질책이라도 묵묵히 따르고 있지는 않았던 것이다.

다음날의 전투에서 그는 진두에 서서 적병 속으로 돌진하고, 이에야스는 용감하기 그지없는 손자를 칭찬했다.

"그대의 무공은 당나라의 번쾌(樊噲)에게도 뒤지지 않아. 일본의 번쾌란 바로 그대를 두고 하는 말이로다."

여름의 전투가 끝나고 의기양양하여 에치젠에 돌아온 다다나오는 싸움의 여운을 즐기려는 듯 연일 무술시합을 열고 무예 이야기로 꽃을 피웠다. 그러던 어느 날의 홍백시합에서 스스로 홍군의 대장이 되어 출장한 다다나오는 손에 익은 창을 가지고 백군 다섯을 차례로 이겨 훌륭하게 승리를 거두었다.

득의양양함이 절정이었던 그가 취기를 깨우고자 좁은 길을 따라 정자에 들어가 한참 쉬고 있으니 이야기 소리가 들려왔다. 한 사람은 백군의 대장 오노다 우곤, 또 한 사람은 부대장 오시마 사다유였다. 그들은 다다나오와 창 시합에서 일부러 승리를 양보했다고 털어놓았다. 득의양양의 절정에 있던 그에게 이 말은 머리를 깨부술 정도의 충격이었다. 소년 시절부터 무예나 학문의 성적은 항상 발군이었다. 그런데 지금에야 그 모든 것이 허위와 같이 생각되었다. 그 여름의 싸움에서 조부 이에야스의 칭찬을 받은 것조차 그는 믿을 수 없게 되었다.

다음날 다다나오는 다시 홍백시합을 했다. 홍군인 그는 오시마 사다유를 맞아 그의 허벅지를 찌르고, 우곤의 어깻죽지도 찔렀다. 이 시합은 발광 그 자체였다. 시합 후 집으로 돌아온 두 사람은 모두 할복자살하고 말았다.

이 사건 이후 다다나오는 항상 술에 취해 있었고 측근의 간언을 물리치고 매일을 거칠게 보낸다. 이에 경골지사 몇 사람은 할복했다. 그러나 그의 만행은 점점 심해져 결국은 가신의 딸이나 처까지도 손대게 되었다. 그래도 여인들은 고분고분 다다나오가 말하는 대로 할 뿐이었다. 그같은 태도에 더욱더 '거짓'을 느끼게 된 그는 더욱 절망적으로 배덕의 길을 달린다.

지옥에 떨어진 다다나오의 소행은 더욱더 잔학해져 죄 없는 백성을 잡아다가 돌도마 위에서 자른다는 전설이 생겨날 정도로 처참했다. 그러나 막부도 언제까지나 그를 방임해두지 않았다. 장군 히데타다(秀忠)는 단안을 내려 다다나오의 관직을 빼앗고 유배를 명했다.

겐나 9년(1623년) 5월, 유배의 땅 분고로 삶의 터를 옮긴 그는 이후 20년간을 이 땅에서 살며 게안(慶安) 3년(1650년) 9월, 56세로 세상을 떠났다. 분고로 유배된 다다나오는 사람이 완전히 변하여 폭군의 면모는 티끌만큼도 없이, 시종들을 불쌍히 여기고, 백성들을 사랑하는 지극히 근신하는 여생을 보냈다고 한다.

기쿠치 간(菊池寬, 1888~1949)이 『다다나오경 행장기』(忠直卿行状記)를 「중앙공론」 지상에 발표한 것은 1918년 10월이다. 이해 11월에 제1차 세계대전은 끝났지만 일본 내에서는 물가가 폭등하고 각지에서 쌀 소동이 빈발했다. 탄광이나 도크의 노동쟁의도 성행하고 좌우의 대립도 첨예화되었다. 이러한 현상은 뒤집으면 다이쇼 데모크라시 사상의 침투와 고양이라고 할 수 있다. 『다다나오경 행장기』에는 각별히 눈에 띄는 주의주장은 없지만 인간주의적인 입장에서 이야기를 전개하고 있다는 점에서 역시 시대사상의 산물이라 할 수 있다. 작품은 '허위'의 세계에서 '진실'의 세계로 탈출을 꾀하다가 오히려 지옥의 나락으로 떨어진 한 봉건군주의 비극을 그리고 있다.

마쓰다이라 다다나오는 역사상 보기 드문 폭군으로서 이름 높은 실제 인물이다. 지금까지 누구도 인간 취급을 하지 않았던 다다나오를 기쿠치 간이 처음으로 그를 피와 눈물이 있는 보통 인간으로 그렸고, 그의 고뇌하는 심정을 해부해 보여주었다. 작품의 테마는 실로 여기에 있다.

기쿠치 간은 1888년 12월 26일 가가와현(香川県) 다카마쓰시 덴진마에에서 태어났다. 가난으로 그는 초등학교 교과서조차 만족스럽게 사볼 수 없었다. 그러나 어릴 때부터 수재라는 평판과 본인의 강한 향학심과 주위의 지원이 있어 다카마쓰중학교를 거쳐 고등사범학교에 입학하지만 자유분방한 생활로 제적되었다가 구제 제일고등학교를 거쳐 교토 제국대학을 졸업했다.

1916년 졸업을 한 그는 시사신보(時事新報)에 입사하여 신문기자가 된다. 그의 반자서전에서 당시를 다음과 같이 술회하고 있다.

'그때 아쿠타가와는 기관학교 선생을 하고 있었고, 구메는 의사잡지 기자를 하고 있었다고 생각된다. 구메는 학창 시절부터 이미 다소 문명을 떨치고 있었고, 아쿠타가와는 1916년 9월, 내가 시사신보에 들어가기 1개월 전에 신소설에 『코』를 썼고, 10월에 「중앙공론」에 『손수건』을 냈다. 하지만 나에게는 용이하게 그같은 운이 돌아오지 않았다. 그러나 아쿠타가와나 구메가 문단에 나왔다고 해서 자신은 그렇게 초라해 할 기분은 없었다. 나 스스로 원래 자신의 천분을 믿고 있지 않았고 언젠가 두고 보라는 기분은 조금도 없었다.'

그러나 1917년 오쿠무라 가네코와 결혼, 익년에 장녀 루미코가 태어나자 급히 책임을 느껴 창작에도 열심을 내게 되었다. 그리고 그해에 부지런히 쓴 『무명작가의 일기』, 『다다나오경 행장기』의 명확한 주제와 평이한 작풍이 문단으로부터 인정받아 곧바로 신진작가의 지위를 얻었다.

이들 작품은 테마 소설이라고 불리며, 아쿠타가와와 더불어 이지파의 일원으로 손꼽혔지만, 아쿠타가와는 달리 신경이 튼튼한 현실주의자로 세기말적인 고뇌는 보이지 않는다. 후에 구메 마사오(久米正雄)와 함께 새로운 통속소설의 개척자로 지목된다.

■ 소설

일본 근대문학의 선구자 모리 오가이

【최재철】

모리 오가이(森鷗外, 1862~1912)는 군의관인 동시에 계몽사상가이자 문학자로서, 문예잡지 창간과 평론, 번역, 소설, 시 등 각 분야에서 선구적인 역할을 하며 일본 근대문학사에 많은 공적을 남겼다.

1884년 오가이는 군의관으로서 육군위생제도 및 군대위생학 연구를 위해 독일에 파견된다. 유학 중 의학 연구 외에, 서구의 문예사조를 두루 섭렵하여 각국의 문학을 독일어판으로 독파할 정도로 독서열이 대단했다. 이것이 후에 괴테의 『파우스트』, 안데르센의 『즉흥시인』, 입센의 『인형의 집』 등을 비롯한 왕성한 서양문학의 번역 소개와, 일본 근대 최초의 번역시집 『오모카게』(於面影, 1889) 출간 및 최초의 평론잡지 「시가라미조시」(しがらみ草紙, 1889) 창간 등 활발한 평론활동은 물론 다양한 창작의 기초를 마련했다.

오가이의 대표 작품은 근대 단편소설의 전형인 『무희』(舞姫, 1890)를 비롯해 『청년』(青年, 1910~11), 『망상』(妄想, 1911), 『기러기』(雁, 1911~15) 등 현대소설과, 『아베 일족』(阿部一族, 1913), 『산쇼 다유』(山

椒大夫, 1915), 『다카세부네』(高瀨舟, 1916) 등의 역사소설, 그리고 역사전기(史伝) 『시부에 주사이』(渋江抽斎, 1916) 등이다.

『청년』은 한 젊은이가 도쿄로 상경하여 작가의 길에 들어서고자 하는 과정을 그린 청춘 교양소설이다. 오가이는 동서양에 걸친 폭넓은 독서 경험을 토대로 청년들의 지적인 대화와 근대적 사고를 표현하고 있다.

> 길은 자기가 가기 위하여 자기가 여는 길이다. 윤리는 자기가 존중하기 위하여 자기가 구성하는 윤리다. 종교는 자기가 신앙하기 위하여 자기가 건립하는 종교이다. 한마디로 말하면 '오토노미'(Autonomie : 자주성)다. 그것을 공식화해 보이는 것은 입센에게도 불가능했을 것이다. 여하간 입센은 구하는 사람이다. 현대인이다. 새로운 인간이다.

근대극의 창시자 입센에 대해 언급하면서 개인의 자기발견, 자주적 인간형의 구현을 부각시켜 젊은 독자들에게 근대인답게 스스로를 개발하라는 메시지를 전하고 있다.

『망상』은 수상록의 형식을 빌린 자전적 단편소설로, 한 노인이 자신의 내면생활과 사상의 성장, 사고의 흐름을 따라 일생을 돌이켜보는 내용이다. 오가이는 여기서 '서양에서 돌아온 보수주의자'라는 표현을 쓰고 있는데, 이는 서양을 잘 배워서 일본을 근대화하되, 일본의 전통적인 것을 살려나가야 한다는 작가의 생각을 나타내고 있다.

『기러기』는 인생에 있어서 숙명적 체념과 의지적 행위 사이에 우연

모리 오가이

과 필연이 어떻게 작용하는가를 보여준 명작이다. 가련한 여인 오타마(お玉)의 모처럼의 의지를 실천할 수 없게 하는 몇 가지 '우연'이 개입되어 있다. 오타마는 자신이 다가가려고 하는 의대생 오카다(岡田)가 친구들과 함께 자신의 집앞을 지나가는 바람에 말을 걸 기회를 영영 놓치고, 먼발치로 안타깝게 그를 지켜보고 있을 뿐이다.

> 나는 이시하라(石原)가 눈치 못채게 여자의 얼굴과 오카다의 얼굴을 비교해 보았다. 언제나 홍조를 띠고 있는 오카다의 얼굴은 확실히 한층 붉게 물들었다. 그리고 그는 언뜻 모자를 움직이는 척하면서 모자챙에 손을 댔다. 여자의 얼굴은 돌처럼 굳어 있었다. 그리고 아름답게 부릅뜬 눈 속에는 무한한 섭섭함이 담겨져 있는 것 같았다. … 다음 날 대학에서 돌아와 보니 이미 오카다는 없었다.

마차에서 '하나의 못'이 빠져 큰 사건이 생기듯이, 싫어하는 고등어 된장조림이 하숙집 가미조(上条)의 저녁상에 올라와서 오카다는 여느 때와 달리 먼저 산책길에 나서고, 그로 인해 오타마와 오카다는 영원히 만날 수 없게 되었다. 스스로 원하는 사람을 찾아 탈출을 모색한 오타마의 꿈은 좌절되고 다시 체념이라는 익숙한 일상 속에 남겨지게 된다. 도망가게 해주려고 오카다가 던진 돌에 우연히 맞아 목숨을 잃는 기러기는 다분히 상징적이다.

『아베 일족』은 일본 에도시대 봉건 무사사회를 배경으로 하여, 무사의 명예를 존중하는 죽음의 한 형식인 할복자결[殉死]을 소재로 한 역사소설이다. 능력 있고 빈틈없이 충성을 다하지만, 번주(藩主) 호소카와 다다토시(細川忠利)의 괜한 미움을 산 신하 아베 야이치에몬(阿部弥一右衛門)과 그 일족의 비극을 다룬 작품이다. 이 비극의 연원이 되는 인간 본성의 한 단면을 보기로 한다.

> 다다토시(忠利)는 이 사내 야이치에몬(弥一右衛門)의 얼굴을 보면 어깃장을 놓고 싶어지는 것이다. 그럼 꾸중을 듣는가 하면 그렇지도 않다. 이 사내만큼 성실하게 일하는 자도 없고, 만사를 잘 알아차리고 실수가 없기 때문에, 혼내려고 해도 혼낼 수가 없다. (중략)
>
> 나중에는 이 사내가 고집으로 근무하고 있다는 것을 알고 미워졌다. 총명한 다다토시는 왜 야이치에몬이 그렇게 되었는지 회상해보고, 그것은 자기가 그렇게 만든 것이라는 것을 알아차렸다. 그리고 자기의 어깃장을 놓는 버릇을 고치려고 생각하고 있으면서 달이 가고 해가 감에 따라 그것이 점차 고치기 어렵게 됐다.
>
> 사람에게는 누구나 좋아하는 사람, 싫어하는 사람이 있다. 그리고 왜 좋은지 싫은지 천착해보면 어찌 보아도 포착할 만한 근거가 없다. 다다토시가 야이치에몬을 좋아하지 않는 것도 그런 까닭이다. 그러나 야이치에몬이라는 사내는 어딘가 남과 친해지기 어려운 점을 지니고 있음에 틀림없다. 그건 친한 친구가 적은 것으로 알 수 있다. 누구나 훌륭한 무사로서 존경은

한다. 그러나 손쉽게 다가가려고 시도해보는 자가 없다.

'까닭없는 싫음'과 '고집'이 점점 고조되어 비극에 이르는 과정을 여실히 보여주고 있는 한편, 이 작품에서 무사도의 기본 원리 중 하나인 할복자결의 문제점도 지적하고 있다.

『산쇼 다유』는 중세의 권선징악적인 교훈 설화 『셋쿄부시』(説経節)를 소재로 창작한 것으로, 인신매매범에게 잡혀 포악한 산쇼 다유의 농장에서 혹사당하던 안주(安寿)와 즈시오(厨子王) 남매의 이야기다. 탈출의 의지를 관철하기 위해 결심을 다지는 안주의 헌신적인 자기희생과 과묵하고 당찬 모습을 '눈의 반짝임' 등으로 묘사하는데, 이는 『다카세부네』의 '경이의 눈'이라는 표현과 통하는 것으로 등장인물의 심리를 정확하게 그리고 있다.

『다카세부네』는 유배가는 죄인 호송선 다카세부네에서 포졸과 죄인이 나누는 이야기 형식으로 되어 있는데, '만족하며 사는 삶'[知足]의 문제를 중심으로 하여, 안락사와 권위의 문제 등을 다룬 테마소설이다.

『시부에 주사이』는 작가 말년에 한 인물의 종적인 계보와 횡적인 유대관계를 실증적으로 조사하고, 개성적이고 매력적인 인물을 적재적소에 배치하여 인물전기의 맛을 배가시킨 작품이다. 전후 좌우, 표면적 모습과 내면의 흐름까지 기술함으로써, 한 인간의 전체상을 조감하도록 펼쳐 보이고, 한 인간의 소우주적 삶을 재현하여 역사전기의 신경지를 개척했다는 평가를 받고 있다. 오가이는 주사이가 동서양에 똑같이 관심을 갖는 의사이자 관리, 학자, 문인이라는 공통점과 더불어, 그의 사상과 인물됨됨이에 자기의 초상(肖像)을 발견하고 호감을 가졌음에 틀림없다.

이와 같이 오가이는 소설가로서 나름대로의 역사 해석 방식을 통해 근대 지식인의 역사 인식을 대변했고, 작품에 공직자로서 보수적인 입장을 견지하는 일면과 양식 있는 근대 지성인으로서 자유인다운 상상력과 인간 정신의 해방을 추구한 측면이 모두 내재되어 있다.

그 밖에 오가이는 역사소설『사하시 진고로』(佐橋甚五郎, 1913)에서 조선통신사를 소재로 삼고 있다. 근세 일본인이 조선인이 되어 당시 권력자 도쿠가와 이에야스(徳川家康)와 대면한다는 구성으로, '고집' 관철의 문제를 다루면서 자아실현이라는 방향으로 근대적인 해석을 가하는데, 집필 당시의 시대상을 염두에 두고 있다고 본다. 오가이는 청일전쟁 개전 직후 한국에 체류한 적이 있는데 「오가이가 본 한국」을 조사해보면 당시 일본과 동아시아, 국제 관계를 그대로 반영하고 있다고 하겠다.

모리 오가이는 동서양에 대한 폭넓은 시야를 가진 근대 일본의 대표적 계몽 지식인일 뿐만 아니라, 서양문학의 수용과 일본 근대문학사상 중요한 작가이다.

■ 소설

나쓰메 소세키의 드라마틱한 생애

출생에서 유학까지

【유상희】

일본의 국민작가로서 현재까지 폭넓은 독자층을 확보하고 있는 나쓰메 소세키(夏目漱石,1867~1916)는 모리 오가이(森鷗外)와 더불어 메이지 시대가 낳은 걸출한 작가이다. 외국 유학을 경험하고 풍부한 교양과 예리한 비판 정신, 이지적인 태도를 공유한 소세키와 오가이의 문학은 당대 일본문학의 쌍벽으로, 지성인다운 눈으로 인간과 사회를 포착하여 자아의 발견과 이상을 추구했다.

소세키의 생애는 그의 소설 못지 않게 드라마틱하고 흥미롭다. 그는 1867년 음력 1월 5일, 51세나 된 아버지와 42세나 된 어머니 사이의 5남 3녀 중 막내로 태어났다. 그의 출생은 전혀 환영받지 못한 것이었다. 그는 경신(庚申)일 신시(申時)에 태어났는데, 이렇게 태어난 아이는 장차 큰 도둑이 될 운명으로 그것을 피하려면 이름에 '金'자를 넣어야 한다는 속신에 따라 '긴노스케'(金之助)라 이름지어졌다.

나쓰메 가문은 상공인 계층이었으나, 대대로 에도(江戶)의 우시코메와 다카타노바바 일대(오늘날 도쿄 신주쿠)를 다스리는 나누시(名主:

• • •

나쓰메 소세키

오늘날의 동장 겸 파출소장)였기 때문에 무사계급 못지 않게 행세를 하다가 메이지 유신 이후 행정제도의 개편으로 갑자기 가세가 기울었다.

그는 태어나자 모유가 부족하여 곧 야시장 장사꾼의 수양아들로 보내졌다가 인근 지역의 나누시로 있던 시오바라(塩原)의 양자로 들어간다. 자식이 없어 적적했던 시오바라 부부는 긴노스케를 지나치게 애지중지하여 버릇없는 아이로 성장했다. 그의 나이 4세가 되던 해 천연두를 예방하기 위해 접종한 종두가 도리어 천연두를 감염시킨 불운으로 콧등과 양쪽 볼에 마마 자국이 남게 되어 일생 동안 용모 콤플렉스를 안고 살게 된다.

그가 10세 때 양부모가 이혼하는 바람에 시오바라 성을 가진 채 생가로 돌아왔지만 환영받지 못한다. 그는 그때까지도 양부모가 친부모이고 친부모는 조부모인 것으로 알고 있었으나 어느 날 밤 하녀한테 진상을 전해 듣고 큰 충격을 받는다.

소세키는 남보다 1년 늦게 초등학교에 입학했는데 학업은 소홀히 하고 장난을 일삼자 생모는 그를 광 위로 끌고 올라가 단도를 들이대며 비장한 훈계를 했다고 한다. 그 때문이었는지 그 후부터는 몇 차례나 월반을 할 정도로 우수한 성적을 올린다.

그는 도쿄제일중학교에 입학했으나 대학에 진학하기 위해서는 영어가 필수인데 영어를 가르쳐주지 않는다는 것을 구실 삼아 중퇴했다. 그러나 그 후 그가 들어간 곳은 니쇼(二松)학사라는 한문학원이었다. 그가 진정으로 공부하고 싶었던 영어가 아니라 한학(漢学)이었던 것이다. 그는 그곳에서 1년간 공부하다가 큰형의 설득에 따라 영어학원인 세이리쓰(成立)학사로 옮겨 1년 동안 하기 싫은 영어공부를 하여 마침내 고등학교에 입학한다. 그때부터 그는 집을 나와 친구들과 어울리며 학업을 소홀히 한데다가 복막염까지 걸려 진급시험에 응시하지 못한다. 추가시험의 기회가 주어졌으나 불응하고 스스로 낙제의 길을 택한 후부터는 심기일전하여 계속 수석을 놓치지 않았다.

그가 21세 되던 해에 큰형과 둘째형이 폐결핵으로 연이어 사망한다. 하나 남은 셋째형은 천하의 난봉꾼이어서 그의 생부는 소세키를 데려다가 가문을 잇기 위해 양육비를 지불하고 그를 복적(復籍)시킴으로써 '나쓰메'라는 본래의 성을 되찾게 된다.

소세키는 고등학교에 진학할 때 자신의 모난 성격을 고려하여 건축가를 지망하려고 했지만, 동급생 중 천재이자 기인이던 요네야마(米山)가 '문학 쪽이 생명이 더 길다'라고 충고해서 방향을 전환했다. 그가 문학 중에서도 좋아하지 않던 영문학을 선택한 것은 오직 서양인들도 놀랄 만한 대저술을 남기겠다는 야망 때문이었다. 1890년 그가 24세로 제일고등학교를 졸업하고 도쿄제국대학 영문과에 입학했을 때 동급생은 커녕 선배마저 단 한 명뿐이었다.

다음해 안과병원에 치료를 받으러 갔다가 치료받으러 온 한 소녀에게 첫눈에 반한다. 그녀가 바로 그의 '첫사랑'이라는 설이 있으나 아직까지도 신원이 밝혀지지 않았다. 그 무렵 셋째형의 처 도세(登世)가 임신중독증으로 사망하자 그는 마치 연인을 여읜 듯이 애도했다. 훌륭한 인품과 미모를 갖춘 동갑내기 형수에게 동정심 이상의 경애심을 품고 있었던 것은 사실인 듯하다. 평론가 에토 준(江藤淳)은 소세키와 도세의 밀애설을 주장하여 세인을 경악하게 했으나 확실한 증거는 없다.

소세키는 1892년 자신의 호적을 홋카이도(北海道)로 옮겼는데, 그 이유는 '병역기피 목적'이라는 설이 유력하다. 당시 메이지 정부는 홋카이도 개척을 촉진하기 위해 홋카이도민에게 병역 면제 혜택을 주었기 때문이다. 그에게 애국심이 없었다기보다는 그의 성격상 군대생활은 무리라고 판단했던 것 같다. 그해 5월부터 도쿄전문학교 강사로 출강한다.

그는 27세 때 당시 3년제였던 도쿄제국대학을 졸업하자 곧바로 대학원에 진학하는 한편 도쿄고등사범학교 영어교사로 부임했으나 형식을 존중하는 관료주의에 잘 적응하지 못한다. 이 무렵부터 신경쇠약 증세가 확연히 드러나 환상이나 망상에 빠지곤 한다. 증세를 완화시키기 위해 그는 참선을 하는 한편 폐결핵 징후도 있어 치료에 도움이 된다는 활쏘기 연습을 하기도 했다.

1895년 초 요코하마의 영자신문「The Japan Mail」의 기자를 지망했으나 분명한 사유도 없이 낙방하자 크게 분노하며 실망한다. 그 무렵 그의 친우 고야 야스지(小屋安治)와 오쓰카 구스오코(大塚楠緒子: 나오코'라고도 부름)가 결혼하고, 그들과 소세키가 삼각관계를 이루었는데 소세키는 가족이나 친구에게 심한 정신이상 증세를 보였을 뿐 아

니라, 그해 4월 돌연 도쿄고등사범학교를 사임하고 벽촌이라 할 수 있는 시코쿠(四国)의 마쓰야마(松山)중학교 교사로 부임하는 파격적인 행동을 한다. 월급은 교장보다도 20엔이 많은 80엔이나 되었지만 마쓰야마 생활에 적응하지 못했다. 다시 도쿄로 돌아가기를 갈망했지만 여의치 않았다. 그러나 그때의 체험이 후일『도련님』(坊っちゃん, 1907)의 소재가 된다.

나쓰메 소세키의 초상

그해 말 소세키는 귀족원 서기관장(현재의 국회사무총장)의 장녀 나카네 교코(中根鏡子)와 맞선을 보고 나서 곧 약혼한다. 고관인 장인의 힘을 빌어 도쿄에서 직장을 구해보려고 노력하다가 뜻을 이루지 못하고 시코쿠를 떠나 규슈의 구마모토(熊本)에 있는 제5고등학교 교사로 전근한다. 월급은 100엔이었다. 그해 여름 30세의 소세키는 구마모토 자택에서 20세의 교코와 결혼식을 올린다. 참석자는 장인, 처삼촌, 하녀 세 명뿐이었다.

1898년 교코 부인이 신혼생활의 부적응에다가 유산 후유증으로 히스테리를 일으켜 집 부근의 시라강(白川)에 투신자살을 기도했으나 미수에 그쳤다.

1899년 33세 되던 해 장녀 후데코(筆子)가 태어나자 소세키는 너무 귀여워한 나머지 피부색이 검은 하녀에게서 검은색이 전염될까봐 아기를 맡기지 않을 정도였다.

1900년 5월 문부성으로부터 영어 연구를 위한 2년간의 영국 유학명령을 받는다. 유학 경비는 연간 1,800엔이고 휴직 수당으로 연간 300엔을 더 지급한다는 규정이었다. 그해 10월 런던에 도착한 소세키는 영문학 강의를 받기 위해 명문대학을 찾아다녔지만 당시까지만 해도 영문학은 학문으로 인정받지 못하여 라틴문학과 그리스문학 강좌 일색이었다. 기대가 크게 어긋났지만 세익스피어 전공자인 크레그(Carig) 교수 등에게 개인지도를 1년 정도 받는다. 런던에서의 유학 생활은 경제적으로 그리 풍족하지 못했고 정신적으로도 깊은 고독을 심어주었다. 그는 서양과 일본의 격차를 확인하면서 아울러 지식인으로서의 사명감과 근대 문명에 대한 비판과 성찰의 시각을 키워간다.

유학 2년째 되는 해 5월, 베를린에서 유학하고 있던 이학자 이케타 기쿠에(池田菊苗)라는 친구가 찾아와 거의 2개월간이나 동숙하면서 여러 가지 토론을 하는 동안 큰 자극을 받는다. 그 후 그는 영문학 연구의 한계를 깨닫고 스스로 연구하여 자기 나름의 「문학론」 집필에 착수한다. 비장한 각오로 노력했으나 별다른 진척을 보이지 못하고 있는데 문부성으로부터 유학 보고서를 제출하라는 지시가 있자 지나치게 정직하게 백지를 보낸다.

문학 연구가 난관에 봉착하자 그는 매일같이 깜깜한 하숙방에 틀어박혀 울기만 하는 정신이상 증세를 보였다. 그 소문이 유학생들 사이에 퍼지면서 결국 문부성으로 이야기가 전해지고, 문부성에는 독일에 유학하고 있던 소세키의 친구 후지시로(藤代)에게 소세키를 보호하여 귀국하라는 전문을 보낸다. 그러나 후지시로가 그를 방문했을 때는 이미 정상적인 상태였다. 소세키는 유학기간을 마친 후 아일랜드 여행까지 하고 1903년 1월 무사히 귀국했다.

■ 소설

국민작가 나쓰메 소세키

대학교수에서 임종까지

【유상희】

1903년 1월 영국으로부터 귀국 후 소세키는 친우들의 도움으로 그해 4월부터 도쿄제국대학 전임강사와 제일고등학교 교사를 겸임하게 된다. 하지만 신경쇠약이 다시 악화되어 가족에게 폭력을 행사할 뿐 아니라 교직생활에도 잘 적응하지 못하자, 신경병 완화를 위해 뭔가 써보라는 친우 다카하마 교시(高浜虚子)의 권유로 쓴 『나는 고양이로소이다』(吾輩は猫である)의 제1장을 1905년 1월 하이쿠(俳句) 잡지인 「호토토기스」(ホトトギス)에 발표하자 큰 호평을 받았다. 고양이의 눈에 비친 인간 사회의 모습을 비평하는 파격적인 형식과 유머넘치는 작품은 당시 독자를 사로잡았다. 이로써 마침내 작가 나쓰메 소세키가 탄생하게 된 것이다. 이후 연작 형태로 11장까지 집필하여 장편소설로 완성한다.

1906년 4월 『도련님』을 다시 「호토토기스」에 발표하고, 9월에는 『풀베개』(草枕)를 「신소설」에 발표하자 폭발적인 인기를 얻게 된다. 『도련님』은 역동적이고 통쾌한 활극이며, 『풀베개』는 유유자적한 시정 넘치는 소설로서 그 수려하고 심오 한 문장이 특색이다. 이 무렵부터 소세키는 매주 목요일에 자신의 서재에서 문하생들을 만나 담화시간을 갖게 되는데 이를 '목요회'라 부른다.

1907년 이미 41세가 된 소세 키는 도교제국대학 교수 자리를 내던지고 아사히신문의 전속작가로 입사한다. 이로써 학자 소세키에서 작가 소세키의 길을 걷는다. 이후 그의 소설들은 모두 아사히신문에 발표되는데, 재택근무에다 월급이 200엔이나 되고 400퍼센트의 보너스까지 지급하는 등 파격적인 대우이기는 했지만, 당시의 아사히신문은 오늘날과는 달리 인지도가 낮았다는 것을 고려하면 놀라운 결단이었다. 그는 입사 후 첫 작품으로 『양귀비』(虞美人草)를 연재했으나, 세인들의 기대를 의식하여 긴장한 나머지 지나치게 작위적이고 통속적인 작품이라는 비판을 면치 못했고, 그 스스로도 불만스러워한 작품이 되고 말았다. 그러나 이 작품은 춘원 이광수의 『무정』(無情)에 많은 영향을 주었을 뿐 아니라 당시의 많은 청년들이 여주인공 후지오(藤尾)에 큰 매력을 느낀 것을 보면 나름대로 가치 있는 작품이다.

이듬해 1월부터 광산의 갱부를 주인공으로 한 『갱부』(坑夫)를 연재했으나 크게 주목받지 못했고, 9월부터는 규슈에서 도쿄의 대학으로 유학온 신입생 산시로가 넓은 사회와 깊은 학문과 달콤한 이성의 매력에 눈을 떠가는 모습을 그린 교양소설 『산시로』(三四郎, 1909)를 연재하여 큰 호평을 받았다. 특히 여주인공 미네코는 오늘날에도 도쿄 거리를 활보하고 있을 법한 매력적인 신여성이다. 1909년 6월에는 처음으로 친우와의 삼각관계를 다룬 『그 후』(それから, 1910)를 연재하여 더욱 호

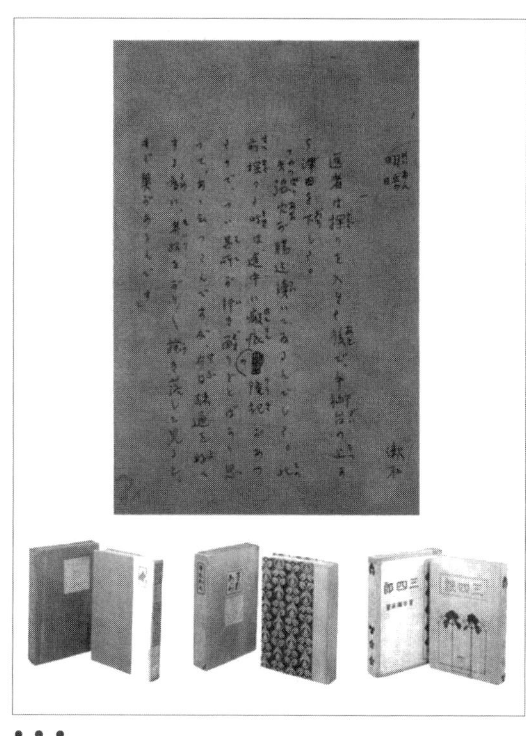

나쓰메 소세키의 전기 삼부작 초판본과 작품들

평을 받아 문학적 지위를 굳혀간다. 『그 후』의 주인공 다이스케(代助)는 자기 내부에서 우러나오는 '자연'에 따라 사회규범을 어기고 친구 부인과 결혼하려고 한다. 그러자 가족과 친구와 사회 모두가 그의 적이 되어 버린다. 작가는 사회규범과 자기 내부의 자연 사이에서의 갈등과, 인간은 어떻게 살아야 하는가의 문제를 제기하고 있다.

그해 9월부터 46일간에 걸쳐 만주와 한국을 여행한 후 기행문을 연재하다가 안중근 의사에 의한 이토 히로부미(伊藤博文) 피살 사건 등으로 인해 일본 국내가 어수선해져서 주목을 받지 못하자, 해가 바뀌는 것을 구실삼아 51회를 끝으로 중단해버림으로써 한국 여정이 기술되지 않는 아쉬움을 남겼다.

1910년 그는 또다시 친우와의 삼각관계를 다룬 『문』(門)의 연재를 마치자마자 위궤양이 악화되어 입원해서 치료를 받고, 슈젠지(修善寺)에서 요양하던 중 갑자기 다량의 피를 토하는 바람에 30분간이나 가사 상태에 빠지게 되는데, 이 사건을 '슈젠지 대환(大患)'이라 부른다. 이를 전후하여 일본 역사상 가장 추악한 사건인 대역사건(大逆事件)과 한일합방이 연이어 일어났지만 소세키는 끝까지 침묵을 지킴으로써 그의 한계를 보였다.

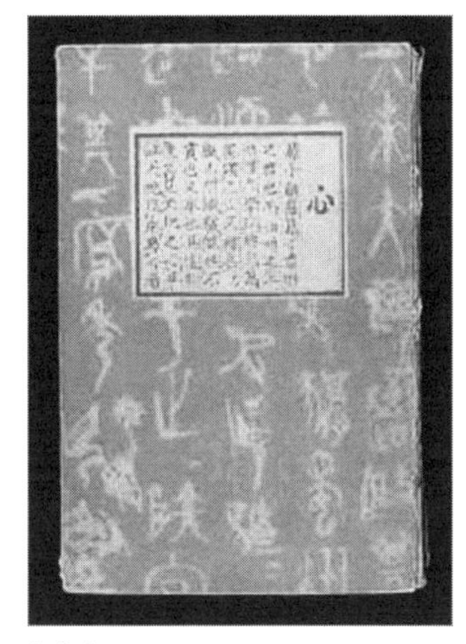

나쓰메 소세키의 소설『心』

슈젠지에서 요양하고 있던 중 문부성으로부터 문학박사학위 수여 통보를 받자 나쓰메는 매우 불쾌해하며 단호히 거절한다. 일찍부터 박사학위제도에 대하여 부정적으로 생각하고 있었던 데다가 문부성의 오만한 관료주의가 못 마땅했던 것이다.

1912년 1월부터 이른바 '두려워하는 남자와 두려워하지 않는 여자'를 묘사하는 한편, 자신의 다섯째 딸의 돌연사 사건을 다룬『추분이 지날 때까지』(彼岸過迄)를 연재하고, 12월부터는 형과 형수 그리고 동생의 삼각관계를 그린『행인』(行人)을 연재하기 시작하다가 신경쇠약과 위궤양이 겹쳐 집필을 일시 중단하고 자택에서 요양한다.

1914년에는 친우와의 삼각관계를 마지막으로 다룬『마음』(こころ)을 연재한다. 주인공 '선생'은 하숙집 딸과의 연정 때문에 형제같이 지내던 K를 배신한다. 이에 충격을 받은 K가 자결하자, 선생은 친우를 죽게 한 자신의 죄를 의식하면서도 아내에게는 숨긴 채 괴로운 결혼생활을 이어간다. 그러다가 메이지 천황의 장례일에 맞춰 할복 자살한 노

기(乃木) 대장의 결단을 계기로 삼아 '메이지 정신에 순사한다'는 명분으로 차세대 청년 '나'에게만 자신의 추악한 과거를 고백하고 자결해버린다.

이상 세 작품을 소세키의 후기 3부작이라 일컫는데 모두 여러 개의 단편을 모아 장편을 이룬 것이 특색이다.

소세키는 『마음』의 연재를 마치고 난 1915년 11월에 학습원(学習院)에서 행한 '나의 개인주의'라는 연설을 통해서 자신의 인생과 문학이 오로지 자기본위에 입각한 것임을 공표한다.

1915년 1월 소세키는 자신의 여생이 얼마 남지 않은 것을 의식한 듯 「유리창 안」(硝子戸の中)이라는 수필을 통하여 자신의 과거를 술회한 후 유일한 자전적 소설 『노방초』(道草, 1915)를 연재한다. 이 작품은 이전의 작품과는 달리 주인공이 자기 자신을 상대화하고 있는 점이 특징이다.

그 무렵부터 구메 마사오(久米正雄), 아쿠타가와 류노스케(芥川龍之介) 등이 문하에 들어온다. 그해 11월 초 소세키는 '목요회'에서 처음으로 '칙천거사'(則天去私: 소쿠텐쿄시, 아집을 버리고 자연에 따른다는 의미)라는 말을 하면서 장차 그런 문학관을 토대로 문학론을 강의해보고 싶다는 뜻을 내비침으로써 그때까지 일관되게 견지해왔던 자기본위의 한계를 암시한 듯했다.

그는 1916년 『명암』(明暗)을 연재하던 중 12월에 이르러 위궤양으로 인한 내출혈로 불귀의 객이 되었는데 향년 50세였다. 188회에서 멈추어 버린 『명암』은 부부 간의 갈등을 축으로 하고 있는데 '칙천거사'

문학의 투영 여부로 오늘날에도 논란의 대상이 되고 있다.

소세키가 많은 작품에서 주제로 내세운 것은 '애정의 모럴'이라 할 수 있으며, 통속에 빠지지 않고 '자기본위' 입장에서 실험적으로 추구한 데 그 특징이 있다. 그는 또 풍부한 교양을 바탕으로 문명과 사회를 비평하고, 오직 윤리적 존재로서의 인간을 탐구하는 데 목표를 두었다. 서구적인 근대 개인주의를 출발점으로 하면서도 거기에서 한 걸음 발전해나가야 한다는 문제의식이 그의 문학 주제인 동시에 인생관이었다고 할 수 있다.

그의 인간 탐구는 앞에서 언급한 슈젠지 요양을 계기로 더욱 깊어져 그 이후에 발표한 『마음』 등에서는 인간의 자의식이 나아갈 수 있는 극한상황까지 주인공을 이끌고 가서 비극으로 끝맺는다. 이는 소세키의 개인주의에 내재된 모순에 기인한 것이다. 즉 윤리적 이념으로서의 '자기본위'와 현실의 '에고이즘'은 일치하지도 않고 조화되지도 않는 것을 여실히 보여주고 있다. 윤리적 이상으로서의 자기본위는 마땅히 우주의 섭리와도 일치해야 하고 사회질서와도 일치해야 마땅하지만 현실의 에고이즘은 남에게 피해를 줄 뿐 아니라 자기 자신마저도 파멸로 이끌어간다. 소세키의 비극은 바로 여기에 있는 것이다.

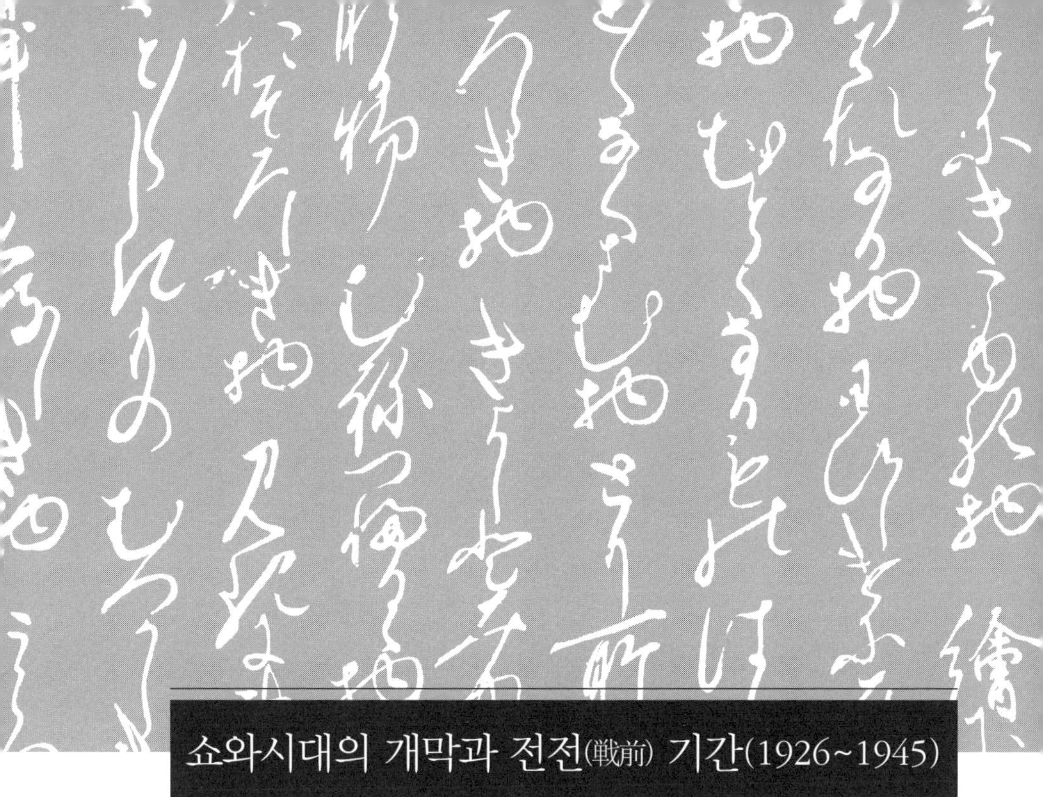

쇼와시대의 개막과 전전(戰前) 기간(1926~1945)

■ 소설

프롤레타리아 문학과 신감각파의 시기

해상노동자의 생활

다시 한 번 일어나는 프롤레타리아의 정신

상상이라는 도피, 그 안에서 맛보는 짧은 행복

우울한 마음, 걱정거리의 나

근대적 여성의 방랑과 성숙

전속력으로 질주하는 특별 급행열차

인간의 순수한 사랑과 고독

인간 성정을 삼켜버린 예술가의 자의식

■ 소설

프롤레타리아 문학과 신감각파의 시기

【황봉모】

쇼와(昭和) 천황이 즉위한 1926년부터 쇼와 천황이 죽은 1989년까지가 쇼와시대이다. 쇼와시대는 일본이 태평양전쟁에서 패전한 1945년을 기점으로 전기와 후기로 나눈다.

또한 쇼와 전반기의 문학은 쇼와시대가 시작된 1926년부터 일본제국주의가 만주사변(満洲事変)을 일으키는 1931년까지와, 만주사변에서부터 일본이 패전하는 1945년까지의 두 시기로 나눌 수 있다. 두 시기를 각각 정리하면 프롤레타리아 문학의 시기와 문학 암흑의 시기로 구분할 수 있다.

우선, 만주사변이 일어나는 1931년(昭和 6년)까지의 문학을 살펴보자.

아쿠타가와(芥川)의 자살과 함께 다이쇼(大正) 시대가 막을 내리고 새로운 시대가 시작되었다. 그러나 새로운 시대가 시작되었다고 해서 문학이 갑자기 바뀔 수는 없는 것이다. 쇼와 초기 문학은 다이쇼 말기부터 태동한 문학이 이어지게 된다. 자연주의에서 시작된 일본 사소설

(私小説)의 위기를 타개하려고 했던 것이 쇼와 초기의 프롤레타리아 문학과 신감각파(新感覚派) 문학이었다.

모든 문학이 그렇듯이 일본 프롤레타리아 문학은 쇼와시대에 들어와 갑자기 발생한 것이 아니다. 그것은 메이지(明治) 시대부터 면면히 이어져 내려온 혁명적, 민주적인 문학 동향이 다이쇼시대 말기에 와서 노동자계급의 자각과 결집에 자극되고 지지되어 예술적으로나 이론적으로 비약적인 발전을 이루었던 것이다. 근대 초기인 메이지시대에 나타난 일련의 정치소설 중에는 당시의 자유민권운동을 바탕으로 하여 민주주의적 요구와 투쟁을 반영한 작품이 있다. 일본의 근대문학은 이러한 정치소설의 경향성에 반발하여 예술주의적이고 봉쇄적인 문학으로 성립하게 되지만, 이미 이때부터 일본 근대문학에서 민주적인 문학 동향은 시작되고 있었던 것이다.

다이쇼시대와 쇼와 초기에 걸쳐 일본은 제1차 세계대전 후의 만성적 불황에 직면하여 있었다. 이러한 중에 1921년 반(反)자본주의 작가, 평론가들이 만든 잡지 「씨 뿌리는 사람들」(種蒔く人)이 창간되었다. 이것은 1923년 관동대지진으로 폐간되지만, 탄압에 굴하지 않고 「문예전선」(文芸戦線)이 창간되었다. 다음해에 일본프롤레타리아문예연맹(日本プロレタリア文芸連盟)이 조직되지만 분열되고, 일본의 프롤레타리아 문학은 1928년 전일본무산자예술연맹(나프)의 결성과 함께, 나프의 전기파(戦旗派)와 노농예술가연맹(労農芸術家連盟)의 문예전선파(文芸戦線派)로 대립하게 된다.

나프는 공산당의 지도로 마르크스주의 문학을 지향했다. 이론적

지도자는 구라하라 고레히토(蔵原惟人)로, 이후 이 파가 프롤레타리아 문학의 주류가 되어간다. 작가로서는 고바야시 다키지(小林多喜二), 미야모토 유리코(宮本百合子), 나카노 시게하루(中野重治), 도쿠나가 스나오(徳永直) 등이 있다.

한편, 전기파에 비해 열세였지만, 문예전선파는 사회민주주의 경향의 문학을 추구했다. 초기「문예전선」의 이론적 지도자는 아오노 스에키치(青野季吉)였다. 문예전선파는 일본 프롤레타리아 문학을 예술적 수준으로 끌어올렸다고 평가받는 하야마 요시키(葉山嘉樹) 외에 구로시마 덴지(黒島伝治), 히라바야시 다이코(平林たい子) 등이 활약했다.

프롤레타리아 문학과 같은 시기에 예술적인 입장에서 새로운 가능성을 열려고 했던 것이 잡지「문예시대」(文芸時代)에 의한 요코미쓰 리이치(横光利一) 등이었다.「문예시대」는「문예전선」에 대항하여 1924년 창간되었는데, 이 잡지에 모여든 동인을 신감각파(新感覚派)라고 한다. 프롤레타리아 문학이 혁명의 문학을 지향하는 데 반하여, 신감각파는 근대문학의 주류인 리얼리즘을 부정하고 문학 기법과 표현의 혁명을 추구했다. 이러한 이론의 배경에는 서구의 전위예술이 있었는데, 그 특색은 도시생활과 기계문명의 단편과 현상을 감각적이고 지적(知的)으로 재구성하는 것이었다. 이 파에는 요코미쓰 리이치, 가와바타 야스나리(川端康成), 나카가와 요이치(中河与一) 등이 활약했다.

이렇게 다이쇼 말기와 쇼와 초기의 문학은 프롤레타리아 문학과 신감각파를 중심으로 전개된다. 그러나 프롤레타리아 문학은 국가권력에 의한 탄압으로 해체되고, 신감각파도 쇼와 초기 신흥예술파(新興芸

術派)로 이어지지만 문학운동으로서는 쇠퇴하여 갔다.

다음으로 만주사변이 일어나는 1931년(昭和 6년)부터 일본이 패망하는 1945년(昭和 20년)까지의 문학을 살펴보자. 일본에서는 만주사변이 일어나는 1931년부터 일본이 패망하는 1945년까지를 15년 전쟁이라고 한다. 만주사변을 시작으로 하는 중국 침략으로 일본은 쇼와 초기의 경제 공황으로부터 일시적으로 벗어나게 되어 사회는 어느 정도 안정을 되찾는다. 이러한 상황에서 전향문학이 발표되었다.

1934년에 들어가면 프롤레타리아 문학의 모든 잡지와 조직이 와해된다. 1933년 고바야시 다키지(小林多喜二)가 학살되고, 같은 해 공산당의 최고지도자인 사노 마나부(佐野学)와 나베야마 사다치카(鍋山貞親)가 옥중에서 공산주의 포기 성명을 냄과 함께 전향자가 속출했다. 전향이란 국가권력에 의하여 공산주의, 사회주의를 포기하는 것을 말하며, 전향문학이란 전향한 문학자의 고뇌를 그린 작품을 말한다.

한편 프롤레타리아 문학이 쇠퇴하는 이 시기에 기성문단의 작가들이 대작을 발표하고 있던 점에 주목할 필요가 있다. 시마자키 도손(島崎藤村)의 『동트기 전』(夜明け前), 시가 나오야(志賀直哉)의 『암야행로』(暗夜行路)를 비롯하여, 나가이 가후(永井荷風), 다니자키 준이치로(谷崎潤一郎)의 대표작도 이 시기에 쓰여졌다. 또 신인작가들도 등장하여, 이 시기를 문예부흥기라고 한다. '문예부흥'이란 프롤레타리아 문학으로부터 순문학의 부흥을 의미하는 것이었다.

그러나 1937년 중일전쟁이 시작되자 일본은 본격적으로 전시(戦時)하에 들어가고, 1941년 태평양 전쟁에 돌입하면서 국가의 사상, 문화에의 통제가 더욱 심하게 되어 휴머니즘 문학조차 부정되었다. 작가도 보도반원(報道班員)으로서 전쟁에 종군하게 되었다. 이 시기는 눈부신 성장을 이루어왔던 일본 근대문학의 소위 '암흑의 시기'라고 할 수 있다.

■ 소설

해상 노동자의 생활

하야마 요시키 『바다에 사는 사람들』

【황봉모】

만주마루(万寿丸)는 홋카이도(北海道)의 무로란(室蘭)과 요코하마(横浜)항을 왕복하는 석탄화물선이다. 선원실은 언제나 공기가 탁하기 때문에 거기에서 생활하는 수부(水夫)는 모두 폐결핵 환자이다. 만주마루는 선원실에까지 석탄을 쌓아놓고 무로란항에서부터 눈보라치는 홋카이도 항로를 출항한다. 17세의 견습 선원 야스이(安井)가 중상을 입게 되지만 아무런 조치도 취하지 않고 선원실에 며칠간이나 방치해둔다. 또 난파선을 발견해도 선장은 구조하지 않고 지나치도록 명령한다. 이렇게 만주마루에서 하급선원들은 늘 생명의 위협을 받으면서 항해를 계속한다.

노동운동의 경험이 있는 창고지기 후지하라(藤原)는 야스이의 치료를 부탁하지만 홋카이도 온천에 있는 첩에게 마음이 가 있는 선장은 그 요구를 일축한다. 선장은 홋카이도에서는 첩의 품으로 달려가고, 요코하마에 도착하면 밤중 혼자 몰래 가정으로 돌아간다.

이러한 가운데 후지하라와 자본론을 읽은 변소 청소부 나미타(波

田), 고등선원을 꿈꾸는 조타수 오쿠라(小倉) 등 세 사람을 중심으로 수부들이 조직된다. 무로란항을 출항하는 아침, 수부들은 8시간 노동제의 실시와 노동 임금의 증액 등 7개 항목의 요구서를 선장에게 들이민다. 선장의 애매한 태도에 나미타가 나이프를 책상에 내리꽂으며 분노를 폭발시킨다. 스트라이크는 일단 성공을 거두지만, 요코하마 도착과 동시에 후지하라와 중심 인물들은 경찰서에 인도되어, 설을 구치소에서 맞이하게 된다.

하야마 요시키(葉山嘉樹)의 『바다에 사는 사람들』(海に生くる人, 1926)은 일본 프롤레타리아 문학의 기념비적인 작품으로, 일본의 프로문학은 이 작품의 등장에 의해서 비로소 그 예술성을 인정받게 된다. 이제까지 착취당하는 데 익숙해져 있는 해상노동자들이 점차 계급적인 자각을 갖고 조직을 결성해 일어난다는 내용의 이 작품은, 비참하고 어두운 제재(題材)에도 불구하고 아름다운 서정시(抒情詩)를 연상시킬 만큼 빛나는 필체로 묘사되어 있으며, 방대한 서사작품으로까지 성공하고 있다.

작가는 이 작품을 교도소 수감 중에 썼는데, 편지나 일기 등이 옥중에서 쓰여진 경우는 많았지만, 그곳에서 500매 가까운 장편이 집필된 것은 일본 근대문학사에 있어서 드문 사건이었다. 하야마는 사상범으로 구금되어 다다미 3장(丈) 정도의 독방에 갇혀 자유와 행동, 음식 및 기타 인간으로서 기본적인 사항이 박탈되고 제한된 상황에서 현실의 자기 자신과 대립하여 작품을 탄생시켰다. 여기에 작품의 모티브가 있다. 『바다에 사는 사람들』의 세계에서는 억압되고 폐쇄된 현실에 맞서 자유를 희구하고 있다.

하야마 요시키(1894~1945)는 후쿠오카현(福岡県)에서 태어났다. 와세다(早稲田)대학 문과에 입학했지만 해원(海員)이 되려고 생각해 학비도 내지 않고, 등교도 하지 않아 결국 제적된다. 화물선의 수부 견습생이 되어 캘거타 항로의 화물선을 타고, 해원수첩을 받은 뒤에는 요코하마와 무로란항을 왕복하는 석탄선 만지마루(万字丸)를 탄다. 바다에 사는 사람들』은 그때의 경험을 바탕으로 쓴 것이다.

작품에 등장하는 인물들은 모두 구체적인 모델이 있는데, 우선 나미타는 하야마 자신의 분신이라고 할 수 있다. 또 창고지기인 후지하라에는 나고야(名古屋)에서 작가가 노동운동을 하던 시절의 모습이 투영되어 있다. 그리고 조타수 오쿠라, 수부 미카미(三上), 선장 요시타케(吉竹) 등은 모두 하야마가 탔던 만지마루 승무원들이 모델이다.

하야마가 처음 발표한 소설은 1924년 10월 「문예전선」에 게재한 『감옥의 반나절』(牢獄の半日)이다. 이 단편은 거의 평가를 받지 못했지만, 1925년 드디어 「문예전선」에 『매춘부』(淫売婦)가, 그리고 이듬해 『시멘트통 안의 편지』(セメント樽の中の手紙)가 발표되자 곧 재능있는 신인으로 주목을 받았다. 곧이어 『바다에 사는 사람들』이 출판되자 커다란 반향을 불러일으켰고, 그해 하야마는 상경하여 작가로서 활약하기 시작했다.

하야마 요시키의 문학은 사상성, 혁명성이 부족하다고 하여 오랫동안 정당한 평가를 받지 못했다. 일본의 프로 문학이 혁명성에 치우친 나머지 이데올로기에 빠져 관념적, 도식적인 면이 생경하게 드러나는

데 반해, 하야마의 모든 작품에는 인간적이고 자연스러운 감정이 스며 있다. 또 작품 초기부터 전쟁 말기까지 민중에 대한 사랑이 일관되게 그의 문학 기조에 흐르고 있다. 서민성, 유머, 서정적 성격 등 당시 혁명적이 아니라고 간주되어 부정되었던 요소들이 오히려 하야마 문학이 지금도 생생한 생명력을 가지게 하는 근거가 되고 있다.

하야마의 작품은 고바야시 다키지(小林多喜二)와 구로시마 덴지(黒島伝治) 등에게 커다란 영향을 주었다. 일본 프롤레타리아 문학의 대표적 작가인 고바야시 다키지는 하야마의 작품에 깊은 감명을 받아서 다음과 같은 편지를 보냈다.

'나는 당신의 작품에서 외국의 어느 작가보다도 많은 가르침을 받고 있습니다. 나는 이후에도 나와 접하는 모든 사람들에게 『신선 하야마 요시키집』(新選葉山嘉樹集)을 추천할 것입니다.'

■ 소설

다시 한 번 일어나는 프롤레타리아의 정신

고바야시 다키지 『게잡이공선』

【황봉모】

북양어업의 기지인 하코다테(函館)에서 러시아의 캄차카해에 구축함의 호위를 받으며 출어하는, 아주 낡은 게잡이공선(蟹工船: 게를 잡아 통조림으로 만드는 공장선)은 해양법과 공장법의 적용을 받지 않는다. 이 게잡이공선 하코마루(博光丸)에는 여러 종류의 가난한 사람들이 모여들고, 어부들은 '일본제국을 위하는 일'이라는 감독의 훈시를 들으며 가슴 벅차게 북양으로 향한다. 그런데 실은 선박회사가 이들을 계절노동으로 고용하여 국가산업이라는 명목하에 잔혹한 노동을 강요하며, 이 한 척의 배로 큰 수입을 올리고 있는 것이다.

이러한 가운데 어부(漁夫)들과 아사카와(浅川) 감독 사이에서 점차 대립이 발생한다. 감독은 자기의 성적을 올리기 위해서라면 다른 사람의 목숨쯤이야 개의치 않는 잔혹한 사람이다. 17~8명의 학생출신과 어부, 화부(火夫), 수부(水夫), 그리고 하코다테의 빈민굴 아이들인 잡부(雜夫)들은 너무나도 가혹한 착취를 받으면서 점차 단결하기 시작한다.

생명의 위협 아래 혹사당하는 어부들은 태업에서부터 시작하여 이

읏고 스트라이크를 일으킨다. 그들은 9명의 대표자를 뽑아, 감독관과 선장, 공장 대표들에게 요구조항과 서약서를 들이댄다.

동맹파업은 잘 되어가는 것처럼 보였다. 그러나 그날 저녁 구축함으로부터 온 수병(水兵)들의 총검에 의해 스트라이크는 탄압되고, 9명의 대표는 구축함으로 잡혀간다. 제국군대인 구축함이 러시아로부터 자기들을 보호해준다고 생각하고 있던 어부들은 이 사건을 통해 비로소 제국군대의 본질을 알아차린다. 제국군대는 가난한 노동자인 자신들 편이 아니라 자본가의 편이었던 것이다. 동맹파업이 비참하게 패하자 노동은 한층 가혹해졌다.

고바야시 다키지

게잡이공선의 어부들은 자신들의 실수를 깨닫는다. 대표자를 뽑은 것이 실수였던 것이다. 그들은 '우리들 전부는, 모두가 하나가 되어야 했던 것이다'라고 말하며 다시 한 번 한 덩어리가 되어 일어선다.

『게잡이공선』(蟹工船, 1929)은 고바야시 다키지(小林多喜二, 1903~33)의 대표작으로서 프롤레타리아 문학뿐 아니라, 일본 근대문학사에 있어서 획기적인 작품이다. 하야마 요시키(葉山嘉樹)의 『바다에 사는 사람들』이 일본의 프로 문학을 최초로 예술적 수준으로 끌어올린 작품이라고 한다면, 『게잡이공선』의 문학사적 의의는 프로 문학을 사상(思想)의 영역으로까지 확장시켜 새로운 지평을 연 데 있다. 자본가의 잔혹한 착취에 대항한 해상노동자들의 저항을 그린 이 작품에는 노동자의 구체적인 행동이 정치적인 의도하에 묘사되고 있다. 『게잡이공선』에 의하여 일본 프롤레타리아 문학운동은 그 앙양기를 이루어 내게 되었다.

작품은 게잡이공선에서 일어난 사건을 제재로 하고 북양어업에 대한 면밀한 조사에 의해서 완성되었다. 다키지는 이 작품에서 지금까지 굴종밖에 몰랐던 어부들이 스스로 자각하지 못하고 있던 자신들의 힘에 눈을 뜨고, 자신들의 손으로 자본가의 착취에 대항해가는 일련의 과정을 객관적이고 자연스런 형태로 그려내고 있다.

어부들은 스트라이크가 참혹하게 패하자 비로소 자신들이 처한 현실을 인식하게 된다. 그러나 그들은 그러한 현실에 굴하지 않고, 실패를 통해 각성하여 다시 일어선다. 작품의 의의는 '다시 한 번 일어서는 것'에 있다. 어떠한 현실에도 굴하지 않는 불굴의 정신이야말로 프롤레타리아의 정신이라고 할 수 있을 것이다.

『게잡이공선』은 1929년 「전기」(戦旗)의 5월호와 6월호에, 전편과 후편의 2회로 나뉘어 발표되었다가, 같은 해 9월 단행본으로 간행되었다. 당시 검열을 고려하여, 복자(伏字)가 많았는데 후편이 게재된 6월호는 곧 발매금지 처분을 받았다. 사실 복자 수에 관계없이 관계당국이 발매금지 처분을 내린 것이었다. 하지만 이 작품이 얼마나 주목을 받았는지 당시 자료를 보면, 발매금지 이후에도 배포망에 의해 반년간에 35,000부를 발행했다고 한다.

고바야시 다키지는 아키타현(秋田県)의 가난한 농가에서 태어났다. 1907년 12월 고바야시 일가는 가난을 피해 홋카이도(北海道)로 이

주한다. 다키지는 1921년 백부의 원조로 오타루(小樽)고등상업학교에 입학하여, 1924년에 학교를 졸업하고 홋카이도척식은행 오타루 지점에 취직한다. 1927년경부터 그는 사회과학을 배우면서, 사회의 모순을 발견하게 되고, 그 후 오타루의 노동운동에 직접 참가하며 프롤레타리아 문학 운동에도 적극적인 관계를 가지게 된다.

다키지는 프롤레타리아 문학의 대표적인 이론가인 구라하라 고레히토(蔵原惟人)의 영향을 받아 공산당을 중심으로 한 노동자의 탄압을 그린 『1928년 3월 15일』(一九二八年三月十五日, 1928)을 「전기」에 게재하며 본격적인 프롤레타리아 문학 활동에 들어간다. 이후 대표작인 『게잡이공선』을 쓰고, 『부재지주』(不在地主, 1929), 『공장세포』(工場細胞, 1930) 등을 완성하며 일본 프롤레타리아 문학의 대표적인 작가로서 위치를 공고히 한다. 그러나 그는 가두 연락 중 체포되어 그날 특고(特高)의 고문에 의해 학살되었다. 당시 만 29세였다. 사후에 일본문학사상 처음으로 공산주의적 인간의 조형에 성공했다고 평가받는 『당생활자』(党生活者, 1933)가 출판되었다.

■ 소설

상상이라는 도피, 그 안에서 맛보는 짧은 행복

가지이 모토지로 『레몬』

【윤은경】

정체를 알 수 없는 불길한 덩어리가 내 마음을 시종 억누르고 있었다. '나'의 마음을 억누르고 있는 불길한 덩어리의 정체는 지금도 나를 고민케 하는 폐렴이나 신경쇠약, 또는 빚더미 같은 것과는 별개의 것이다. 견딜 수 없게 하는 그 느낌이 나를 거리에서 거리로 방랑하게 한다.

그 무렵 나는 초라하면서도 아름다운 것에 마음이 끌렸다. 다 허물어져가는 거리라든지, 지저분한 빨래가 널려 있고, 너저분한 방이 들여다보이는 뒷골목이 좋았다. 그러면 자신이 교토에 있는 것이 아니라, 어딘가 아득히 먼 데 있다고 몽상하는 것이다.

나는 현재 몹시 가난하지만, 생활이 아직 좀먹지 않았던 무렵에는 마루젠(丸善) 서점을 좋아했다. 마루젠에 진열되어 있는 오데 코롱과 세공품, 전아한 로코코풍의 향수병, 담배파이프, 주머니칼, 비누. 나는 그런 것들을 구경하는 데 꼬박 한 시간을 보내기도 했다. 그리고 가장 좋은 연필을 한 자루 사는 식의 사치를 부렸었는데, 지금은 상품도 점원도 모두 빚쟁이의 망령과도 같이 보인다.

어느날 아침, 나는 공허함을 견딜 수 없어 다시 거리를 돌아다녔다. 데라마치(寺町) 거리의 과일집 앞에 발을 멈추어보니, 문득 나의 눈에 들어온 것이 있다. 레몬이었다. 단순한 빛깔도, 방추형의 모양도 나를 매료시켰다. 레몬의 차가움과 향기를 느끼며 그것을 손에 쥔 채 거리를 걷기 시작했다. 마음을 억누르고 있었던 불길한 덩어리가 어느 정도 풀어지는 느낌이 들었다.

나는 행복한 기분으로 이 무렵 혐오감을 느끼고 있었던 마루젠에도 쉽게 들어갈 기분이 들었다. 그러나 쌓여 있는 책들 앞에서 행복한 느낌은 어디론가 사라지고 다시 우울함이 자리잡는 것이었다. 예전에 좋아하던 화집(画集)을 펴봐도 더 우울해질 뿐. 그때 품속의 레몬을 떠올린 나는 쌓아놓은 화집 위에 레몬을 올려놓아 보았다. 다시 가벼운 흥분이 되돌아왔다. 바라보고 있자니 그 레몬의 색채는 쩔그럭거리던 음조를 살그머니 방추형의 몸 속에 흡수시켜 버리며 쨍하니 맑게 바꾸어 버리고 있었다. 먼지투성이 마루젠 안의 공기가 레몬의 주위만 이상하게 긴장되어 있는 듯한 기분이 들었다. 나는 그것을 그대로 두고 아무렇지도 않은 얼굴로 가게를 나왔다.

다시 거리를 걸으며 노란 레몬이 폭탄으로 변해 '쾅'하고 터지는 모습을 상상해본다. 그럼 저 거북한 마루젠도 산산조각 나겠지…. 나는 미소를 머금은 채 거리를 걷기 시작한다.

가지이 모토지로(梶井基次郎, 1901~32)는 처녀작 『레몬』(檸檬, 1924)을 비롯해 『성이 있는 마을에서』(城のある町にて, 1925), 『겨울

파리』(冬の蠅, 1928) 등의 산문시풍의 수작을 남겼음에도 불구하고 생전에는 그다지 이름을 떨치지 못했다. 도쿄제국대학 영문과를 중퇴했고, 일생 병마에 시달렸던 가지이는 현실 속에서 행위의 가능성을 상실한 청년의 권태와 불안한 마음을 예리한 감수성과 높은 지성으로 직시하여, 그의 작품은 섬세하고 감각적인 묘사를 펼쳐 소설의 형태를 띤 시(詩)라는 평가를 얻고 있다. 결국 지병으로 32세의 짧은 생을 마쳤지만, 그의 독창적인 매력은 사후 재평가되면서 치쿠마쇼보(筑摩書房)에서 3권으로 된 전집이 출판되었다.

『레몬』은 가지이가 동인으로 활동하던 「청공」(青空) 창간호(1925년 1월)에 발표된 그의 처녀작이다. 현실 속의 모든 것이 실타래처럼 엉켜 가슴을 시종 내리누르는데 취할 수 있는 행동이 무엇인지 판단할 수 없고, 현실과 어떻게 소통해야 좋을지조차 알 수 없어졌을 때 우리가 할 수 있는 최소한의 시도는 무엇일까? 바로 착각 혹은 상상이라는 시도가 아닐까. 작품에서 나는 현실에 없는 것, 현실에서 불가능한 것을 줄곧 몽상을 통해 획득한다. 행위에 의해서는 변할 수 없는 세계를 의식적 상상, 또는 감각과 감수성을 통해 잠시나마 정지된 세계를 맛보며 그 안에서 안정을 모색하고 있는 것이다.

또 내가 이 시기에 끌리게 되는 것은 오래되고 일상적인 세계이다. 마루젠 서점은 내가 즐겨 찾는 곳이었지만, 결국 중압감만을 부여하는 장소였다. 그곳의 휘황한 이국문물은 다이쇼시대의 청년들을 제압하여, 새로운 유행에 뒤떨어지지 않으려고 버둥거리는 청년들의 정신과 경제적 생활을 바짝 옥죄고 있었던 것이다. 나는 마루젠으로 대표되는 신시대의 조류에 이리저리 휩쓸리다가 자신에게 남아 있는 것은 피로뿐임을 깨닫고, 마침내 오래된 거리와 과일가게와 같은 소박한 세계에서 아름다움을 찾게 된다.

마지막으로 나는 쌓여 있는 화집 위에 레몬을 올려둠으로써, 행방불명된 나 자신의 주체를 모든 것의 꼭대기에 여봐란 듯이 올려놓는다. 그리고 자신을 옭아매는 모든 것들을 폭발시킨다. 육체적, 정신적 병마(病魔), 몸을 불사를 것 같은 빚, 숨통을 조르는 정체를 알 수 없는 불길한 덩어리, 불안과 권태, 초조와 혐오…. 이 모든 것들을 레몬은 모든 아름다운 것, 모든 좋은 것을 환산한 무게를 가지고서 폭발해 날려버릴 수 있는 힘을 가지고 있다.

작가는 상상의 카타르시스를 레몬이라는 청징한 이미지를 도입하여 신선하고 감각적으로 그려보이고 있다.

■ 소설

우울한 마음, 걱정거리의 나

이부세 마스지 『도롱뇽』

【임성규】

이부세 마스지(井伏鱒二, 1898~1993)의 초기 작품계열은 소위 동물소품이라고 할만한 일련의 작품군이 나타난다. 와세다대학 시절에 습작으로 썼던 『비단벌레를 보다』(たま虫を見る)를 비롯하여 『도롱뇽』(山椒魚), 『잉어』(鯉), 『지붕 위의 사완』(屋根の上のサワン, 1929) 등이 그것이다. 이 작품들은 이부세가 작은 동물에 가탁하여 작가적 자기 형성 시대의 울적한 내면을 형상화한 것으로, 이부세의 초기 작품 세계에서 빼놓을 수 없는 작품이다. 그가 『유폐』(幽閉, 1923)를 발표할 당시, 문자 그대로 정신적으로 유폐된 상태에서 '우울해진'(思い屈した) 작가의 내면세계를 한 마리의 도롱뇽에 가탁하여 형상화했다. 친구 아오키 남파츠(青木南八)의 죽음에 이어서 본의 아니게 와세다대학을 중퇴하고, 전도가 불확실한 채 작가수업 생활에 들어간 1923년경 이부세를 둘러싼 상황은 개인적 실의뿐만 아니라 시대 자체의 어둠에 있어서도 유폐라고 부르기에 어울리는 시대였다.

『도롱뇽』은 『유폐』를 가필해 제목을 바꾸어 「문예도시」(文芸都市)에

게재한 이부세의 처녀작이다. 작품은 인간의 권태와 절망을 상징적으로 표현하고 있다.

동굴 속에서 멍청하게도 2년간을 지내온 도롱뇽은 이제 동굴 밖으로 나올 수가 없게 되었다. 그의 머리가 동굴의 출입구보다도 커져버렸기 때문이다. '이게 무슨 실책인가!' 하고 탄식해보아도 좋은 해답이 떠오르지 않는다. 그는 동굴 내부를 관찰하기 시작한다. 도롱뇽은 헤엄치는 송사리를 바라보며, 무리로부터 벗어날 수 없는 부자유스런 놈이라고 비웃는다. 움직이지 않고 있는 산란기의 새우에게는 '생각에 잠겨서 행동하지 않는 놈은 바보'라고 말한다. 도롱뇽 자신은 탈출하기 위해 전력을 다해서 출구로 돌진하지만, 머리가 코르크 마개와 같이 막혀 도리어 웃음거리가 되어버린다. 도롱뇽은 혼자라는 슬픔에 잠겨 흐느껴 운다. 도롱뇽은 어느 날, 동굴에 들어온 개구리를 잡아 가둔다. 둘은 서로 '너는 바보다' 하고 언쟁하며 자존심 대결을 한다. 1년이란 세월이 흐르고, 마침내 도롱뇽은 한숨만 내쉬는 개구리와 화해를 하려고 하지만, 몸이 약해진 개구리는 움직일 수가 없다. 개구리는 마지막으로 용서의 말을 입에 담는다.

『잉어』는 『도롱뇽』과 함께 초기 대표작의 하나로, 이부세가 문단에 등장하는 계기를 만든 중요한 작품이다. 또한 와세다대학 시절의 친구 아오키 남파츠가 실명으로 등장하여, 사실성이 전면에 부각된 작품이다. 작품은 '나'가 잉어에서 해방되는 과정을 그린 이야기이며, 또 잉어는 남파츠의 기념으로서 작자의 내부에서 그를 승화시켜가는 과정을 그린 작품이다.

1919년 4월에 이부세는 와세다대학 불문학과에 진학하는데, 그전부터 두 사람의 교우는 시작되었다. 이부세는 남파츠에게 친구로서보다 오히려 문학 선생으로서 경외심을 품고 있었다. 그의 수편의 습작들은 남파츠에게 직접 읽어 보이기 위하여 썼다고, 이후 이부세가 고백했을 정도이다. 이부세의 여러 글에 등장하는 남파츠라는 인물은 요절한 친구를 이야기하기에 걸맞게 부정적인 면을 전혀 갖고 있지 않는 이상적인 청년으로 조형화되어 있으며, 이부세 또한 그러한 남파츠에게서 받은 은혜와 호의를 상당히 긍정적으로 그리고 있다. 이렇게 '남파츠 전설'이라고 불러도 좋은, 와세다대학 시절의 친구 아오키 남파츠에의 추억을 그린 작품『잉어』에는 작중의 남파츠와 나의 관계가 여하한 불순함과 사악함을 배제된 경향이 있다.

그러나 남파츠에 대한 나의 감정이 순일무구한 것으로 보이지만, 실제로 남파츠의 상징인 하얀 잉어에 대한 이부세의 심리는 굴절되어 있다. 이부세의 전기적 사실에 따르면 고향 연못에서 기르고 있던 하얀 잉어가 죽었을 때, 이부세를 귀여워해주던 조부마저도 어린 그를 의심하고 책망했다고 한다. 이부세에게서 하얀 잉어에 대한 기억은, 그리운 고향의 산천초목과 더불어 어렸을 적부터 짊어진 죄의식을 의미하는 것으로 복잡한 심상을 갖는 것이다. 하세가와 이즈미(長谷川泉)의 말을 빌자면 '이부세의 청춘의 음울한 심상 풍경과, 죽은 친구 아오키 남파츠에게 보내는 사모와 환상이, 한 마리의 하얀 잉어로서 선명하게 떠오르고 있다.'

'걱정'은 이부세의 초기 문학의 '우울함'(くったく)과 함께 청춘의 상

징이다. 『지붕 위의 사완』은 '걱정으로 가득 찬 나에게 돌연 날아든 백조를 통해 만남과 이별의 의미를 발견하고, 나의 내부세계가 변해가는 모습이 선명하게 표현된 서정적인 작품이다. 말로 표현할 수 없을 정도로 걱정거리가 많은 나는 어떤 늪가를 산책하던 중, 한 마리의 총상을 입은 백조를 발견한다. 그를 주워 올리자 백조의 깃털과 체온이 나의 양손에 전달돼, 의외로 묵직한 그 무게가 우울한 마음을 위안해주었다. 잠시 동안 백조와 즐거운 시간을 보내고, 나는 이별을 아쉬워하며 백조를 보내준다. "사완아, 월광의 하늘을 높이 즐겁게 날아라."

이부세는 67세에 원폭 기록에 취재, 조사를 가하여 일기 형식의 장편소설 『검은 비』(黒い雨, 1965)를 연재한다. 소설의 줄거리는 시즈마(閑間)의 잉어양식 사업과 조카딸의 혼담 이야기지만, 그 중심은 일기를 정서하며 재현하는 생생한 피폭의 기록이다. 이제까지의 일상생활이 한 순간에 멈추어버린 시간의 정지. 이부세는 냉혹할 정도로 각양각색의 죽음의 순간을 한 줌의 포커스에 담아둔다. 이웃과 친구들의 입을 통해 여러 각도에서 원폭의 참상을 증언하게 한다. 필사적으로 살려고 하는 피폭자들의 생의 의지, 그 처참한 광경하에서 벌어지는 인간애. 이부세는 자신만의 독특한 유머로 비참한 상황을 극복하고 있다. 초기 작품에서 작은 동물과 식물에게 던지는 부드러운 속삭임이 『검은 비』에서 훌륭하게 재연되고 있는 것이다.

■ 소설

근대적 여성의 방랑과 성숙

하야시 후미코 『방랑기』

【최 연】

1928년에 처음 발표되어 1930년 첫 출판에서 60만 부가 판매된 『방랑기』(放浪記)가 커다란 반향을 일으킨 까닭은 무엇보다도 주인공 '나'가 당시 일본사회가 요구하던 정숙한 여자의 정형(定型)에서 벗어났기 때문이다.

작품의 주인공이 새로운 매력에 넘치는 이유는 두 가지다. 하나는 아무리 열악한 환경 속에서도 오히려 밝고 독특한 개성을 지닌 여성으로 성장하는 것이다. 주인공은 어린 시절부터 좋은 집안의 아이와는 전혀 다른 각도에서 사회를 보는 시각과 독특한 관점을 키워나가면서 조숙하고 자립심이 강한 여자로 성장해나간다. 다른 하나는 정착할 집도 없이 방랑하면서 고달픈 생활을 이어가던 소녀가 마침내 성장해 작가가 된다는 점이다. 기존 문학에서는 볼 수 없었던 여자의 방랑이 작가 형성의 과정으로 연결되어 있다는 점에 작품의 참신함이 있다.

인생 도처에 싸구려 여인숙만의 추억을 가지고 나는, 아름다운 산하(山河)

도 모른 채 의붓아버지와 어머니에 이끌려 규슈 일대를 전전하며 행상을 하고 다녔다.

하야시 후미코(林芙美子, 1903~51)는 야마구치현(山口県)에서 사생아로 태어나 의붓아버지 밑에서 살 집이 없어 싸구려 여인숙을 전전하다 12세에 학교를 그만두고 행상을 나선다. 또 여학교 시절의 애인에게 의지해서 무작정 상경한 그녀는 가정부를 비롯해 공장 여공, 노점상인, 카페 여급 등 여러 직업을 전전하고 동거와 이혼 등을 거치며 도쿄의 밑바닥 생활을 한다.

야간노점상 일을 하게 됐을 때, 아무도 아는 사람이 없는 도쿄이기에 나는 부끄러움도 수치심도 별것 아니라고 생각한다. 무명성(無名性)은 당시 도쿄에서의 생활에 일반적인 것이었다. 나는 타지(他地)에서 온 이방인으로 부초와 같은 방랑의식을 지니고 자유에의 갈망을 갖고 있다.

또 고독과 빈궁 속에서 사는 의식 저편에는 세상 도덕에 대한 강한 반감이 자리잡고 있었다. 프롤레타리아 문학의 작가 히라바야시 다이코(平林たい子)가 지적하고 있듯이 "일본에서는 소위 질서 있는 사회에서 특히 지방에서는 강한 봉건적 색채를 띠고 있는 만큼 소외된 자의 반발이 강하고 그 원심력 때문에 격절감 또한 심하다. 그들은 자신을 일본인이라고 생각하지 않는 경우조차 있다."

나는 숙명적으로 방랑자이다. 내게는 고향이 없다.

이와 같이 나는 가끔 돌아갈 고향이 없다는 사실에 비관하고는 무언가 하나의 장소에 안주하고자 하는 갈망을 갖기도 한다. 나는 산다는 것이 힘들어지면 고향이라는 것을 떠올려본다. 죽을 때는 고향에서 죽고 싶다고 사람들이 흔히 말하지만, 그런 말을 들으면 고향이라는 것에 대해 곰곰이 생각해보게 된다.

드디어 나는 시와 동화를 쓰고, 소설가와 교류를 갖게 되어 작가로서의 기반을 구축해 나간다. 굶주림과 빈곤 속에서도 나 자신은 항상 마음만은 잃고 싶지 않은 것이다.

"하야시씨, 등기우편이에요!"
드물게 기운찬 아주머니의 목소리에 계단에 놓아둔 봉투를 들어보니 시 사잡지의 시로키씨로부터의 등기우편이었다. 이십삼 엔이다! 동화를 쓴 원고료였다. 당분간 굶지 않아도 된다. 가슴이 뛴다. 아아 기쁘다. 하느님, 너무나 행복한 탓인가, 오히려 서글퍼져서 견딜 수 없다.

일본의 근대문학은 주로 대학출신의 지식인 남성에 의해 형성되었으며, 그들은 근대화의 주류에서 소외된 자신들의 불만을 자의식 속에 내포하고 있었다. 하야시 후미코는 그 같은 일본 근대문학의 작가 형성의 풍토에 하나의 새로운 방향을 제시한 것이다.

결혼제도와 가정이란 울타리 밖에서 산다는 것은 여자에게 있어 경제적, 사회적, 정신적 불안정과 고통을 의미한다. 『방랑기』가 근대여성을 표현한 소설로 대표할 수 있었던 것은 이같은 부정적 상황을 작가성장이란 긍정적인 조건과 상황으로 승화시켰을 뿐 아니라, 이제까지의 여성 작가 탄생에 대한 부정적 비판에 대항할 힘을 갖추고 있기 때문이다.

모든 역경에 굴하지 않고 오히려 밝고 강한 개성을 가진 여류 작가로 성장하는 주인공의 모습은 당대 독자들뿐 아니라 오늘날 우리들에게도 감동과 희망을 안겨주고 있다.

■ 소설

전속력으로 질주하는 특별 급행열차

요코미쓰 리이치 『기계』

【이정희】

신감각파의 기수 요코미쓰 리이치(横光利一, 1898~1949)는 1898년 후쿠시마현(福島県)에서 태어났다. 아버지가 철도부설 측량기사여서 전국 각지로 전근이 잦았다. 유소년기의 계속된 이동은 요코미쓰의 사고(思考)에 큰 영향을 미쳐, 고향 상실의 쓸쓸함과 자신의 진정한 고향을 찾고자 하는 끝없는 동경을 갖게 되었다. 요코미쓰는 어떤 형태로든 자기 자신과 관련이 있는 곳이면 그곳을 찾아다니며 조사하고 자신과의 연관을 밝히고자 했다.

그는 1914년 와세다대학 영문과에 입학하지만 중퇴하고 다시 정치경제과에 들어가지만 졸업은 하지 못한다. 1923년 당시 유행작가 기쿠치 히로시(菊池寛)의 후원 아래 『파리』(蠅, 1923)로 문단에 데뷔한다.

거미줄에서 떨어진 한마리 파리가 말 등에까지 기어올라 구사일상으로 살아남는 과정을 그린 단편이다. 그 다음해인 1924년에는 가와바타 야스나리(川端康成)를 비롯한 몇몇 문인들과 잡지 「문예시대」(文芸時代)를 창간하고, 반(反)자연주의, 반프롤레타리아 문학 정신을 기반으로 신감각파(新感覚派)를 제창하여 당시 문학계를 흔들어놓았다.

이 신감각파 문학만큼 표현상에 변화를 가져온 것은 없으며, 당시 새로운 문학이라고 하면 신감각파적인 표현을 의미할 정도로 이후의 문학운동에 많은 영향을 미쳤다. 신감각파가 주장하는 '감각'이라는 것이 무엇인가를 설명하기 위해 늘 인용되는 문장이 있다.

> 한낮이다. 특별 급행열차는 만원인 채 전속력으로 질주했다. 철로변에 있는 작은 역은 돌처럼 묵살되었다. –『머리 그리고 배』(頭ならびに腹)

급행열차가 작은 역을 돌처럼 묵살하면서 지나간다. 물론 이러한 표현은 의인법에 의한 것이기는 하지만 어딘가 도발적이다. 특히 '특별 급행열차'는 신감각파 문학, '철로변에 있는 작은 역'은 기존의 자연주의 문학을 비유했다고 보기도 한다. 그러므로 이 한 문장이 주장하는 점은 매우 명료해진다. 즉 신감각파는 당시의 문단의 주류였던 자연주의 문학을 무시하고 전속력으로 달려가는 문학이다. 그것도 한낮의 눈부신 태양빛을 받으면서. 이러한 표현방법은 기존의 자연주의가 일상생활 속에 자기 자신을 옭아매어 자폐적 감각을 표현한 데 반해, 사물에 대한 시각과 인식을 적극적으로 표현한 것으로 이해되고 있다.

신감각파의 등장은 우연이 아니라 시대의 요청에 의한 것이라고 할 수 있다. 일본에서 제1차 세계대전 전후는 마르크스주의나 영미 민주주의 등 새로 유입된 사상을 바탕으로 '혁신'을 부르짖기 시작하던 시대였다. 또 1923년에 일어난 관동대지진으로 생활의 모든 부분이 변

요코미쓰 리이치

해버렸고, 게다가 강렬한 사랑과 그 파탄을 경험한 요코미쓰 역시 변혁을 꿈꾸었던 것이다. 그가 꿈꾸었던 것은 언어가 갖는 표현의 가능성으로 어떻게 하면 내용을 새롭고 열정적으로 표현할 수 있을까 하는 것이었다. 그러므로 신감각파적인 표현은 관능적인 탐미를 기초로 하는 것이 아니라, 오히려 의식적인 지성의 발로에 의한 새로운 감각적 인식과 그 기발한 표현이라고 할 수 있다.

『기계』(機械, 1930)는 요코미쓰의 대표작으로, 당시에 '기계'라는 제목을 내건 자체가 시대성을 반영하고 있는 작품이다. 일본은 관동대지진 이후 도시계획에 따른 구획 정리에서부터 백화점이나 고층빌딩이 출현하는 등 근대 도시의 면모를 확고히 갖추기 시작했다. 이와 더불어 나타난 기계문명의 확산은 에도(江戸) 시대부터 이어져온 의리나 인정에 대한 흔적을 불식시켜 버렸다. 게다가 기존의 미적 가치를 뒤엎고 미술, 사진, 소설 및 시의 세계에서 기계적인 소재를 적극적으로 받아들였다. 『기계』에서 요코미쓰가 표현하고자 했던 것은 근대 도시의 외적인 모습 뿐만이 아니라 현실 세계에 있어서의 내적 변화였다. 『기계』의 시작 부분을 보자.

> 처음에 나는 우리 집 주인이 미친 사람이 아닌가 하고 가끔씩 그런 생각이 들었다. (중략) 집안의 운전(運転)이 부인을 중심으로 이루어지자 부인 쪽

사람들이 그만큼 의기양양해지는 것도 당연하다. 그러므로 어느 쪽이냐고 하면 주인 쪽에 관계가 있는 나는 이 집에서 가장 사람들이 하기 싫어하는 일만을 맡게 되고 만다.

이 글에서는 '집'을 하나의 기계로 보고 그 관리 운영을 '운전'으로 보고 있다. 앞으로 이 집에서 일어나는 사건은 기계와 연관이 있을 것 같은 암시를 준다. 집은 집집마다 번호를 붙인 명찰을 제작하는 곳이다. 여기에서 번호를 붙인다고 하는 것은 도시민들의 기호화를 가능하게 하는 보이지 않는 힘이며, 그 힘은 국가에 의한 통제로 보고 있다. 번호가 붙여진 개인은 국가의 회전에 빼놓을 수 없는 톱니바퀴의 하나로 취급되는 것이다.

작품은 명찰을 만드는 공장에 근무하는 '나', 마음씨 좋은 주인, 직장 선배 가루베(軽部), 그리고 지식인 야시키(屋敷) 사이에서 일어나는 의심과 대립, 투쟁 등 심리적 관계를 첨예하게 그리고 있다. 현대사회에서 극도로 소외된 인간 존재의 위기감이 주로 나의 시선을 통한 심리묘사로 서술되어 있는데, 나의 심리 또한 기계가 돌아가는 것처럼 화학변화를 일으키고 있는 것으로 표현되어 있다. 그리고 시점의 변화에 따라 대상의 모습이나 움직임이 자유자재로 묘사되어 있는데, 이러한 영화적 수법 또한 요코미쓰 문학의 한 특징이라고 할 수 있다.

■ 소설

인간의 순수한 사랑과 고독

가와바타 야스나리 『설국』

【김석자】

시마무라(島村)가 탄 기차가 긴 터널을 빠져나와 눈고장[雪国]으로 들어가고 있다. 가끔 서양 무용에 관한 글을 번역하는 그는 반 년만에 고마코(駒子)를 만나러 온천장을 방문하는 것이다. 그 기차 안에는 환자인 것 같은 남자를 부지런히 간호하는 요코(葉子)라고 하는 아름다운 처녀가 있다. 창유리에 비치는 요코의 얼굴 속에 밖의 등불이 겹치면 그녀의 눈은 아름답게 빛나는 야광벌레 같이 보였다. 시마무라가 온천이 있는 역에서 내리자, 요코와 환자도 같은 역에서 내렸다. 그리고 여관에 도착해서 요코가 간호하던 환자가 유키오(行男)라는 사실을 알았을 때 시마무라는 이 만남에 일종의 예감을 느낀다.

시마무라가 처음 고마코를 만났을 때는 국경의 산을 돌아 7일만에 이 온천장에 내려왔을 때이다. 그는 게이샤(妓女)를 불러달라고 했지만 공교롭게 다 나가고 없어서 대신 온 사람이 고마코였다. 그녀는 샤미센과 춤선생 집에 있는 처녀로 게이샤는 아니고, 그렇다고 해서 전혀 풋내기도 아니었다. 고마코는 이상하리만큼 청초했다. 태어난 곳은 눈고장이고 자신의 신상에 관한 얘기를 숨김없이 솔직하게 하는 그녀에게 시마무라는 친밀감과 우정을 느꼈다. 그녀는 다음날도 시마무라의 방에 놀러왔다. 돌연 시마무라는 게이샤를 불러달라고 부탁하지만 그녀는 싫어하며 부탁을 들어주지 않았다. 할 수 없이 여관 하녀에게 부탁하자 17~8세 정도의 피부가 약간 검은 게이샤가 들어왔다. 그녀를 본 순간 여자를 원했던 마음이 사라져버렸다. 그리고 그는 처음부터 자신이 원했던 사람이 고마코라는 것을 깨닫게 된다. 그날 밤 술에 취한 고마코가 긴 복도에서부터 큰 소리로 시마무라의 이름을 부르면서 그의 방으로 들어왔다. 드디어 두 사람은 하룻밤을 같이 보내고 날이 밝기 전 고마코는 돌아갔다. 그날 바로 시마무라도 도쿄로 돌아간 것이다.

그리고 눈고장이 된 온천장에서 지금 시마무라는 고마코와 재회하고 있다. 고마코는 손꼽아 세면서 처음 밤부터 오늘까지 199일째라고 말했다. 그녀는 199일 전과 같이 소설 이야기, 아직 보지도 않은 영화나 연극에 대한 이야기를 즐거운 듯이 하고, 그날 밤 시마무라의 방에서 함께 지냈다. 다음날 산책길에서 시마무라는 고마코를 만나 그녀의 집으로 안내되었다. 그는 그 집의 환자와 환자를 간호하고 있던 처녀를 어젯밤 기차 안에서 만났다는 것을 고마코에게 얘기했다. 그녀는 춤선생과 유키오와 자신과의 관계를 설명했으나 요코에 관해서는 한마디도 하지 않았다. 시마무라는 고마코가 유키오의 약혼녀가 아닐까 하고 생각했지만 고마코는 그것을 부정했다. 그녀는 시마무라의 방에 머물러 집에 돌아가지 않고 샤미센 연습을 했다. 샤미센을 연습하는 그녀의 모습을 응시하며 시마무라는 그녀를 사랑하고 있는 자신을 확신하는 것

가와바타 야쓰나리

이다. 드디어 고마코는 시마무라의 방에 머무르게 되어도 날이 밝기 전에 돌아가려 하지 않게 되었다.

시마무라가 도쿄에 돌아가는 날 고마코는 역에 전송나왔다. 그때 요코가 황급히 달려와서 유키오의 병 상태가 갑자기 위급해졌으니 그녀에게 빨리 와달라고 했다. 하지만 고마코는 요코가 아무리 애원하고 시마무라가 뭐라고 해도 돌아가려 하지 않으며, 대합실 창문에서 기차가 출발하는 것을 괴로운 듯 전송하고 있었다.

고마코가 온천장에 온 지 5년이 되었다. 시마무라는 3년여 동안 세 번 온 것이지만 그때마다 고마코의 형편은 변해 있었다. 유키오도 죽고 춤선생도 죽은 것이다. 한편 요코는 유키오의 성묘를 한다고 한다. 서늘하게 찌르는 것 같은 아름다운 시선과 목소리를 가진 순수한 처녀 요코. 그녀는 고마코의 약혼자로 소문나 있는 유키오를 헌신적으로 간호하고 그가 죽은 후에도 매일 성묘를 하고 있는 것이다. 고마코도 오로지 무상의 애정을 시마무라에게 쏟는 여자지만 요코는 그 이상으로 헛수고라고 생각되어지는 일도 순수하게 행하기 때문에 가련한 아름다움을 느끼게 한다. 허무에 가득찬 채 무의도식하며 비현실적 미(美)를 좇는 시마무라에게 있어서, 아름답고 순수하며 자신의 사랑과 삶에 정열을 쏟는 고마코와 요코는 순수한 생명의 상징같이 생각된다.

이번에는 처자에게 돌아가는 것도 잊은 듯한 오랜 체류였다. 시마무라와 고마코의 애정은 점점 깊어지지만 그럴수록 기쁨과 동시에 고통이 따르게 된다. 여행자가 여행지에서 만난 어쩔 수 없는 애달픈 사랑인 것이다. 사랑하지만 헤어지지 않으면 안 되는 두 사람의 사랑을 요코도 지켜보고만 있다. 시마무라는 이번에 돌아가면 영영 온천장에 올 수 없을 것 같은 기분이 들어 치지미(谷縮)의 산지에 가 보고 싶어졌다. 이 온천장을 떠나는 계기를 만들 생각이었다. 돌아오는 길에 길에서 고마코를 만나 대화를 나누며 걷는 동안 갑자기 종소리가 울렸다. 두 사람이 돌아보자 아랫마을 중간쯤에서 불꽃이 타오르고 있었다. 영화를 상영하고 있던 누에고치 창고에서 불이 난 것이다. 달려간 두 사람은 2층에서 여자의 몸이 떨어지는 것을 목격했다. 떨어진 사람은 요코였다. 고마코가 뛰어나가 실신한 요코를 끌어안았다. 욕심 없고 순수한 요코가 미쳐버릴 것이라는 고마코의 예언으로 작품은 막을 내린다.

작품 『설국』(雪国, 1935~37)은 장편소설로서 「문예춘추」(文藝春秋) 등에 발표되어 간행되었다. 작자 가와바타 야스나리(川端康成, 1899~1972)는 여기에 만족하지 못하고 속편을 집필하고 가필 및 수정 등 거의 14년에 걸쳐 심혈을 기울여 작품을 완성했으며, 이 작품으로 노벨상을 수상했다. 작품은 영화로도 대단한 인기를 얻었다.

가와바타 야스나리는 일본에서 처음으로 노벨문학상을 수상해 세계적으로 알려진 작가이다. 1899년 6월 오사카(大阪)에서 출생했는데, 그가 3세 때 아버지, 다음해 어머니가 폐렴으로 사망했다. 그 후 조부모 밑에서 성장하게 되나 8세 때 할머니가 돌아가시고, 중학교 3학년 때 할아버지까지 돌아가셔서 고아가 된다. 친척에게 신세를 지게 되면서부터 고아근성이 깊어져 타인에게 솔직하지 못하고 애정에 대해 지나치게 민감해진다. 도쿄제국대학에 진학해 1921년 친구와 「신사조」(新思潮)를 발간하고 『초혼제 일경』(招魂祭一景)을 발표했다. 같은 해 16세의 소녀 이토 하쓰요(伊藤初代)를 사랑해 약혼까지 했으나, 여자 쪽에서의 일방적인 파혼으로 가슴 아픈 실연을 경험한다. 부모에 대한 애정 결핍, 이성과의 실연은 가와바타 문학의 기조를 형성하는 데 큰 역할을 했다.

1924년 대학을 졸업하고 요코미쓰 리이치 등과 「문예시대」(文芸時代)를 창간하여 신감각파의 대표 작가로 활동했다. 신감각파적 경향은 작품 『아사쿠사 홍단』(浅草紅団, 1930)까지 계속되었으며, 그동안 『이즈의 무희』(伊豆の踊子, 1926)와 같은 서정적인 작품도 썼다. 그 후 『명인』(名人, 1932), 『금수』(禽獣, 1933) 등을 발표하고, 『설국』 이후 작품에서는 고독과 허무감을 형상화한 작품이 많았다. 전후(戦後)에는 일본의 전통과 미세계를 그린 『센바즈루』(千羽鶴, 1951), 『산소리』(山の音, 1949) 등을 발표하고, 말년에는 관능과 허무의 극한을 표현한 『호수』(みづうみ, 1954), 『잠자는 미녀』(眠れる美女, 1962) 등을 발표했다.

가와바타의 문학은 섬세한 감수성과, 고독과 허무, 죽음의 그림자와 신비, 환상성 등을 특징으로 한다. 1957년 일본 펜클럽 회장으로서 국제 펜클럽 도쿄대회를 주최하고, 1961년에 문화훈장을 수여 받았으며 1968년에 노벨문학상을 수상했다. 1972년에 74세의 나이로, 가스 자살로 일생을 마쳤다.

■ 소설

인간 성정을 삼켜버린 예술가의 자의식

나카지마 아쓰시 『산월기』

【이선옥】

나카지마 아쓰시(中島敦, 1909~42)는 일본 근대문학사에 있어서 특이한 존재로서 일반인에게 거의 알려지지 않았다. 겨우 작품이 중앙지에 발표되어 일반인에게 알려지기 시작하던 바로 그해에 33세의 짧은 생애를 마쳤지만, 사후에 『산월기』(山月記, 1942), 『이릉』(李陵, 1943) 등의 명단편이 고등학교 교과서에도 실릴 정도로 유명한 작가가 되었다. 작가로 성장하기 위해서는 문단에서의 활동이나 위치 등을 인정받아야 비로소 작가의 대열에 설 수 있던 현실 속에서 나카지마 아쓰시는 문단과 관계없이 순수하게 문학적 역량으로 평가받은 작가라고 말할 수 있다.

또 그는 우리나라와 매우 가까운 인연이 있어, 용산중학교 한문교사인 부친을 따라 일제강점기의 서울인 경성에서 1920년부터 1926년까지 6년 이상을 살며 용산공립소학교, 경성부공립 경성중학교를 다녔다. 이국에서 사춘기를 맞이하게 되는 나카지마의 학창 시절은 정신적인 부담을 안겨주었는데, 이때의 경험이 자전적 소설인 『호랑이 사냥』

(1934)에 나타나 있다. 그러나 나카지마의 외로움을 따뜻하게 감싸줄 부모는 존재하지 않았다. 생모는 나카지마가 8개월 때 이혼하고, 그에게는 교사로서 엄하기 그지없는 부친과 꾸중과 벌만 가하는 계모만 있을 뿐이었다.

이런 상황 속에서 그는 자연스럽게 문학을 통해 마음을 달래게 되었다. 또 한학자 집안이었던 가정환경으로부터 그는 한문에 대한 교양과 지식, 소양을 쌓아 이를 바탕으로 명저를 남기게 된다.

나카지마는 소학교, 중학교를 줄곧 우등생으로 보내고 도쿄제일고등학교를 거쳐, 도쿄제국대학 국문과로 진학한다. 고등학교 문예지에 게재한 단편소설 『순사가 있는 풍경』은 조선 경성을 배경으로 조선인 순사 조교영과 창녀 김동련에게 각기 일어난 사건을 옴니버스 형태로 엮어 나가고 있다. 당시에 일본인 청년이 조선인의 시점(視点)으로 작품을 쓰고 전개했다는 것 자체만으로도 주목받을 만한 이 작품은 조선인의 입장에서 조선인의 자아성찰을 조명하고 있다. 일제강점기의 조선인이 어떻게 느끼고 있는지, 자신의 나라와 국민이 어떻게 피지배국민에게 비춰지는지가 어린 작가지망생을 통해 자기 시점을 넘어서 대담하게 시도되고 있는 것이다.

순사인 나 조교영은 전차 안에서 한 일본인 중학생으로부터 무시당한다. 또 당시 일본인들이 조선인을 비하해 부른 '요보'라는 호칭 때문에 조선인 청년과 일본인 부인이 언쟁을 벌이고 있는 상황을 목격한다. 또 부의원(府議員)에 출마한 조선인이 자신을 멸시하는 청중을 향해 "우리도 영광스러운 일본인으로 믿고 있다!"라는 발언으로 청중의 박수를 받게 되는 것을 보고는 민족에 대해 생각한다. 조선 총독의 경호중 조교영은 총독을 권총으로 암살하려다가 실패한 조선인 청년을 체포한다. 문득 그를 연민의 눈으로 보는 청년을 보며 잡힌 자가 누구고 잡은 자는 누구인가라는 의문을 갖는다. 조선인과 일본인 학생들 사이의 집단 싸움으로 파면 당한 조교영은 결국 "너는, 이 반도는, 이 민족은…" 하고 통곡한다.

한편, 김동련은 남편의 갑작스러운 죽음으로 생계가 막막해 창녀가 된 여성이다. 우연히 남편의 죽음이 관동대지진 때문이 아니라 일본인들이 저지른 학살에 의한 것이라는 사실을 알게 된 그녀는 행인들에게 남편의 억울한 죽음을 호소하며 절규하지만 조교영에게 체포된다. 그녀는 조교영을 향해 "뭐야, 너도 같은 조선인인 주제에 너도, 너도…." 하며 울부짖는다.

나카지마는 일본으로 돌아가서 제일고등학교에 진학, 1930년 21세 때 도쿄제국대학 국문과에 입학했다. 대학을 졸업하기 바로 1년 전에 마작클럽에서 일하던 하시모토 타카를 만나 양가의 반대를 무릅쓰고 그녀와 결혼했다. 이후 도쿄대학원에 진학하고 여자고등학교의 국어교사가 되어 틈틈이 독서를 하고 작품을 쓰는 한편, 다양한 취미생활을 갖는다.

그렇게 바쁜 시간을 보내던 나카지마에게 25살 때 병마가 찾아오는데 다름아닌 천식이었다. 28세 때는 단가 500여 수를 짓기도 했지만, 29세 때부터 자주 천식의 발작이 일어나 32세 때 건강의 악화로

학교를 사직하고 요양을 목적으로 파라오 남양청으로 가지만 이태를 넘기지 못하고 숨지고 만다. 그는 죽음을 앞에 두고 아이로니컬하게도 본격적인 전업작가를 선언하고 처녀작품집『빛과 바람과 꿈』(1942)을 세상에 발표했다.

이제 막 문학수업을 끝내고 세상에 등장을 선언하기 시작하는 순간 눈을 감아버린 나카지마. 그렇지만 그가 남긴 작품은 죽음 앞에서 이미 완성된 작품 세계를 실현했다고 평가될 만큼 독특하고 깊이가 풍부하다. 그가 남긴 작품 중에서 가장 많은 지지와 높은 평가를 받고 있는『산월기』(山月記, 1942)는 중국 당나라의 이경량(李景亮)이 뽑은 이야기인『인호전』(人虎伝)에 근거한 줄거리가 주축을 이루고 있다.

당나라 시인 이징(李徵)은 젊어서 재능이 뛰어났지만, 자신이 구슬이 아님이 드러날까 두려워 수련을 게을리한다. 그럼에도 한편으로는 자신이 구슬임을 자부하고 사람들과 어울리지 않는다. 결국 겁많은 자존심이 그의 내부의 인간 성정을 삼키고 호랑이로 변신하고 만다. 그를 우연히 알아본 친구에게 이징은 그토록 간절히 발표하고 싶었던 시를 읊어 기록하게 하며, 재능이 없어도 열심히 노력하고 배움으로써 대성한 다른 시인들을 보고 얻은 깨달음과 자신의 과오를 처연히 고백한다.

예술가의 어두운 자의식을 그려낸 이 작품에서 나카지마는 그에 대한 경고와 연민을 동시에 보여주고 있다.

전후(戰後)에서 현대까지(1945~)

■ 소설

쇼와의 종언과 전후에서 현대까지

태어나서 죄송합니다

포로 체험과 인간 실존의 추구

벽이 되어가는 도시사회의 인간

남성문학의 탄생

근대는 인간을 인간답게 했는가?

인류의 치유와 화해를 향한 소설 오에 겐자부로

여러분이 36년을 말한다면 나는 370년을 말해야 합니다

사랑의 신과의 만남

버려진 아이들의 생의 탄식과 파괴

잃어버린 세대의 투명한 상실감

편안함과 위안, 그리고 꿈이 있는 키친

■ 시

근대시의 생성과 발전

아픈 것도 아픈 것이지만 예쁜 것도 예쁜 것이다

어머니를 사랑하고 천황에게 충성한 가인

자유연애와 낭만적 풍조의 유행

도시생활의 애환과 비애를 그린 시인

비에도 지지않고 바람에도 상관없이

변화와 개혁의 시대

전쟁의 극복과 상업 · 대중화의 시대

■ 재일문학

식민지 조선 지식인의 문학적 저항

제1세대 재일문학의 민중과 민족, 개인과 실존

조국과 자신 간의 거리 인식과 민족문제의 제기

한국과 일본을 동시에 비추는 거울

외면 당하고 있는 일본 속의 우리문학

■ 소설

쇼와의 종언(終焉)과 전후에서 현대까지

【허 호】

1945년 8월 6일 히로시마에 원자폭탄이 투하되어 도시 중심부 600미터 상공에서 폭발했다. TNT 12,500톤 규모의 핵폭탄이었다. 그리고 사흘 후인 8월 9일, 이번에는 히로시마에 투하되었던 것보다 약 2배 가량의 파괴력을 지닌 핵폭탄이 다시 나가사키시에 투하되어 상공 500미터에서 폭발했다. 피해 규모는 산악지형인 나가사키보다 평지인 히로시마 쪽이 훨씬 컸다. 히로시마에서 약 10만 명, 나가사키에서 약 6만 명 가량이 사망했고 시가지가 모두 파괴된 것은 물론이다.

그리고 약 1주일 후, 일본은 연합군에게 항복했다. 일본인에게 있어서 전후(戰後)는 단순한 전쟁의 종식이 아니라 '패전'(敗戰)이었던 것이다.

일본이 제2차 세계대전에서 패하자 포츠담선언에 입각하여 맥아더 장군을 총사령관으로 하는 미점령군 주도하에 전후개혁을 단행하게 된다. 그것은 일본을 비군사화 및 민주화하기 위한 정치 · 경제 · 사회 · 문화 전반에 걸친 대대적인 개혁이었다.

문학 역시 그러한 개혁의 열기 속에서 과거의 위상을 되찾기 위한 재건이 단행되었다. 전후의 일본 문단은, 전쟁 중에는 제대로 작품을 발표할 수 없었기에 문학적 열정을 가슴에 품은 채 기회만을 엿보고 있던 기성문학과, 전후파 문학, 그리고 민주주의 문학의 3파로 나뉘어 있었다.

우선 전후에 있어서 기성작가들의 활약상을 보자면, 나가이 가후(永井荷風)의 『부침』(浮沈), 다니자키 준이치로(谷崎潤一郎)의 『세설』(細雪), 시가 나오야(志賀直哉)의 『회색의 달』(灰色の月), 가와바타 야스나리(川端康成)의 완결판 『설국』(雪国), 나가요 요시로(長興善郎)의 『야생의 유혹』(野生の誘惑), 이부세 마스지(井伏鱒二)의 『금일휴진』(本日休診) 등을 꼽을 수 있다.

또한 무뢰파(無頼派)라고 불린 일단의 중견작가들의 주목받은 작품으로, 다자이 오사무(太宰治)의 『사양』(斜陽), 이시카와 준(石川淳)의 『폐허 속의 예수』(焼跡のイエス), 오다 사쿠노스케(織田作之助)의 『토요부인』(土曜夫人), 사카구치 안고(坂口安吾)의 『타락론』(堕落論), 이토 세이(伊藤整)의 『나루미 센키치』(鳴海仙吉), 『불새』(火の鳥) 등이 있다. 이들 중에서도 다자이 오사무, 사카구치 안고, 오다 사쿠노스케처럼 자기파멸과 생활 붕괴에 중점을 둔 경우와, 이시카와 준, 다카미 준, 이토 세이처럼 종래의 리얼리즘을 부정하여 새로운 문학을 추구하는 데 중점을 둔 경우로 대별할 수 있다.

사소설 계통의 작품으로는, 병든 아내의 이야기를 쓴 간바야시 아카쓰키(上林曉)의 『성요하네 병원에서』(聖ヨハネ病院にて), 병환 중인 주인공이 갖가지 벌레들을 관찰하면서 삶과 죽음의 문제에 접근하는 오자키 가즈오(尾崎一雄)의 『벌레의 이모저모』(虫のいろいろ), 아미노기쿠(網野菊)의 『금관』(金の棺) 등이 발표되었고, 풍속소설로서는 물질적 곤궁과 가족제도의 붕괴라는 혼란스러운 전후시대를 배경으로 나날이 심해지는 노파의 치매로 인하여 고초를 겪는 일가의 고난을 그린 니와 후미오(丹羽文雄)의 『짓궂은 연령』(厭がらせの年齢)이 베스트셀러가 되자 소설의 제목인 '짓궂은 연령'은 당시 유행어로서 항간에 회자되기도 했으며, 이후에 역시 치매 노인과 그 가족 이야기를 소재로 하여 선풍을 일으켰던 아리요시 사와코(有吉佐和子)의 『황홀한 사람』(恍惚の人)과 더불어 노인문제를 다룬 작품의 선구가 되었다.

전쟁의 종결과 더불어 새로이 등장한 전후파 문학이란, 1945년부터 한국전쟁이 발발한 1950년 무렵까지, 즉 전후에 본격적으로 활동을 시작한 신인작가들의 문학을 지칭한다. 기성문학이나 프롤레타리아 문학 운동의 흐름을 이어받은 민주주의 문학과는 확연히 구분되는 문예사조로서, 그 이론적 지주가 된 평론가로서는 잡지 「근대문학」의 아라 마사토(荒正人), 히라노 겐(平野謙), 혼다 슈고(本多秋五), 사사키 기이치(佐々木基一), 야마무로 시즈카(山室静), 하나다 기요테루(花田清輝), 가토 슈이치(加藤周一) 등을 꼽을 수 있다. 또 소설가로서는 『진공지대』(真空地帯)의 노마 히로시(野間宏), 『영원한 서장』(永遠なる序章)의 시이나 린조(椎名麟三), 『사쿠라지마』(桜島)의 우메자키 하루오(梅崎春生), 그 외에도 나카무라 신이치로(中村真一郎), 다케다 다이준(武田泰淳), 하니야 유타카(埴谷雄高), 후쿠나가 다케히코(福永武彦), 미시마 유키오(三島由紀夫), 아베 고보(安部公房), 시마오 도시오(島尾敏雄),

홋타 요시에(堀田善衛) 등이 있는데, 이들의 공통된 특징으로는 관념성이 강한 작풍과 실존주의적 경향을 들 수 있다.

1953년 이후에는 전후파의 관념성에 대해서 일상성을 중시하는 야스오카 쇼타로(安岡章太郎), 요시유키 준노스케(吉行淳之介), 쇼노 준조(庄野潤三), 엔도 슈사쿠(遠藤周作) 등으로 대표되는 '제3의 신인'이 등장한다.

한편 민주주의 문학은 구라하라 고레히토(蔵原惟人), 나카노 시게하루(中野重治), 미야모토 유리코(宮本百合子) 등이 중심이 되어, 전전의 프롤레타리아 문학을 계승 발전시키겠다는 문학운동을 일컫는다. 1945년 12월 신일본문학회가 결성되고 이듬해 3월에 기관지「신일본문학」이 창간되었다. 프롤레타리아 문학의 투쟁제일주의를 극복하고 국민적 확산을 목적으로 시가 나오야, 히로쓰 가즈오(広津和郎), 마사무네 하쿠초(正宗白鳥) 등의 협조를 구했지만, 출발 당초부터 아라 마사토, 히라노 겐 등에 의한 '정치와 문학을 둘러싼 논쟁'이 격렬하게 전개되어, 민주주의 문학자들의 광범위한 결집이라는 당초의 목표로부터 멀어져갔다. 1950년에는 공산당 내부의 대립을 겪으며「인민문학」이 창간되었고, 1960년에는 모임으로부터 제명당한 당원문학자들을 중심으로 민주주의 문학동맹이 결성되어「민주문학」이 창간되었다.

한국전쟁의 특수(特需)를 발판으로 경제의 고도성장을 이룩하며 급속히 산업사회로 접어들자 '이젠 전후가 아니다'라는 말이 유행하였고, 주간지 붐과 더불어 텔레비전의 보급이 시작된다. 1955년 이시하라 신타로(石原慎太郎)의『태양의 계절』(太陽の季節)이 아쿠타가와상(芥

川賞)을 수상하여 세상을 떠들썩하게 만든 것이 이러한 시대적 배경 덕분이라 하겠다. 매스컴의 급격한 팽창 속에서 작가들의 탤런트화, 문학의 상업화가 두드러지자 문단 붕괴의 위험을 우려하는 목소리가 높아지기도 했으나, 1957년에는 가이코 다카시(開高健)와 오에 겐자부로(大江健三郎)가 등장하여 이시하라 신타로와 더불어 전후세대의 기수로서 기대를 모았다.

산업사회의 도래와 더불어 전후파 작가들의 퇴조가 두드러지는 가운데 『금각사』(金閣寺)를 발표한 미시마 유키오가 일본 문단에서 인기 작가로서 부동의 지위를 확보하게 되자, 그와 동반이라도 하듯 다니자키 준이치로, 가와바타 야스나리, 무로 사이세이(室生犀星) 등의 탐미적 노인문학이 새삼 각광을 받게 되었다.

1960년의 안보투쟁과 1970년 무렵까지의 고도성장은 갖가지 의미에서 전후 민주주의의 시련기였다. 오에 겐자부로, 다카하시 가즈미(高橋和巳), 이노우에 미쓰하루(井上光晴), 오다 마코토(小田実) 등 전후파 문학의 후계자인 신세대 작가들은 안보투쟁의 쓰라린 경험을 바탕으로 권력과 대치하려는 자세를 견지했고, 1970년 미시마가 그의 추종자들을 이끌고 육상자위대 이치가야(市ケ谷) 주둔지에 난입하여 자위대의 궐기를 외친 뒤 할복자살한 사건은, 고도성장에 취하여 사생활중심주의로 타락한 전후라는 시대에 대한 강렬한 비판이 내포되어 있었다.

1970년대에 접어들자 공해문제의 심각화, 베트남전쟁의 종결, 오일쇼크 등을 겪으며 전후 처음으로 경제성장률이 마이너스를 기록하자 약 20년간 계속되던 고도성장시대는 막을 내리게 된다. 모든 것이 일단락 지어진 듯한 분위기 속에서 도시화는 가속되고, 매스컴의 확대와 미디어의 다양화는 한층 진전되어, 순문학은 판매 부진에 허덕였다. 작가들이 공통된 사상이나 문학관을 중심으로 집결하는 일은 불가능하게 되고, 문학은 다양화를 통하여 활로를 찾을 수밖에 없는 상황이었다. 70년대 전후에 주목을 받았던 후루이 요시키치(古井由吉), 구로이 센지(黒井千次), 오가와 구니오(小川国夫), 아베 아키라(阿部昭), 사카가미 히로시(坂上弘) 등을 '내향세대'(内向の世代)라고 부르기는 했지만, 반리얼리즘의 경향이 강하다는 점을 제외하면 공통성은 찾아볼 수 없다.

1989년 1월 8일, 쇼와 천황의 타계로 일본 근현대사의 한 시대가 막을 내렸다. 쇼와의 종언을 전후하여 수년 사이에 일본의 문학계에는 대대적인 세대교체가 있었다. 제2차 세계대전 이후의 일본 문단을 이끌어 왔던 작가들, 이부세 마스지, 이시카와 준, 노마 히로시, 오오카 쇼헤이(大岡昇平), 후카자와 시치로(深沢七郎), 이노우에 야스시(井上靖), 엔도 슈사쿠, 요시유키 준노스케, 시바 료타로(司馬遼太郎) 등이 잇달아 타계함으로써 전후파 문학을 포함한 과거 세대의 문학은 일단 대단원의 막을 내렸다고 할 수 있다.

내향세대 이후로 문단에 등장한 전후 태생의 신인들 중에는 토속적인 냄새를 짙게 풍기는 신화의 세계를 개척한 『가레키나다』(枯木灘)의 나카가미 겐지(中上健次), 그와는 반대로 도회적인 가벼운 문체와 독특한 이야기 구성으로 인기작가가 된 『노르웨이의 숲』(ノルウェイの森)의

무라카미 하루키(村上春樹)가 새로운 세대의 선두주자가 되었다. 그 한편으로 전후파 문학의 후계자인 오에 겐자부로가 현대문학의 최전선에서 신세대 작가들과 어깨를 나란히 하며 활약하고 있는 점도 특기할 사항이라 하겠다.

여류작가 중에는 쓰시마 유코(津島佑子), 야마다 에이미(山田詠美), 요시모토 바나나(吉本ばなな) 등의 활약이 두드러졌다. 물론 유미리가 『가족시네마』(家族シネマ)로 아쿠타가와상을 수상하면서 화제의 인물로 떠올랐지만, 재일동포 작가라는 핸디캡을 극복하고 일본 문단에 얼마나 뿌리를 내릴 수 있을지 좀더 지켜봐야 할 것이다.

또한 전통적으로 일반 대중들에게 있어서 여가선용의 가장 좋은 대안이었던 문학이 직접적인 지식전달을 목적으로 하는 논픽션 계열의 출판물에게 상당한 영역을 침범당하고 있는 실정에서, 독자들의 관심은 급격히 만화, 애니메이션, 인터넷, 게임, 잡지 등 다양한 분야로 옮겨가고 있다. 그렇기에 오늘날에는 문학도 전철 속에서 읽는 스포츠신문과 마찬가지의 가벼운 내용의 것이어야만 대중의 관심을 끌 수 있다. 그 속에서 신세대 작가들은 참신한 아이디어로 끊임없이 새로운 독자층을 개척하고 있지만, 문자를 이용한 예술이라는 문학의 한계성을 어느 정도 극복할 수 있을지 의문이다.

■ 소설

태어나서 죄송합니다

다자이 오사무 『인간실격』

【박세영】

끝없이 절망해갔던 작가의 삶이 꽃 피워낸 문학, 그것이 다자이 오사무(太宰治, 1909~48)의 문학이다. 현대인의 내면을 응시하며 자신의 삶을 마감했던 다자이 오사무의 작품을 읽는다는 것은 어떻게 하면 인간답게 존립할 수 있는가 하는 물음이다.

그의 작품에서 우리들이 부딪히는 것은 스토리의 흥미라기보다 근원적이고 본질적인 인간 존립의 문제에 대한 자성의 재촉이라 할 것이다. 그의 작품은 사실의 기록보다 무엇이 인간다운 것인가를 제시하는 물음이라고 할 수 있으며, 생명의 내부에 흐르는 수액을 찾는 작업과도 비슷한 일이다.

다자이 문학은 무엇보다도 '인간이 되기 위한 처절한 절규'였다. 그렇다면 그의 절규는 무엇에 대한 것인가?

다자이의 대표작 『인간실격』(人間失格, 1948)에서는 과연 어떻게 살아가는 것이 인간답게 존재하는가에 대한 본질적인 물음이 제시되어 있다. 작품은 현재 미쳐버린 오바 요조(大庭葉蔵)의 수기 형식으로 되어 있다.

시골의 부잣집에서 태어난 요조는 너무 순수해서 어린 시절부터 세상에 잘 적응하지 못한다. 특히 서로를 속이면서 조금의 상처도 받지 않고 살아가는 인간에 대해 공포를 느낀다. 그는 도쿄의 고등학교로 전학하고, 서양화 학원에도 다닌다. 거기에서 술과 담배, 매춘부, 전당포와 좌익사상을 알게 되고 그것들이 일시적으로나마 기분을 달랠 수 있는 수단임을 배운다. 자신이 가진 모든 물건을 팔아가며 그런 생활에 탐닉하던 중 자신과 다를 바 없이 비참한 생활을 영위하는 카페의 여급과 동반 자살을 시도한다. 그러나 여자는 죽고 자신만 살아남게 된다. 죄의식과 인간에 대한 공포, 그리고 허위로 가득찬 세상과 배신으로 점철된 삶…. 그는 조금의 의심도 없는 순수한 내연의 처가 강간당하면서 결정적인 타격을 받는다. 자살을 기도하나 실패하고 마침내 인간실격자가 되고 만다.

다자이는 이 세계에서 진실로 인간답게 살려면, 그는 인간의 자격을 박탈당하고 파멸되어야만 한다는 무서운 생의 진실을 한 정신장애인의 입을 통해 말하고 있다. 이 작품을 발표한 그해 다자이는 자살로 생을 마감했다. 그의 삶과 문학에 있어서 자살은 하나의 테마를 이루고 있다. 자살 이외에는 희망을 가질 수 없었던 현대의 상황. 그것이 그가 지녔던 존재에 대한 태도이다. 다자이가 던지고 있는 물음은 그만큼 우리 현대인의 삶이 실존적인 위기에 놓여 있다는 것을 말한다. 다자이의 작품을 읽으면서 현대라고 하는 상황 속에서 얼마나 심각한 인간 위기에 노출되어 있는가 하는 문제를 떠올려보면 바로 우리 자신 곁에도 죽

다자이 오사무

음이 와 있음을 알 수 있다.

또 그가 『인간실격』 속에서 현대인에게 물음을 던지고 있는 것은 '인간에 대한 신뢰가 과연 가능한가?'라는 것이다. 신뢰의 관계가 부재했기에 『인간실격』의 주인공이었던 요조는 공포에 떨었던 것이다. 급기야 '인간에게 호소해보아도 아무런 소용이 없다'고 절망적으로 체념하는 요조, 그는 '인간의 격을 박탈' 당하고 '믿음이 존재하지 않는 곳'에서 타인을 신뢰할 수 있는 능력마저 상실해버린다. 이 지상에서 존재의 기반을 완전히 상실해버린 것이다. 급기야 '인간실격'이 되고 인간도 아무것도 아니라는 상황으로 내몰리게 된다.

막다른 곳으로 내몰린 그의 절망과 허무를 접하면서 독자에게 과연 인간으로 산다는 것이 무엇인가를 가역적으로 상기시켜주는 점에 이 작품의 무게가 있다. 더 나아가 상실된 인간성을 회복하고자 하는 인간 신뢰의 희망적 여명이 그의 절망에서 새어나오는 것이다. 예수가 자신을 불신하는 인간들에 의해 박해를 받았듯 다자이는 주위의 지인들로부터 박탈을 경험했다. 예수의 고난을 통해서 인간이 구원의 길이 열리듯이 다자이의 암울한 절망과 절규 속에서 '인간 신뢰에 대한 희망의 길'이 열리고 있는 것이다.

다자이 오사무는 물질적인 혜택을 받고 자랐지만, 가족 관계에 있어서는 본질적으로 이방인이었다. 이방인이란 어떤 인간이 어떤 장소에서 국외자로 존재하게 되는 경우를 말하며 일반적으로 타자화되는 상황을 말한다. 따라서 고향에 있으면서도 혹은 본가에 있으면서도 가족들과 사랑에 기반한 교감을 유지하지 못하고 가족과 고향을 그리워해야 하는 인간이라면 이방인라고 하지 않을 수 없다.

『인간실격』을 대하면서 우리 자신의 처지를 되돌아보지 않을 수 없게 된다. 짧은 인생은 영원이라는 시간 앞에서 이방인이 되지 않을 수 없다. 왜냐하면 영원한 시간 위에 우리들의 인생의 보금자리를 틀 수 없기 때문이다.

만남에 아무런 환희도 없고 이별에 아무런 슬픔도 없는 황량한 인간 관계는 그야말로 인간실격의 삶이다. 타자와의 관계엔 가슴과 영혼의 교류가 필요하다. 산다고 하는 것, 존재한다고 하는 것은 진실된 어울림이다.

『인간실격』에서 말하고자 하는 또 하나의 메시지는 인간이 인간답게 존재할 수 없는 비인간화 요소의 문제이다. '살아간다는 것'은 인간답게 사는 것인데, 인간다운 인간이 되려고 하면 할수록 인간의 자리에서 밀려나게 되는 것이 오늘의 환경이라는 것이다. '인간실격'이란 오늘날 인간의 자리에서 밀려나 인간이 안 되어가는 상황을 1937년의 작품 『20세기의 기수』(二十世紀の旗手)에서 그는 '태어나서 죄송합니다'라는 말을 하고 있는데, 이는 양심의 가책에서 오는 자신의 삶에 대한 회한이며 궁극적으로는 인간 자신이 자신을 배반하게 되는 우리들의 모습이기도 하다.

다자이 처녀작이 『만년』(晩年, 1936)이라는 점은 그의 삶의 철학이 무엇인가를 말해주고 있다. 그의 젊은 날 하루하루가 죽음을 앞둔 만년으로 인식되었던 것이다. 다자이 작품은 희망을 잃고 좌절하는 주인공의 영혼 풍경을 통해서 인간다운 존립의 조건과 존재하는 이유를 되새겨 보게 하는 본질적인 물음에 이르게 한다.

사람이 인간답게 살려고 자신을 성찰할 때 스스로에게 실망하지 않을 수는 없을 것이다. 우리들 속에 내재하는 비인간적이고 허위적인 면에 대한 자각을 하게 되는 때문이다. 다자이의 작품에는 자신 속에 숨어 있는 그리고 자신의 성장환경에서 주어진 허위적인 상황을 철저히 뼈저리게 인식하고 저항하는 내용들이 여기저기에서 드러난다. 그래서 '죽고 싶다, 죽어야 한다. 살아있는 것은 죄의 일종'이라며 고뇌에 찬 치열한 혼의 외침을 보낸다.

이러한 고뇌 속에서는 죽음이 최대의 유혹이다. 다자이가 네 차례나 자살을 시도하고 다섯 번째 자살에 성공한 것도 우연한 일이 아니다. 죽지 못하는 일이 오히려 이상한 일이었다. 그는 철저하게 인간다운 존립 기반에 충실하려 했던 작가라 할 수 있다.

한 가지 덧붙이자면 '자신의 병을 고쳐준다'고 주위의 친지들이 데려다준 곳이 정신병원이었다. 정신병원의 입원이 의미하는 것은 정상인이 그날부터 정신병자로 되어 세상 사람들로부터 배척당하게 되는 것이다. 이야말로 '인간 자격 박탈'의 전형일 것이다. 믿었던 주위 친지들의 어처구니없는 배반, 이 결정적 배반을 당하는 일은 누구나 있을 수 있다.

결국 요조는 최후의 절규를 한다.

"하느님께 여쭙겠습니다. 신뢰는 죄가 되나요?"

그래서 다자이는 파멸형의 작가로서 존재할 수밖에 없었던 것이다.

그의 삶 내내 자신의 죄의식에 시달려야 했으며, 마약중독과 데카당스 윤리에 의한 하강지향적 삶의 궤적에서 이루어진 것이 그의 문학이다. 자기 존재에 대한 부끄러움이 또 하나의 커다란 축을 이루고 있다. 그는 존재의 깊은 성찰의 상징적인 의미로 '태어나서 죄송합니다'라는 말을 던졌을 것이다.

■ 소설

포로 체험과 인간 실존의 추구

오오카 쇼헤이 『포로기』

【허 호】

오오카 쇼헤이(大岡昇平, 1909~88)는 도쿄 우시고메(牛込)에서 태어났다. 아버지는 주식중개업자로서 경제적 부침이 심했고, 어머니는 게이샤 출신이었다. 오오카가 『소년』(少年)을 통해 스스로 '그토록 비천한 어머니에게서 태어난 것을 원망스럽게 생각했다'고 밝혔을 정도로, 어머니가 게이샤 출신이라는 사실은 소년 시절의 그에게 있어서 커다란 콤플렉스였다. 반면에 『어머니』(母)에서는 어머니의 불행한 생애에 대해서 깊은 '애모의 정'을 보이기도 했다.

1921년, 아오야마(青山)학원 중학부에 입학하여 기독교를 접하게 된 오오카는 성(性)에 집착하는 자신에 대하여 죄악감을 느끼는 한편, 성서 구입을 둘러싸고 아버지와 심하게 다투기도 했다. 그러나 나쓰메 소세키(夏目漱石)를 통하여 문학에의 관심이 깊어짐에 따라서 점차로 신앙심을 잃게 된다.

1925년 중학교에 진학한 오오카는 훗날 예술파 이론가로서 일본 근현대문학에 커다란 영향력을 행사하게 되는 고바야시 히데오(小林秀

雄)를 알게 되고, 요절한 천재 시인 나카하라 주야(中原中也)와 고바야시 등과 더불어 문예평론 분야에서 쇼와 문단에 큰 영향력을 행사하게 되는 가와가미 데쓰타로(河上徹太郎)와도 친분을 쌓게 된다. 이러한 연상의 친구들과의 교제를 통해 랭보, 지드, 보들레르 등에 접하게 된 오오카는 1932년 교토(京都)제국대학 불문과를 졸업하고 회사원으로 근무하면서, 스탕달에 경도되어 작품의 번역과 연구논문 집필에 열중하기도 했다.

35세가 되던 1944년, 늦은 나이에 징집되어 필리핀 전선에 배치된 것은 오오카 일생에 있어서 최대의 분기점이 된다. 미군의 총공세를 받아 일본군에 수많은 사상자가 속출하는 가운데, 말라리아에 걸린 그는 의식불명 상태에서 미군의 포로가 된 것이다.

일본이 패전한 해인 1945년 12월에 귀국한 오오카는, 3년 후인 1948년에 전쟁 및 포로 체험을 담은 단편『포로기』(俘虜記)를 발표한데 이어, 극한상황에서 인간의 실존을 추구한『들불』(野火, 1952)을 발표하여 전후문학의 기수가 되었다.

오늘날의『포로기』는 원래 단편으로 발표된 작품들을 모아 합권(合卷) 형식으로 만든 장편소설로서, 1944년 일개 사병으로 필리핀 민도로섬에 배치되어, 이듬해인 1945년 1월 미군의 상륙과 동시에 공격을 받아 포로가 된 오오카의 뛰어난 기록성을 지닌 연작이다. 포로가 되기까지의 24시간을 이야기한「붙잡힐 때까지」를 시작으로, 레이테섬에서 미군 병원으로 후송되어 요양생활을 했던 경험이며, 일반수용소로 이송되었다가 패전으로 인해 본국으로 송환되기까지의, 자신을 포함한 포로들의 생활을 극명하게 묘사하고 있다.

적의 공격을 받고 단독으로 도피하던 중, 젊은 미군병사를 발견하고도 총을 쏠 수 없었던 '나'의 내면적 갈등을 비롯해 말라리아에 걸려서 소속부대로부터 버림받고 혼자서 물을 찾아 산 속을 방황하며 생사의 기로에서 헤매던 체험이며, 수용소에서 미군의 인도주의적 대우 덕분에 호의호식을 하게 된 일본인 포로들이 풍요로운 생활 속에서 차츰 타락해 가는 모습은 패전 후의 일본사회를 풍자한 느낌을 준다.

뿐만 아니라 역사소설 『쇼몬기』(将門記, 1965)와 『덴추구미』(天誅組, 1974)를 집필하는 한편 모리 오가이(森鷗外)와 이노우에 야스시(井上靖)의 역사소설을 비판하여 문단과 학계에 중대한 문제점을 제기했으며, 방대한 자료를 바탕으로 필리핀 레이테섬에서의 전투과정을 극명하게 재현한 대작 『레이테 전기』(レイテ戦記, 1971)를 완성시키기도 했다. 『레이테 전기』의 공적을 인정받아 1971년 11월 오오카는 예술원 회원으로 선출됐지만, '과거에 포로가 된 경험이 있기에 국가적 명예를 받을 수 없다'며 사퇴하여 사회적으로 큰 화제가 되었다.

전쟁물 이외에도, 명석하고 분석적인 문체로 남녀 간의 연애심리를 묘사한 『무사시노 부인』(武蔵野夫人, 1950)과 『화영』(花影, 1959)은 베스트셀러가 되었으며, 나카하라 주야의 일생과 문학을 다룬 『아침의 노래』(朝の歌, 1956)와 『생전의 노래』(在りし日の歌, 1966), 평전적 연구서인 『도미나가 다로』(富永太郎, 1974), 그 외에도 『상식적 문학론』(常識的文学論, 1961), 『쇼와문학에의 증언』(昭和文学への証言, 1969), 『문학에 있어서의 허와 실』(文学における虚と実, 1976) 등 뛰어난 평론집이 있고, 추리소설적인 설정으로 현대의 재판문제를 날카롭게 파헤친 『사건』(事件, 1977), B급전범으로서 사형을 선고받은 한 군인의 법정투쟁을 재현한 다큐멘터리 『기나긴 여행』(ながい旅, 1982) 등도 역시 오오카의 다양한 역량이 유감없이 발휘된 역작이라 하겠다.

특히 『무사시노 부인』은 간통죄가 폐지된 1947년 이후의 일본사회에 있어서 부부 간의 모럴이 붕괴되는 현실에 대한 강렬한 비판이라는 점에서, 또한 프랑스풍의 심리소설을 일본문학에 성공적으로 접목시켰다는 점에서, 단순한 베스트셀러를 넘어 오오카 문학의 평가를 높여주고 있다.

오오카의 생애에 있어서 한 가지 우리가 기억해야 할 사실은, 재일(在日) 조선인 이진우(李珍宇) 소년의 구명운동이었다. 1958년 이진우는 도립 고마쓰가와(都立小松川)고등학교에 재학중인 여고생을 살해한 죄로 체포되어 1심에서 사형판결을 받았고, 1960년 공소기각이 되었다. 하지만 그 소년이 세례를 받고 죄를 뉘우치고 있다는 사실을 알게 된 오오카는 도쿄 구치소를 방문하여 이진우 소년에게 『기독교 용어사전』을 선물하고, 「소년을 죽이면 안 된다」(1960)라는 글을 발표했다. 오오카의 그러한 행동에는 도쿄라는 삭막한 도회지 속에서 사회적으로 차별을 받으며 성장하여 일그러진 형태로밖에 자신의 존재를 표현할 수 없었던 소년에 대한 연민과 애정이 있었다. 그러나 오오카의 진력에도 불구하고 이진우 소년의 상고는 기각되어, 1962년 미야기(宮城) 구치소에서 사형이 집행되었다.

1973년 중앙공론(中央公論)사에서 『오오카 쇼헤이 전집』 전15권의 간행이 시작되어 2년 후에 완결되었다. 이 전집의 완결과 전후문학에의 공헌으로 1976년 1월 오오카는 아사히(朝日)문화상을 수상했다. 패전 이후 30년이 지난 시점이었다.

이즈음 오오카는 자신의 자서전이나 다름없는 『유년』(幼年, 1972)을 집필했다. 오오카의 고향인 시부야(渋谷)는 이 시기에 이미 완전히 도회지로 변하여 있었다. 그 도시화된 시부야에 자신의 유년시절을 투시하여 이 자서전을 완성시킨 것이다. 그리고 『유년』의 속편이라 할 수 있는 『소년』(少年, 1975)에는 오오카 자신의 기독교 체험과 실연 이야기가 중심을 이루고 있는데, 그 외에도 당시의 독서와 학업 및 교우관계 등 소년 시절의 갖가지 추억담들이 자세히 기록되어 있기에 오오카라는 작가를 알 수 있는 중요한 자료가 되고 있다.

만년의 그는 고령임에도 불구하고 장편연애소설 『구름의 초상』(雲の肖像, 1979)을 출간했으며, 이듬해에는 『햄릿 일기』(ハムレット日記)와 평론집 『문학의 가능성』(1980)을 탈고했고, 일기형식의 수필집 『세이조 소식』(成城だより, 1981), 미군의 무차별 폭격에 항의했던 육군중장이 주인공으로 등장하는 『기나긴 여행』(ながい旅, 1982) 등을 간행했다.

팔순을 맞이한 해인 1988년 오오카는 이미 거동이 약간 불편해져 있었고 발음도 분명하지 않았다. 하지만 그해 12월 13일 지병인 당뇨병 검사를 위해 병원에 입원했던 당시에도 원고를 구술로 작성하기도 했다. 그러나 불과 열흘 후인 23일에 뇌경색을 일으켜 이틀 후 안타깝게 타계하고 말았다.

그가 사망한 후 2주일 뒤에 쇼와(昭和) 천황이 타계함으로써 일본 근대사에 있어서 가장 길었던 시대가 막을 내렸다. 64년이나 지속된 쇼와시대의 전반은 전쟁으로 점철되어 있었고, 원자폭탄 투하와 패전, 그리고 점령군의 통치 속에서 눈부신 경제성장을 이룩하는 등 그야말로 격동의 시기였다. 오오카는 이러한 시기를 누구보다도 충실히 살았던 작가라 할 수 있다.

■ 소설

벽이 되어가는 도시 사회의 인간

아베 고보 『벽』

【이정희】

전후문학의 기수 아베 고보(安部公房, 1924~93)는 '전후 현대문학의 첨단을 달려온 작가', '일본을 초월한 보편문학 작가', '일본의 카프카' 등으로 평가받고 있다. 아베 고보는 1951년「벽-S·카르마씨의 범죄」(壁-S·カルマ氏の犯罪)로 제25회 아쿠타가와상을 받으면서 작가로서의 지위를 확립했다. 그 당시 아베 고보에 대한 평가는 '전후문학의 수확', '새로운 문학의 전형' 등이었다. 그리고 1960년대에『모래의 여자』(砂の女, 1962), 『타인의 얼굴』(他人の顔, 1964), 『불타버린 지도』(燃えつきた地図, 1967)라는 실종 삼부작을 발표할 당시는 '무국적자', '고향상실자', '전통을 단절한 작가', '아방가르드의 기수' 등으로 다채로운 평가를 받았다. 그 후 몇 번이나 노벨문학상 후보에 올라 국제적인 작가상을 정착시켰다. 일생을 통해 이렇게 다양한 수식어가 붙은 작가도 드물 것이다.

초기 창작시절의 대표 단편집『벽』(壁, 1951)에는「벽-S·카르마씨의 범죄」, 「붉은 누에고치」(赤い繭), 「홍수」(洪水), 「마법의 분필」(魔法の

チョーク),「바벨탑의 너구리」(バベルの塔の狸),「사업」(事業) 등이 수록되어 있다. 이들 작품의 공통점은 변신 모티브를 채용했다는 점이다.

근대소설에서 변신을 다룬 최초의 소설은 프란츠 카프카의 『변신』이다. 이 작품에는 주인공이 벌레로 변신하지만 이는 어디까지나 생물이다. 그런데 아베는 인간을 '벽'과 같은 무생물이나 '누에고치'처럼 무생물에 가까운 존재로까지 변신시키고 있다. 「벽-S·카르마씨의 범죄」는 주인공이 벽으로 변하고, 「붉은 누에고치」에서는 집을 찾아 헤매던 주인공의 몸이 해체되어 누에고치로 변한다. 또 「홍수」에서는 노동자가 물로 변해 부유한 사람들을 익사시켜 버리고, 「마법의 분필」에서는 주인공이 새로운 세상을 창조하기 위해 벽에 그림을 그리다가 결국 자신이 벽에 흡수되고 만다. 「바벨탑의 너구리」에서는 주인공이 그림자를 빼앗겨 버려 투명인간이 되고, 「사업」은 인간을 이용해서 소시지를 만든다는 이야기다. 이들 수록작품은 하나같이 기상천외하고 황당무계한 내용들이다.

이 중 가장 대표적인 작품 「벽-S·카르마씨의 범죄」는 인간이 벽으로 변신한다고 하는 기이한 소설이다. 주인공이 이름을 잃어버리자 그 실존은 사회에서 소외당하고, 대신에 명함이 회사에 출근한다는 이야기다. 또 병원 대합실에서 본 잡지의 풍경이 주인공 가슴속으로 빨려 들어가기도 하고, 동물원의 낙타는 가슴에 펼쳐진 광야 속으로 들어가려고 한다.

눈을 떴다. 아침에 잠에서 깨어나 눈을 뜬다는 것은 극히 일상적이며 특별

한 일은 아니다. 그러나 오늘은 뭔가 심상치 않다. 이런 생각이 들면서도 무엇이 심상치 않은지 확실히 알 수 없다는 건 역시 심상치 않은 일이다. 이를 닦고 세수를 해도 역시 점점 이상한 느낌이 들뿐이다. (중략) 난 내 자신의 이름이 도저히 생각나지 않았다.

작품의 시작 부분이다. 이렇듯 주인공 카르마씨는 자신의 이름을 잃어버렸다. 아니 엄밀히 말하면 이름이 도망쳐버린 것이다. 이름이 없는 카르마씨는 예전과 다름없이 출근을 하지만, 사무실 책상에는 그대신 명함이 앉아서 업무를 보고 있다. 명함과 말다툼 끝에 사무실에서 쫓겨난 카르마씨는 가슴에 이상한 증상을 느끼고 병원에 간다. 병원 대합실에서 잡지를 보는데, 잡지에 실린 광야의 사진이 그의 가슴속으로 빨려 들어 간다. 병원을 나와 동물원의 낙타우리 앞에 있는데, 낙타가 카르마씨의 가슴에 펼쳐진 광야의 냄새를 맡고 들어오려고 한다. 이 광경을 본 경찰은 그가 낙타를 훔치려하는 줄 알고 절도범으로 그를 체포한다. 법정에선 카르마씨는 이름이 없다는 이유로 재판을 무기한 연장받는다. 재판장을 빠져나온 카르마씨는 이름이 있었던 시절의 인간관계를 되돌릴 수 없다는 것을 깨닫는다. 뿐만 아니라 이름이 없다는 이유로 자신의 소지품들인 상의, 바지, 구두, 안경, 넥타이, 만년필들로부터도 소외당하고, 도움을 청한 아버지한테도 외면당한다. 결국 카르마씨는 벽(壁)으로 변신하고 만다. 소설의 마지막 부분을 인용해보기로 한다.

고개를 들자 유리창에 자신의 모습이 비쳤다. 이미 인간이 아니라, 사각형의 두꺼운 판자에 손발과 목이 뿔뿔이 제각기 다른 방향에서 쑥쑥 내밀고 있었다. 이윽고 그나마 남아있던 손과 발, 그리고 목도 판자에 붙여진 토끼 가죽처럼 잡아당겨져, 결국엔 그의 전신이 한 장의 벽 그 자체로 변형되어 버린 것이다.

끝없이 펼쳐져 있는 광야이다. 나는 그 속에서 끝없이 성장해가는 벽이 된 것이다.

인간이 벽이라든가 돌과 같은 무생물로 변신한 이야기는 오비디우스의 『변신 이야기』에서 찾아볼 수 있는데, 이 중 니오베가 돌로 변한 이야기는 매우 유명하다. 테베의 왕비 니오베는 자식이 아들 딸 각각 7명씩 있었다. 그런데 테베에서 숭배하는 여신 레토에게는 아폴론과 아르테미스밖에 자식이 없다고 말하며, 니오베는 자신이 자식을 많이 두었음을 자랑했다. 화가 난 레토 여신은 아폴론과 아르테미스에게 명하여 니오베의 자녀들을 모두 죽이게 한다. 한꺼번에 자식을 모두 잃어버린 니오베는 슬픔을 이기지 못하고 돌이 되어버리고 만다.

여기에서 주목할 것은 니오베가 돌로 변한 사실이다. 흔히 니오베가 돌이 된 것을 신이 내린 벌로 보지만, 근본적으로는 자식을 잃어버린 슬픔이 응어리져서 돌이 되었다고 볼 수 있다. 그러므로 돌은 슬픔의 덩어리인 것이다.

카르마씨는 자신도 모르는 사이에 이름을 박탈당하고 사회에서 소외되어간다. 그러는 사이에 고독이라는 것이 가슴속에서 자라기 시작한다. 따라서 벽은 고독의 덩어리인 셈이다. 벽으로 변신한 것은 카르마뿐만이 아니다. 도시사회에서 소외되어가는 인간 모두가 벽이 되어 가고 있는 것이다. 이러한 벽이 광야에서 강한 바람의 풍화작용에 의해 점차 모래가 되어간다. 이 모래가 쌓이고 쌓여서 사막과도 같은 광야가 된다. 작품은 도시의 사막화와 그곳에 살고 있는 도시인들의 절망적인 한계상황을 그렸다고 할 수 있다.

이러한 발상은 아베 고보의 '만주(滿洲) 체험'에 의한 것이라고 볼 수 있다. 아베는 1924년 도쿄에서 태어났지만, 만주의대 교수인 아버지를 따라 만주 봉천(奉天)으로 건너가 유소년기를 보냈다. 당시 만주는 '만주국'을 건설하려는 일본에 의해 광야에 도시를 세우면서 발전해 나갔다. 아무것도 없는 광야에 도로와 건물이 건설되고 사람들이 몰려와 정착하기 시작했다. 그러나 도시에서 한 발자국만 내딛어도 그곳에는 끝없는 광야가 펼쳐져 있었다. 어느새 도시와 농촌 간에도 '벽'이 생겨 버렸고, 도시에 사는 사람들 사이에도 '벽'이 생기기 시작했다. 이와 같이 벽의 최초 이미지는 지면으로부터 솟아난 건물들에서 발생한 것이라 해도 과언이 아니다. 이것이 상징적으로 인간소외문제나 고독, 불안, 기성 관념 등의 표상으로 쓰여지게 되었다.

일본 패전과 함께 만주국은 지구상에서 사라지고 말았다. 패전 이후, 아베는 조국인 일본에 대해서도 고향인 만주에 대해서도 불신과 증오를 품게 되었다. 따라서 그 속에서 살아가야 하는 자신을 위해서 일체를 부정하고 일체를 변혁할 수 있는 완벽한 픽션 세계를 희구하게 되었을 것이다. 그 결과 변신 모티브를 이용하여 새로운 형태의 인간 존재를 그려냈던 것이 아닐까 생각한다.

■ 소설

남성문학의 탄생

미시마 유키오 『금각사』

【허 호】

우익성향의 작가로서 널리 알려진 미시마 유키오(三島由紀夫, 1925~70)는 1925년 1월 14일 아즈사(梓)와 시즈에(倭文重) 부부의 장남으로 도쿄에서 출생했으며, 본명은 히라오카 기미타케(平岡公威)이다. 할아버지가 평민이면서도 사할린청 장관을 역임했고, 아버지 역시 농림성 고급 관리까지 승진했다. 이러한 집안환경과, 명문 무가(武家) 출신으로서 평민인 남편을 멸시하는 한편 장손인 미시마에게 광적인 사랑을 쏟아 부었던 할머니의 과보호는 훗날 그의 문학성에 크나큰 영향을 미치게 된다.

할머니의 의견에 따라 귀족학교인 학습원(学習院) 초등과에 입학한 미시마는 1938년 13세의 나이로 처녀작 『수영』(酸模)을 교내문학지 「호진카이」(輔仁会)에 게재했고, 3년 후에는 스승 시미즈 후미오(清水文雄)로부터 '미시마 유키오'라는 필명과 함께 추천을 받아 『꽃이 만발한 숲』을 교외문예지인 「문예문화」(文芸文化)에 발표함으로써 그 동인들과의 친분을 쌓는 한편, 전시하에서 '국수적 낭만주의'를 고집했던 일본 낭만파(日本浪漫派)의 간접적인 영향권에 놓이게 된다.

1944년 10월 도쿄제국대학 법학부에 입학했지만 전시인 탓으로 근로 동원의 나날을 보내다가, 이듬해 2월 군입대를 위한 신체검사에서 군의관의 오진으로 징집면제를 받는다. 그 때문에 만년의 미시마가 내셔널리즘으로 빠져들면서 수차례에 걸쳐 자위대 체험 입대를 한 것은 징집면제자라는 콤플렉스를 극복하기 위한 제스처라는 견해도 있다.

1944년 9월 학습원 고등과를 수석으로 졸업하여 천황으로부터 은시계를 하사받은 미시마는 도쿄제국대학 법학과에 추천입학했다. 그러나 전쟁이 한창인 시절이라서 수업보다는 근로 동원이 많았다. 비행기 공장 및 해군공창 등에 동원된 미시마는 당시 공장 사무실에서 유서를 대신하여 『중세』(中世)라는 단편을 쓰기도 했다.

미시마가 정식으로 문단에 데뷔한 것은 가와바타 야스나리(川端康成)의 추천을 받아 단편소설 『담배』(煙草, 1946)를 잡지 「인간」(人間)에 발표하면서이다. 학습원에서의 체험을 소재로 한 이 소설은 호리 다쓰오(堀辰雄)의 『불타는 뺨』(燃ゆる頬, 1932)을 모방한 것으로, 당시의 미시마는 호리의 영향을 받아 그 아류라 할 수 있는 작품들을 많이 발표했다. 이듬해 11월에 대학을 졸업한 미시마는 고등문관시험 행정과에 합격하여 대장성(大藏省) 은행국 국민저축과에 근무하게 된다. 그리고 1948년에는 처녀 장편소설인 『도적』(盜賊)의 각 장을 여러 잡지에 분산해서 게재했다가 단행본으로 출간하지만, 자타가 공인하는 실패작이 되고 말았다.

『도적』의 단행본이 출간되기 3개월 전인 1948년 8월, 가와데(河

出) 서방으로부터 장편소설 집필 의뢰를 받은 미시마는 대장성을 사직하고 본격적인 작가생활에 들어간다. 이 무렵, 미시마로서는 전력을 기울였던 『도적』이 비록 참담한 실패로 끝났다고는 하지만, 『호색』(好色), 『사자』(獅子) 등의 뛰어난 단편을 발표하기도 하며 몇몇 희곡도 집필하는 등 그의 조숙한 재능을 차츰 인정받기 시작했다.

그리고 드디어 1949년 7월 미시마의 출세작 『가면의 고백』(仮面の告白)이 출간되어 전후의 일본사회에 커다란 충격을 주었다. 일종의 수기라고도 할 수 있는 이 작품에는, 작가의 가정환경 및 성장과정과 더불어 당시로서는 도덕적 금기였던 동성애적 성향이 적나라하게 고백되어 있었던 것이다. 너무나도 충격적인 내용의 고백이었기에 오히려 그 신빙성을 의심하는 사람들도 많지만, 오늘날 미시마 문학 연구에 있어서 빼놓을 수 없는 중요한 자료가 되고 있다.

이것으로 단숨에 인기작가 대열에 합류한 미시마는 20대의 젊은 나이에도 불구하고 『사랑의 목마름』(愛の渇き), 『푸른 시절』(青の時代), 『금색』(禁色), 『한여름의 죽음』(真夏の死) 등 뛰어난 작품들을 잇달아 발표하며 당대 최고의 인기작가로서 부상하게 된다.

30대로 접어들던 1955년, 미시마는 '남성'을 공공연히 표방하여 『침몰하는 폭포』(沈める滝)를 집필한다. 이 작품은 여성의 손길을 전혀 느끼지 못하고 철저하게 남성적인 가정환경에서 성장한 주인공을 등장시켜, 그가 댐 공사를 완성함으로써 여성의 상징인 폭포가 매몰된다는, 소위 여성에 대한 남성의 우월성을 내세운 소설이었다. 그리고 이듬해인 1956년에 발표한 『금각사』(金閣寺)는 전후문학의 최고 걸작이

라는 호평을 받지만, 작품의 테마는『침몰하는 폭포』와 대동소이하다고 볼 수 있다.

『금각사』는 1956년 1월부터 10월까지 「신초」(新潮)에 연재된 장편소설로 금각사의 도제승이 국보(国宝) 금각에 방화를 했던 사건을 소재로 한 일종의 시사소설이라 할 수 있다.

선천적으로 말더듬 증세가 있는데다가 허약한 체질 탓으로 세상에 대해 소외감과 열등감을 느끼는 '나'는 아버지로부터 이 세상에서 가장 아름다운 것은 금각이라는 말을 자주 들으며 성장한다. 아버지의 유언에 따라 금각사의 도제가 된 나는 금각과 함께 행복한 나날을 보내면서, 미군의 폭격에 의해서 언젠가는 자신도 금각과 더불어 소멸되리라는 생각에 비극적인 일체감을 느낀다. 그러나 절에서의 생활에 제대로 적응하지 못한 나는 안짱다리인 가시와기(柏木)와 어울리면서 학업조차 게을리 하여 주지인 노사로부터 심한 꾸중을 듣는다. 전쟁이 끝나고 평화로운 일상생활이 시작되자 금각과의 사이에 괴리를 느낀 나는 자신을 구속하는 모든 것으로부터 벗어나기 위하여 금각에 불을 지르고 만다.

이 작품은 미(美)의 상징인 금각에 대한 나의 열정에서 비롯되지만, 나와 가시와기 사이에서 벌어지는 '행위'와 '인식'의 공방이 실질적인 테마라 할 수 있다. 가시와기는 나에게 인식의 세계에 안주하도록 권하지만, 나는 그 유혹을 뿌리치고 금각에 불을 지르는 행위를 선택하게 되는 것이다.

미시마 유키오의 문학에 있어서 핵심 키워드 중의 하나가 '육체'이다. 다자이 오사무에 대해서 강한 반감을 지니던 미시마는 일기 형태의 수필「소설가의 휴가」에서 '다자이가 지니고 있던 성격적 결함은 적어도 그 절반은 냉수마찰이나 기계체조 혹은 규칙적인 생활로 고칠 수 있었을 것이다.'라는 말도 서슴지 않았는데, 실제로『금각사』를 연재하면서 육체미 운동에 열중하기 시작한다. 미시마는 원래 병약한 체질로서 어렸을 때부터 자가 중독 증세가 있었던 탓으로 할머니의 극진한 보호를 받으며 성장했다. 그렇기에 항상 과다한 감수성과 육체적인 결핍감을 의식하던 중, 서른의 나이에 뒤늦게나마 육체미 운동을 통해 근육을 지니게 된 것이다.「보디빌딩 철학」에서 그는 '애당초 육체적 열등감을 불식하기 위해서 시작한 운동이지만 얇은 종이를 벗기듯이 이 열등감은 치유되어 지금은 완쾌에 가깝다. 이런 열등감을 30년이나 짊어지고 온 것이 무슨 이익이 있었는가 생각하니 정말로 어이가 없다.'고 밝히고 있다.

미시마 유키오

『금각사』 이후로『교코의 집』(鏡子の家),『오후의 예항』(午後の曳航),『비단과 명찰』(絹と明察) 등으로 이어지는 미시마 문학은 다소 답보상태에 놓이게 되고, 새로운 돌파구를 모색하기 위해서 그는 정치 사상 쪽으로 관심을 돌린다. 그 계기가 된 것은「하야시 후사오론」(林房雄論, 1963)을 발표하면서부터이다.

전향 작가인 하야시 후사오는 중학교 시절부터 마르크스 사상에 관심을 보였고 도쿄제국대학 재학중에는 나카노 시게하루(中野重治) 등과 함께 마르크스주의 예술연구회를 지도했으며 「문예전선」(文芸戦線)에 활발하게 작품을 발표하기도 했다. 그러나 교토대학 내에서 발생한 소요사태에 연루되어 투옥되었다가 출옥한 후 전향하여 마르크스주의를 포기하고 천황제와 전쟁을 지지하는 성명을 발표했다. 미시마는 「하야시 후사오론」을 통하여 하야시를 옹호함과 동시에 자신의 정치적 입장을 확실히 했던 것이다. 이후로 미시마는 정치적 색채가 농후한 발언을 자주 하게 되고 조국방위대 대원들과 육상자위대에 체험 입대를 하는 등 그의 우익적 성향은 더욱 노골화되기 시작한다.

1970년 11월 25일 오전, 4부작 『풍요의 바다』(豊饒の海, 1965~71)의 최종 원고를 출판사에 넘긴 미시마는 조국방위대의 후신인 다테노카이(楯の会) 회원 3명을 데리고 육상자위대 이치가야 주둔지에 도착, 동부방면 총감실을 점거하고 발코니에서 자위대의 각성과 궐기를 외쳤다. 그러나 발코니 앞에 모인 자위대원들로부터 별다른 반응이 없자 '천황 폐하 만세'를 삼창하고 전통적 절차에 따라 할복했다.

미시마의 광적인 행위와 죽음에 대해서 일부 추종세력을 제외한 국내외 여론은 물론 대체적으로 부정적인 입장을 견지하고 있으며, 작가로서 미시마가 보여준 행위는 아직도 그의 문학에 대한 평가를 어렵게 하고 있다. 아마도 미시마 문학의 핵심은 여성에 대한 콤플렉스를 동반하는 남성적 나르시시즘이 아닐까 생각된다.

■ 소설

근대는 인간을 인간답게 했는가

가이코 다케시 『벌거숭이 임금님』

【유재연】

합리성 또는 문명의 진보로 표현되는 '근대성'의 본질은 무엇인가? 가이코 다케시(開高健, 1930~89)의 『벌거숭이 임금님』(裸の王様, 1957)은 아동의 억압적인 교육환경과 아동미술대회를 놓고 벌이는 어른들의 위선적 행태를 묘사함으로써 근대성이라고 불리는 모든 것의 허상을 폭로하고 있다.

미술학원을 운영하고 있는 '나'에게, 화가이자 친구인 야마구치(山口)가 사정이 생겼다며 자신의 학생인 다로(太郎)를 맡아달라고 부탁한다. 야마구치는 다로의 담임교사로 화구(画具) 제조회사 사장인 그의 아버지에게 이런저런 신세를 많이 지고 있다. 야마구치는 다로를 나에게 맡기며 다로 아버지인 오타(大田)의 사업 문제와 어머니가 계모라는 사실 등을 이야기해준다.

며칠 후 오타 부인의 손에 이끌려 온 다로는 말이 없고 마치 집에서 기르는 애완견처럼 훈련이 잘 되어 있는 아이였다. 미술학원에서 다로는 오직 튤립인형만을 그리며 다른 아이들과 좀처럼 어울리려 하지 않는다. 그러던 어느 날, 다로가 다른 아이가 그린 민물가재 그림에 대해서 뜻밖의 관심을 보인 것을 계기로 나는 그가 시골생활의 경험이 있다는 것을 알게 되고, 닫혀진 마음을 열 수 있는 실마리를 얻는다. 나는 다로를 시골의 냇가로 데려감으로써 잠시나마 메마른 도시공간과 억압된 가정의 현실로부터 해방시켜 준다.

나는 일본 아이들의 그림과 외국의 같은 또래 아이들의 그림을 비교해보고 싶다는 마음을 먹고, 덴마크의 안데르센 진흥회와 교류를 갖기 위해 끈질긴 노력을 한 끝에 마침내 기회를 얻는다. 그리고 교류를 위해 전국적으로 아동화를 모을 계획을 서두르게 되는데, 공교롭게도 다로의 아버지 오타도 다른 동기에서이긴 하지만 동일한 안데르센 진흥회와 접촉을 하고 있다는 사실이 밝혀진다.

오타의 의도는 자기 회사의 제품을 보다 많이 팔기 위한 간교한 상술에 불과한 것이었고, 한발 앞서 일을 추진했던 나에게 양보할 것을 집요하게 요구한다. 결국 나는 양보를 하지만, 예상했던 대로 나의 소박한 계획은 오타의 책략으로 거대 자본이 개입한 전국 규모의 대회로 변질되고 만다.

하지만 다로와 나의 교류는 갈수록 더 깊어진다. 전원생활의 기억을 회생시켜 다로의 내면세계로 들어간 나는, 그의 태도나 행동이 계모의 지나친 간섭과 억압적인 환경에 있음을 알고 오타 부인에게 교육방식을 바꿀 것을 충고한다. 그렇지만 오타 부인의 가치관이나 사고방식 또한 외부적인 요인에 의해 형성된 것이며 쉽사리 개선될 수 있는 것이 아니라는 것을 깨닫게 된다.

다로는 나의 지도 방법에 의해 점차 전원생활에서 지니고 있었던 본래의 모습을 회복하게 되고 위선적인 어른들의 세계를 '벌거숭이 다이 묘(大名)'로 그려냄으로써 억압된 자아로부터 탈출하는 데 성공한다. 안데르센의 동화 '벌거숭이 임금님'이 지니고 있는 위선에 대한 폭로와 풍자를 자신의 처한 환경에서 해석하는 명민함을 보인 것이다.

나는 다로가 그린 '벌거숭이 다이묘'를 다로의 아버지가 후원한 미술대회의 심사장에 가져가지만 야마구치를 비롯한 심사위원들은 그림을 비웃고 나를 조롱한다. 나는 그 그림이 미술대회의 후원자인 오타의 아들이 그린 것이라는 사실을 밝히고, 심사위원들의 위선적이고 기만적인 행동에 역겨움을 느끼며 행사장을 나온다.

이렇듯 소설은 주로 다로를 중심으로 이야기가 전개되고 있다. 다로의 부모와 담임선생, 그리고 나는 각기 다로의 주변환경과 인물들을 암시하고 있다. 다소 거칠게나마 등장인물들이 암시하고 있는 것들을 도식화해보면, 먼저 다로의 아버지는 근대 산업사회의 근간을 이루는 대자본을, 담임선생은 대자본과 결탁한 지식인 및 관료를, 오타 부인은 산업사회의 교묘한 전략에 의해 조작된 대중의 모습을 상징하고 있다. 거기에 시간적 공간적 양쪽의 의미를 함께 지니는 다로의 전원생활은 도회와 농촌, 근대와 전근대를 가르는 요소로서 작용하고 있다.

반면 등장인물의 맞은편에 있는 화자(話者)인 나는 다로의 유일한 소통의 대상으로 마치 사면초가와도 같이 억압적인 현실에 갇혀 있는 그를 구원하려 한다. 이는 바로 작가 자신의 모습이기도 하다.

『벌거숭이 임금님』은 1958년 상반기 제38회 아쿠타가와상 수상작으로 가이코 다케시가 문학적 기반을 확고히 다지는 계기가 된 작품이다. 그는 초기에서부터 문명 진보, 즉 근대성의 그늘에서 인간이 상실해 가는 근원적인 에너지에 대한 회복을 일관되게 묘사했고, 이 작품은 그러한 근대사회를 살아가는 작가로서의 역할에 대한 선언적인 의미를 지닌다고도 할 수 있다.

같은 시기에 발표된『파닉』(パニック, 1957)에서는 시베리아 지방에 서식하는 들쥐 레밍의 기이한 행태를 통해 부패한 관료사회에 대한 통렬한 비판을, 그리고『거인과 완구』(巨人と玩具)에서는 거대한 자본에 의해 완구로 전락해가는 조직 속의 인간과 그 주변인물을 다루는 등 문명비판에 대한 시각을 일관되게 유지하고 있다.

그 후『일본의 서푼짜리 오페라』(日本三文オペラ, 1959)에서는 패전 직후 오사카 무기공장터에서 고철을 훔쳐 생계를 이어가던, 이른바 아파치족인 재일한국인들의 고단한 삶을 묘사하고 있는데, 소설은 오히려 그들의 삶에 대한 끈끈한 애착과 넉넉한 여유, 그리고 권력을 향한 조롱과 익살 등을 묘사하는 데에 대부분의 지면이 할애되어 있다.

가이코의 문학적 성향은 자전적 소설인『파란 월요일』(青い月曜日, 1965~67)에도 나타나 있듯이 성장기에 겪은 전쟁과 기아, 그리고 패전 후의 가혹한 생활고 등이 국가와 권력에 대한 반항적 기질을 형성하도록 한 데에 기인하고 있는 것 같다. 아울러 그는 골방에 갇혀 창작에만 몰두하는 나약한 문필가가 아니라 역사적 현장에서의 인간의 역동성을 체감하면서, 그것을 작품으로 형상화하는 데에도 탁월한 능력을 지녀 1964년 베트남전쟁 종군과 그 체험을 바탕으로 한 어둠 3부작『빛나는 어둠』(輝ける闇), 『여름의 어둠』(夏の闇), 『꽃이 지는 어둠』(花終る闇)을 내놓기도 했다.

다만 아직까지 우리나라에는 그의 작품이 번역되어 소개된 것이 없어 사실성과 역동성을 겸비한 문학적 성과를 맛볼 수 없다는 점이 안타까울 뿐이다.

■ 소설

인류의 치유와 화해를 향한 소설

오에 겐자부로 『개인적 체험』

【김용안】

오에 겐자부로(大江健三郎, 1935~)는 에히메현(愛媛県)에서 7형제 중 셋째로 태어났다. 1941년 태평양전쟁이 시작되던 해에 오세(大瀬) 초등학교에 입학했으나 전쟁에 광분하던 제국주의 말기에 가혹한 국수주의 교육을 받았다. 그의 집안은 부유한 지주 가문이었지만, 전후의 농지개혁으로 사유재산을 거의 잃었다. 패전 후 입학한 오세중학교에서는 미국식 민주주의 교육을 받는 계기가 된다. 1951년 마츠야마히가시(松山東)고등학교로 전학하고부터는 문학부 잡지를 직접 편집하면서 자신의 시와 평론을 발표했다.

1954년 도쿄대학 프랑스문학과에 입학하고, 재학 중 대학신문에 개도살이란 특이한 소재를 다룬 소설 『기묘한 아르바이트』로 오월제상(五月祭賞)을 받으며 등단한다. 전후 청년의 허무와 반항을 고유의 이미지와 문체로 묘사하는 데서 그의 문학은 본격적으로 출발한다. 이후 미시마 유키오(三島由紀夫) 이래 장래가 가장 촉망되는 신인이라는 찬사를 받으며, 인간 실존의 근원적인 불안을 날카롭게 파헤치고 이를 사회

문제와 결합시키는 문제작을 낸다.

『사육』(飼育, 1958)으로 아쿠타가와상을 수상했으나, 두번째 장편 『우리들의 시대』(われらの時代, 1959)는 오에가 점차 사회 · 정치 비판에만 몰두해 가고 있다는 비난을 받았다.

대학 재학 중의 오에 겐자부로

그는 자신의 문학생애에서 몇 가지 문학적인 전기를 맞이한다. 사르트르의 실존주의로부터 인간의 궁극적인 자유의 가능성을 추구하려고 했던 오에 앞에 닥친 시대상황은 절망의 연속이었다. 일본의 자위대 창설, 미일안보조약의 개정 조인, 미소의 핵·군 확장 경쟁 등, 세계가 출구 없이 멸망의 길로 접어들고 있는 시대에 자신이 과연 자녀를 가져야 하는가 하는 회의에 빠진다. 그런 가운데 1960년 일본 청년작가 대표단의 일원으로 마오쩌둥(毛沢東)을 만난다. 중국 혁명의 활기는 오에가 정치적인 관심을 갖는 계기가 되었다.

차츰 신좌익 정치사상에 깊이 빠져들어 1960년 한 우익 청년이 일본사회당 당수 아사누마 이네지로를 암살한 사건에 자극받아 1961년 『세븐틴』(セブンティーン)과 『정치소년 죽다』(政治少年死す)를 발표했으나, 후자는 우익 단체로부터 협박을 받고 발매를 중지한다.

그리고 그의 문학 여정에 결정적 사건이 일어난다. 고민 끝에 1963년에 낳은 자식이 이상한 혹을 갖고 태어난 충격을 겪으며, 그의

문학의 방향이 완전히 뒤바뀐다. 그는 기존의 자신의 문학관과 가치관까지도 해체하며 전혀 새로운 출발을 감행한다. 이때의 갈등을 그린 작품이 『개인적 체험』(個人的な体験, 1964)이다. 오에는 장애아 문제로 고통을 겪으며 자신보다 더한 역경을 당하고도 살아남은 히로시마(広島) 사람들로부터 위안을 받았다. 제2차 세계대전의 여파에 대해 관심을 갖게 된 인권을 유린당한 전후세대의 문제를 파헤치기 시작하여, 히로시마를 방문하고 『히로시마 노트』(ヒロシマ・ノート, 1965)를 썼다.

그 후 1970년대 초반, 여러 에세이를 통해 핵시대의 힘의 정치와 3차대전에 대한 우려 등 사회모순을 비판하는 데까지 시선을 돌리고 당시 한창 이슈화되던 솔제니친 석방운동에 서명한다. 또한 동시대 작가 중 가장 중요한 인물로 김지하를 꼽으며, 70년대 초 김지하 탄압에 항의하여 단식투쟁을 벌이는 등 구명운동에 앞장서기도 했다.

『개인적 체험』은 뇌성마비 장애아를 아들로 둔 오에 자신의 고통에 찬 실제 경험을 바탕으로, 그의 가족이 걸어온 인생항로를 함께 그린 소설이다. 오에는 새로운 문학적 출발을 감행하며 말한다.

"내 소설의 전기가 된 것은 장남이 장애자로 태어난 것이다. 지금까지 인간에 대해 비판적 입장을 취했으나, 인간을 격려하는 문학을 쓰지 않으면 안 된다는 생각이 들어 『개인적 체험』을 쓰게 되었다."

주인공 버드는 대학원에서 영문학을 전공하다 그만두고 지금은 학원 강사를 하는 20대 후반의 젊은 지식인이다. 그러나 육체적으로는 40대, 청춘과는 거리가 먼 인간으로 아무런 희망도 보이지 않는 일본을 벗어나 아프리카 행을 꿈꾸고 있다. 그러던 그가 뇌성마비 아들을 두게 되자 절망에 젖어 방황을 한다. 결혼하기 전 사귀던 여자 히미코를 찾아가 미친 듯이 섹스를 하기도 하고, 술을 먹고 강의실에 들어갔다가 구토를 하기도 한다. 아이는 돌봐주지 않으면 죽겠지 하는 심정에 아프리카로 도망갈 생각도 하지만, 결국은 모든 것을 받아들이고 장애아를 인정하기로 한다.

신초샤(新潮社)문학상을 수상한 이 작품은, 결말이 너무 안이한 종교적, 도덕적 태만에 빠졌다는 등의 비난을 받기도 했다. 이것은 기존 문학의 해체와 새로운 문학의 시도에서 오는 혼란이었을 것이다. 같은 장애아를 다룬 계통의 소설인 『하늘의 괴물 아구이』(空の怪物アグイー)는 신생아를 땅 속에 매장한 아버지 D가 어린애의 환영 속으로 도피하다가 결국은 죄의 대가로 자살한다는 내용이고 『만년원년의 풋볼』(万延元年のフットボール, 1967. 영역본은 『The Silent Cry』)은 오에의 대표작으로 표면적으로는 실패한 반란을 다루고 있지만 근본적으로는 지식, 정열, 꿈, 야심과 다양한 인물의 태도가 섞인 이해할 수 없는 인간관계를 다루고 있다. 수술을 받은 후 아기다운 반응을 보일 수 없게 된 아이를 돌보지 않으려는 부모의 퇴폐를 그린 소설이기도 하다.

그리고 결국 이런 그의 경향은 『우리의 광기가 살아남을 길을 가르쳐 달라』(われらの狂気お生き延びる道を教えよ, 1969), 『홍수는 내 영혼에 이르러』(洪水はわが魂に及び, 1973) 등에서 반전되기 시작한다. 전과 달리 장애아는 새소리를 구별해낼 줄 알게 되고 민감하게 반응하는 등 자연과 교감할 수 있는 존재로 그려졌고 종말론적인 세상에서 구원자로 상징된다. 이와 함께 정상인들이 결핍한 영혼의 순수성을 드러내

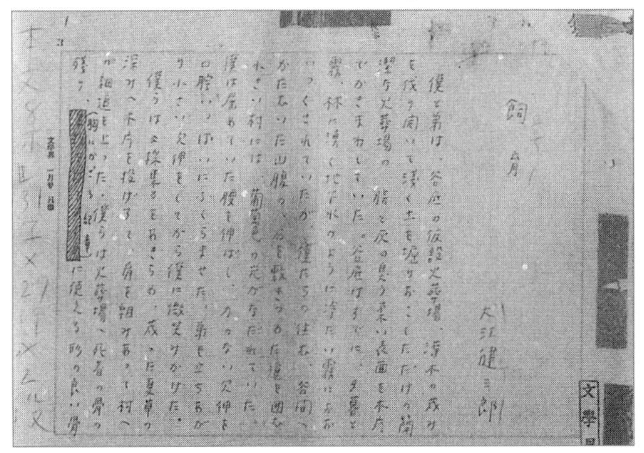

飼育

大江健三郎

僕と弟は、谷底の仮設火葬場、灌木の茂み
を伐り開いて浅く土を掘りおこしただけの簡
潔な火葬場の、脂と灰の臭う柔い表面を木片
でかきまわしていた。谷底はすでに、夕暮と
霧、林に湧く地下水のように冷たい霧におお
いつくされていたが、僕たちの住む、谷間へ
かたむいた山腹の、石を敷きつめた道を囲む
小さい村には、葡萄色の光がなだれていた。
僕は屈めていた腰を伸ばし、力のない欠伸を
口腔いっぱいにふくらませた。弟も立ちあがり
小さい欠伸をしてから僕に微笑みかけた。
僕らは採集をあきらめ、茂った夏草の
深みへ木片を投げすてて、肩を組みあって村へ
の細道を上った。僕らは火葬場へ、死者の骨

『사육』의 원고

주는 지성의 비판자로도 등장한다. 일련의 장애아 작품의 아름다운 결말이 아닌가 싶다. 또 『인생의 친척』(人生の親戚, 1989)에서는 뛰어난 은유와 상징으로 도스토예프스키와 단테, 발자크 등을 등장시켜 재해석하는가 하면 여러 문체를 도입해 다양한 소설 형태를 보여줬다. 오에는 장애아 문제로 고통받을 때 자신보다 더한 역경을 겪고도 살아남은 히로시마 사람들로부터 위안을 받았다. 이 때문에 그는 핵문제에 대해서도 관심을 가지게 되고 자신의 고향을 영원한 유토피아라고 생각하게 되었다.

전후 민주주의세대의 문학계를 걸머지고 가공할 지적 편력과 넘치는 시적 상상력으로 독특한 문학 세계를 창출해온 오에는 인간의 본질적인 문제를 천착하는 철학적 주제로 일관해왔다. 그가 학자이지 소설가이냐 라는 물음이 나올 정도로 엄청난 독서에 의한 학문적인 깊이와 논리와 사상, 그리고 독특한 문학적인 사유를 특기로 하는 오에 문학이 상당히 난해한 것은 어쩌면 당연한 귀결인지도 모른다. 따라서 그만큼의 교양과 문학적인 소양 없이는 예술적 형상화나 중의적 시각의 압축파일 같은 그의 문학을 판독해내기에는 어려움이 많은 것도 사실이다.

작가 자신은 자신의 작품활동이 '악마를 쫓는 한 방편'이라고 말한다. 그는 개인의 문제를 깊이 천착해감으로써 모든 인간에게 관계되는 것을 표현하는 데 성공을 거두고 있다. 다시 말해, 그의 문학은 인간 본원적인 불안을 문학의 문제의식으로 삼아 실존문제로 연결시켜 문학적 지평을 넓힌다. 따라서 그의 문학은 항상 개인, 사회, 세계에까지 두루 소통되며, 때로는 개인 속에 도사리고 있는 허구의 실상을 파헤치기도 하고, 도시문명에 대한 강력한 탄핵을 하기도 하고, 정치사회의 질곡에 대한 암유를 하기도 하며, 탁월한 혜안으로 미래를 투시하고, 경고하기도 한다. 현실과 환상을 넘나드는 그의 문체는 전통적인 리얼리즘과는 구별되는 독자적인 분위기를 형성하며, 후기에는 그로테스크 리얼리즘까지 발전하게 된다.

1994년 10월 13일 스웨덴아카데미는 내외신 기자를 모아놓고 오에를 1994년 노벨문학상 수상자로 발표했다. 바로 전 주에는 장애 아들 히카리(光)가 아픔을 딛고 본격적인 작곡활동을 시작하여 자신이 작곡한 작품 연주회가 성공리에 연주를 마친 바 있다. 경사가 겹친 것이다.

그의 수상 이유는 '시적 창조력에 의해 현실과 신화가 밀접하게 어울려 하나가 된 상상의 세계를 창출하여 현대의 인간 양상을 충격적으로 묘사한 점'이 높이 평가된 것이다. 수상 소식을 듣자, 그는 스스로도 놀랐다며 훌륭한 일본문학자가 있었던 덕에 자신이 수상의 영광을 차지하게 되었다고 밝혔다.

그는 12월 7일 기념 강연한 '애매한 일본 속의 나'에서 "일본은 애매함 때문에 과거 역사적으로 과오를 범했고 지금 또한 애매함 때문에 전쟁포기서약을 파기하려 하고 있다. 일본인으로서 그것을 막고 인류의 치유와 화해를 향한 소설가로서의 임무를 다하고 싶다."고 포부를 밝혔다. '일본인 마음의 정수를 뛰어난 감수성을 가지고 표현하는 서술의 탁월함으로 수상한' 가와바타의 수상과는 달리, 오에의 인류 보편적인 테마가 평가받은 것으로 세계문학에서 일본문학이 시민권을 얻은 쾌거로 보며 일본인은 자축했다. 그는 그 강연 도중에 "26년 전에 이 자리에 섰던 같은 나라 사람(가와바타)에 대해서보다 71년 전에 나와 거의 같은 나이로 수상했던 아일랜드 시인 예이츠에 대해 더욱 혼의 친근감을 느낀다."고 했다. 그것은 그 자리에서 가와바타와 분명히 선을 그으며 자신의 문학의 정체를 밝힌 것이다. 요컨대, 서양적인 지성으로 문학을 보편화 하는 능력과 그의 탁월한 시적 메타포가 세계에서 통하는 문학 코드로 받아들여져 수상하게 된 것이다.

뒤이어 오에가 일본에서 일본문화훈장을 거부하자, 뒤늦게 오에가 노벨상을 수상한 것에 대한 일본 내에 거센 비판이 천황제와 맞물려 일어나기도 했다. 또한 사르트르가 노벨상 수상을 거부한 것에 대해 오에가 찬동한 것이 세계문학 아웃사이더로서 행한 것이라면 오에 스스로가 수상한 것은 어떻게 보아야 하며, 과연 그의 문학도 아웃사이더의 그것인가 아닌가 하는 논란이 일기도 하여 21세기를 대표하는 행동하는 지성인으로서 그의 명예에 위협이 되기도 했다. 한편, 이 작가가 국제적으로 평가를 받을 때 일본 국내는 그의 문학을 제대로 평가하고 받아들이는 풍토가 있었는지에 대한 심각한 반성도 함께 일어났다. 노벨문학상 수상자를 두 명이나 배출한 나라다운 논란이었다.

■ 소설

여러분이 36년을 말한다면 나는 370년을 말해야 합니다

시바 료타로 『고향을 어찌 잊으리오』

【장남호】

『고향을 어찌 잊으리오』(故郷忘じがたく候, 1976)는 임진왜란 때 일본으로 납치되어 어쩔 수 없이 고향을 등져버리고 설움의 역사를 품고 살아온, 일본 가고시마의 미야마(美山)에서 사쓰마야키(薩摩焼)라는 유명한 도자기를 만들며 선대의 역사와 조국을 그리워하는 도공들 얘기를 그리고 있다. 작자 시바 료타로(司馬遼太郎,1923~96)는 이 도공들의 14대 후손인 심수관(沈寿官)을 만나 400여 년간의 숨겨진 역사와 발자취를 더듬어가기 시작한다.

지금부터 200년 전, 의사로 유명한 다치바나 난케이(橘南谿)라는 사람이 있다. 활동적인 여행가이기도 했던 그는 당시 외부사람은 들어갈 수 없었던 사쓰마(薩摩)에 들어갔다. 사쓰마에서도 외부인은 일체 출입이 금지되었던 나에시로가와(苗代川) 도예촌에 의사라는 특수한 지위로 들어갈 수 있었던 그는 모두 고려인뿐인 이 독특한 공간에 대해 기록하기 시작한다.

고려인의 풍속과 의복, 언어 모두 한국 그대로인 나에시로가와 도예촌은 번창하여 수백 가구가 되었고, 임진왜란 때 처음 잡혀온 사람들은 김씨, 심씨 등 17가지 성을 가진 70여 명이었다고 했다.

다치바나는 한 도공에게 선조들이 건너온 지 5대째가 된다는 말을 듣고서 질문한다.

"그러면 이제 고향인 조선은 잊혀졌지요?"

그러자 그가 대답했다.

"선조들이 이곳에 온 지 200년 가까이 되고 아무것도 부족한 게 없지만, 사람의 마음이란 이상해서 고향을 잊기는커녕 가끔 꿈속에서도 보이고 낮에 도자기를 만들 때도 불현듯 생각납니다. 만일 허락이 떨어지면 그동안 여기 머무를 수 있었던 은혜는 잊지 않겠지만, 귀국하고 싶은 마음입니다." 하고 대답했다.

그들의 고향은 전라도 남원으로, 크지는 않지만 교통의 요지였고, 전라도와 경상도의 군대를 통솔하기에 좋은 곳이었으며 문화의 중심지이기도 했다. 따라서 도공을 납치하려는 야심찬 일본군들의 표적이 되었던 곳이었다. 밥과 국을 나무로 된 그릇에 담았고, 야산에 술을 가지고 갈 때도 표주박에 담아 갔던 당시의 일본귀족과 무사들 사이에 다도가 크게 융성하면서 다기가 보물처럼 다루어져, 조선인들이 밥상에서 쓰는 식기도 일본에서는 대단한 가치가 있었던 것이다.

도요토미 히데요시(豊臣秀吉)의 사망으로 일본군이 철수할 때 도공들도 함께 끌려왔다. 순탄치만은 않았던 뱃길을 따라 도착한 이들이 겪은 것은 어지러운 일본의 정세에서 비롯된 혼란과 생전 처음 부딪히는 고난이었다. 해변에서 방황하던 이들 중에 병자가 발생하고, 고향이 그리워 울부짖는 자도 많았다. 결국 몇 명이 죽자, 함께 간 사람들은 그 유해를 안고 산으로 올라가 소나무 밑에 묻고 비석을 세웠다. 한글로 이름을 새겨넣은 비석을 세운 묘는 아직도 남아 있다.

늘 해변에 있을 수만은 없었기에 그들은 들판에 오두막을 짓고 토지를 개간해 먹을 것을 구했다. 그리고 본능처럼 도자기를 굽기 시작했다. 그러나 3년이 채 지나지 않아 토착주민들의 방해로 그곳을 떠나지 않으면 안 되었다.

추운 겨울날, 연장자를 앞세우고 그들은 모두 동쪽으로 길을 향했다. 얼마 가지 않아 그들은 고향 남원과 닮은 곳을 발견했다. 잡목이 많은 이 황무지에 일본인들은 보이지 않았다. 두 번째 거주지가 된 이곳에서 그들은 단군신사를 만들어 제단을 쌓고 선조들을 기리는 제사를 올렸다.

이곳에서 그들이 도자기를 만든다는 사실이 알려지자 지방 태수가 관심을 갖고 지원과 통제를 시작했다. 도공들을 환경 좋은 가고시마로 이주시키고 집도 주겠다고 했지만, 남원성이 공략당할 때 조국을 배반하고 일본군의 앞잡이가 되었던 주가전 등이 사는 가마쿠라에서 살 수는 없다고 거절했다. 태수의 말을 거절하는 것은 죽음과 다름없음에도 용기 있는 그들의 태도에 태수는 뜻을 거둔다. 그들은 백자와 흑자를 만들었는데, 특히 백자는 희소성을 지키기 위해 다른 곳에서 굽는 것을 금지했다.

그로부터 300년 후, 백자의 제조기법은 발전을 거듭했다. 날렵하고 우아한 곡선, 맑은 상아색의 표면, 질감과 온도가 느껴질 듯한 섬세

• • •

시바 료타로

함 등 정교하고 치밀한 최고의 도자기로 정평을 쌓아왔다. 그후 19세기에 12대 심수관을 중심으로 한 대규모 백자 공장이 만들어졌고, 커피잔이나 서양식기를 만들어 오스트리아 만국박람회에 출품하여 명성을 높였다.

현재는 14대 심수관이 이 도자기촌을 이끌고 있다. 그는 이곳 나에시로가와 초등학교를 마치고 시내 중학교에 입학했다. 그 후 얼마 지나지 않아 상급생이 교실에 들어와 소리질렀다.

"여기 조센진 있지. 손들어 봐!"

하지만 그는 손들지 않았다. 이곳 초등학교는 모두 나에시로와 자제들이 다녔던 곳으로 성적도 일본에서 최고였고, 늘 일본 제일의 초등학교라고 불리는 곳이다. 이런 데서 그는 차마 손을 들 수 없었던 것이다. 어린 심수관이 한국인의 성(姓)을 가졌다는 이유로 실신할 때까지 학교 옥상에서 상급생에게 맞았을 때, 그는 자기는 일본인이 아닌가 하는 의구심을 갖게 된다.

그날 집으로 돌아오자 양친이 문 앞에서 기다리고 있었다. 말수가 적었던 아버지 13대 심수관은 조용히 그의 어깨에 손을 얹고 옷을 털어주었다. 아버지 자신도 시내 중학교에 입학하던 시절 똑같은 일을 당했고, 그 때문에 이날을 두려워하며 아내에게도 말하고서 집 앞길까지 나가 아들을 기다렸던 것이다. 그리고 12대 심수관이 자신에게 했던 말을 아들에게 전했다.

"네 속에는 조선 귀족의 피가 흐른다. 선조들은 모든 역경을 이겨내고 용기 있게 자존심을 지키고 최고의 도자기를 만들면서 지금까지 살아 왔다. 최고가 되어라. 싸움을 할 때도, 공부를 할 때도…. 그렇게 되면 남들은 다른 눈으로 볼 것이다."

어린 심수관이 성장하여 14대를 이을 훈련을 받던 중에, 다른 도예가들처럼 전람회에 출품할 작품을 만들고 싶다고 하지만 거절을 당한다. 그는 절망하며 아버지에게 묻는다.

"저는 무엇을 위해 살아가는 것입니까?"

"자식을 도공으로 만들어라. 내 역할도 그뿐이었고, 네 역할도 그뿐이다."

1967년 14대 심수관이 실제로 서울대학교에서 연설했을 때, 젊은 학생들은 모두 일본의 36년간의 압제에 대해 이야기했다. 사쓰마 출신답게 감정이 풍부한 그는 북받치는 설움에 끊기는 음성으로 말했다고 한다.

"여러분들이 36년을 말한다면, 나는 370년을 말해야 합니다."

꿈에서조차 그리던 고향, 한민족으로의 자존심, 조상과 민족과 국가라는 거대한 의미 이전에 고향을 잊지 못하고 그 한을 도자기로 풀어낸 이들의 이야기가 시바 료타로의 작가적 상상력과 문장력으로 재구성되어, 현재의 독자들로 하여금 고향을 잃어버린 도공들의 슬픔과 400년간 줄기차게 지켜온 예술혼의 결정체와 만나게 한다.

1923년 오사카(大阪)에서 출생한 시바 료타로는 오사카대학 몽고

어과를 졸업하고 작가로 활동하면서 『올빼미의 성』(梟の城, 1958)으로 나오키상(直木賞)을 수상했다. 또 1835년 하급무사의 집안에서 태어나 일본 근대화운동에 뛰어든 이후 메이지유신을 목전에 두고서 자객의 칼을 맞아 암살당하기까지 파란만장한 삶을 살며 일본의 100년을 바꿔 놓았던 영웅 사카모토 료마(坂本龍馬)를 역사의 주무대로 이끌어내어 이른바 '료마 전설'을 탄생시킨 『료마가 간다』(竜馬が行く)로 문단의 각광을 받았다.

그는 주로 역사적 사실에 근거하여 현대적인 해석을 가한 역사소설의 새 분야를 개척하고 다수의 작품을 발표했다. 역사적 변혁기에 다가올 새로운 시대를 이해하고 비전을 창출하는 인물을 주인공으로 하여, 구시대의 가치관에 집착하는 행위에 비판적 입장을 취했던 시바 료타로는 패전 후 일본 국민의 민족적 긍지를 되살렸다는 평가를 받고 있다.

■ 소설

사랑의 신(神)과의 만남

엔도 슈사쿠 『침묵』

【육근화】

이 작품은 배교(背教)한 가톨릭 신부 세바스찬 로드리고의 내면 세계에 조명을 맞춘 장편소설이다.

때는 쇄국정책과 혹독한 기독교 박해가 행해지던 1630년경의 일본 도쿠가와(德川) 시대, 로마 교황청에 다음과 같은 보고가 전해진다. 포르투갈의 예수회로부터 일본에 파견되어 33년간 온갖 박해 속에서도 불굴의 신념으로 선교하던 페레이라 크리스트반 신부가 결국 고문에 못이겨 신앙을 버렸다는 것이다.

1614년에 포고된 선교사들의 해외추방령 속에서도 신자들을 차마 저버릴 수 없는 37명의 성직자는 비밀리에 일본에 남는다. 페레이라 신부는 목숨을 건 선교를 통솔해온 책임감 있는 인물이었기에, 그의 배교는 믿어지지 않는 일이었다. 이에 신학교 시절 페레이라를 존경하고 따르던 제자 로드리고와 호안테 산타 마르타, 프란시스 가르페 등 3명의 사제는 사실 확인을 위해 일본으로 밀입국을 계획한다.

로드리고와 가르페는 병상의 마르타를 마카오에 남겨둔 채, 1638

년 5월 배교한 경험이 있는 신자 기치지로의 안내로 나가사키(長崎) 근처의 도모기라는 작은 어촌에 잠입한다. 이곳은 예전에 마을사람 대부분이 세례를 받았으나, 지금은 사제도 수도사도 없이 비밀조직으로 꺼져가는 신앙의 불씨를 필사적으로 지키고 있었다. 위의 두 사제는 기치지로의 고향마을인 후카자와를 포함하여 신도들의 집이나 산 속의 오두막 등에서 미사를 올리고 교리와 기도를 가르치며 고백성사를 통하여 죄를 사하여 준다.

그러나 이러한 생활도 잠시 누구의 밀고인지 관헌들이 마을을 급습하여 본보기로 모키치와 이치조를 바다 속에 세워진 십자가에 매다는 형을 집행한다. 로드리고는 그들의 순교를 교회의 역사에서 전해주는 성인들의 빛나고 영광된 것이 아닌, 다만 '비참하고 고통스러운 모습'이라고 보고하고 있다. 이와 반대로 기치지로는 관헌의 위협하는 말만 듣고도 바로 신앙을 버리겠다고 말해버리는, 배교와 고백성사를 반복하는 약한 인성을 지닌 인물이다.

생명의 위험을 느낀 로드리고와 가르페는 서로 헤어져 숨막히는 방랑생활을 시작한다. 기치지로는 유다가 그리스도를 은 30냥에 팔았듯이, 은화 몇 닢을 받고 로드리고를 관리들에게 밀고한다. 가르페는 체포되어 거적에 감긴 채로 바다에 던져진 신도들을 따라 순교한다.

이러한 잔혹한 죽음들을 본 로드리고는 그리스도를 향해 절규한다.

"당신은 왜 침묵하고 계십니까? 이런 때조차도 침묵하고 계시는 겁니까?"

그리고 스스로 자문한다.

'하느님은 정말로 존재하시는가? 만약 존재하지 않는다면 머나먼 바다를 건너 이 불모의 섬에 한 알의 씨앗을 갖고 온 나의 반생과 가르페와 신자들의 처절한 죽음은 얼마나 우스꽝스러운 것인가.'

로드리고는 투옥된 곳에서 이름을 사와노 주안(沢野忠庵)으로 바꾼 페레이라를 만난다.

"이 나라는 생각했던 것보다 훨씬 무서운 늪지대였소. 어떤 묘목도 늪지대에 심으면 뿌리가 썩게 되오. 그런데 우리들은 이 늪지대에 크리스트교라는 묘목을 심었소. 그들이 믿고 있었던 것은 크리스트교의 신이 아니오. 그들은 오늘날까지 신이란 개념을 갖고 있지 않으며 앞으로도 갖지 못할 것이오."

페레이라는 선교의 헛됨을 토로하며 로드리고에게 배교를 권유한다. "크리스트교와 교회는 모든 나라와 토양을 초월한 진실된 것입니다. 그렇지 않다면 우리들의 포교에 어떤 의미가 있겠습니까?"

그러나 이러한 로드리고의 강변도, 자신이 죽음을 앞두고 가슴이 찢어지는 듯한 감정을 느끼고 있을 때 태평스럽게 들려오는 코고는 소리가, 실은 배교를 하지 않는 자신으로 인해 구덩이에 거꾸로 매달려 피를 흘리는 신자들의 신음 소리라는 것을 알고는 절망에 빠진다.

"내가 배교한 것은 말이야, 저 신자들의 비명에도 하느님께서 아무것도 하시지 않았기 때문이야. 나는 필사적으로 기도를 드렸지만 하느님은 아무 일도 하시지 않았어!"

포효하듯 고함치는 페레이라에게 로드리고는 고개를 내저으며 부르짖는다.

"주여, 당신은 이제야말로 침묵을 깨셔야 합니다. 당신이 옳고 선하고 사랑의 존재라는 사실을, 당신이 엄연히 계시다는 것을 이 지상과 인간들에게 명시하기 위해서라도 무슨 말씀이든 하시지 않으면 안 됩니다."

페레이라는 로드리고에게 속삭인다.

"그대가 배교한다면 저 사람들은 고통에서 구출된다. 만약 그리스도가 이곳에 계시다면 분명히 그리스도는 그들을 위해 배교하셨을 것이다. 사랑을 위해서, 자기의 모든 것을 희생시키더라도…."

로드리고는 큰 소리로 울고 있었다. "이 이상 나를 괴롭히지 말아 주시오."

페레이라는 부드럽게 로드리고의 어깨에 손을 얹으며 달콤하게 설득하였다.

"자, 지금까지 아무도 하지 못한 가장 괴로운 사랑의 행위를 하는 거야."

로드리고는 수많은 사람들의 발에 짓밟혀 마모된 성화에 발을 올려 놓았다. 지금껏 자신의 생애 동안 가장 아름답다고 여겨온 것, 가장 성스럽다고 믿어왔던 것, 인간의 이상과 꿈으로 가득 차 있는 것을 밟고 있는 것이다. 그때 성화의 그리스도가 그를 향하여 말한다.

"밟아도 좋다. 네 발의 고통은 누구보다도 내가 가장 잘 알고 있다. 밟아도 좋다. 나는 너희들에게 밟히기 위해 이 세상에 태어나, 너희들의 아픔을 나누어 갖기 위해 십자가를 짊어졌다."

로도리고가 성화에 발을 올려놓았을 때, 아침이 왔다. 닭이 먼 곳에서 울었다.

"주여, 당신이 언제나 침묵하고 계시는 것을 원망하고 있었습니다."

"나는 침묵하고 있었던 것이 아니다. 함께 괴로워하고 있었다."

"그러나 당신은 유다에게 '가라!'고 말씀하셨습니다. 가서 네 할 일을 하라고 하셨습니다. 유다는 어떻게 되는 겁니까?"

"나는 그렇게 말하지 않았다. 지금 너에게 성화를 밟아도 괜찮다고 말한 것처럼 유다에게도 그렇게 하라고 말한 것이다. 너의 발이 아픈 것처럼 유다의 마음도 아팠으니까…."

로드리고는 생각에 잠긴다.

'강한 자도 약한 자도 없다. 강한 자보다 약한 자가 괴로워하지 않았다고 그 누가 단언할 수 있겠는가? 나는 성직자들이 교회에서 가르치고 있는 신과 나의 주님은 다른 것임을 안다. 나는 성직자들을 배반해도 결코 그분을 배반하지는 않았다. 지금까지와는 아주 다른 형태로 그분을 사랑하고 있다.'

그 후 로드리고는 사형수인 오카다 산에몬(岡田三右衛門)의 이름으로 그의 처자식까지 거느리며 64세의 생애를 마친다. 그동안 그를 중심으로 강한 신앙집단이 형성되었음은 우리들에게 많은 점을 시사해 주고 있다.

일본의 가톨릭 작가 엔도 슈사쿠(遠藤周作, 1923~96)의 대표작인 『침묵』(沈黙)은 1966년 3월 신초샤(新潮社)에서 출판되어 제2회 다니자키준이치로상(谷崎潤一郎賞)을 수상했다. 한때 배교의 문제로 로마 교황청의 금서로 낙인 찍혔으나, 현재는 세계 각국어로 번역되어 명작으로 평가받고 있다. 이 작품에는 동서양문화의 이질성, 일본인과 기독교와의 거리감, 범신론 풍토에서의 기독교 토착화의 문제, 배교한 약자의 구원과 신의 존재, 신의 침묵 등 다양한 주제들이 내재되어 있다.

특히 제목이 상징하고 있듯 본 작품에는 두 가지 침묵이 설정되어 있다. 즉 현실의 부조리에 대한 '신의 침묵'과 나약함으로 인해 배교하여 교회의 오점으로서 역사의 뒤안길에 묻혀 버린 '역사 그 자체의 침묵'이다. 엔도는 이 작품에서 그리스도교의 오랜 역사를 지닌 서양의 분노하고 심판하는 '부성(父性)적인 신'이 아닌, 인간의 약함과 추함 슬픔까지도 포용하는 무한한 사랑의 '모성(母性)적인 신'과 새롭게 만나고 있다.

엔도는 초기 에세이 「신들과 신」(神々と神と, 1947), 「가톨릭 작가의 문제」(カトリク作家の問題, 1947)와 첫 소설 『아덴까지』(アデンまで, 1954)를 시작으로 『백색인 · 황색인』(白い人 · 黄色い人, 1955), 『바다와 독약』(海と毒薬, 1957), 『사해의 주변』(死海のほとり, 1973), 『예수의 생애』(イエスの生涯, 1973), 『총과 십자가』(銃と十字架, 1978), 『그리스도의 탄생』(キリストの誕生, 1978), 『무사』(侍, 1979), 『깊은 강』(深い江, 1993) 등 수많은 걸작을 세상에 내놓았다. 그의 전 생애에 걸친 기독교사상에 대한 탐구는 '황색인 기독교 신자로서의 엔도 자신에 대한 구원의 가능성'과 나아가 '만인을 위한 사랑의 기독교를 찾기 위한 기나긴 여정'이라고 말할 수 있다.

■ 소설

버려진 아이들의 생의 탄식과 파괴

무라카미 류 『코인로커 베이비즈』

【이지숙】

무라카미 류(村上龍)는 1957년 일본 나가사키현(長崎県) 사세보(佐世保)에서 태어났다. 고등학교 때 록밴드를 결성하기도 하고 단편영화를 만들기도 하다가 무기정학을 당한다. 1976년『한없이 투명에 가까운 블루』(限りなく透明に近いブルー)로 군조(群像) 신인상에 이어 아쿠타가와상까지 거머쥔다. 류는 시대의 표현자이며, 시대의 한 획을 긋는 작가로 평가받고 있는 점에서 주목할 만하다. 그는 이론보다는 행동하는 실천을 강조하며, 깊은 사고보다는 직관을 중요시한다. 이러한 그의 감각적 표현과 충격적 소재, 적나라한 묘사 등은 우리에게 감추어진 욕망의 충족과 한없는 자유로움을 느끼게 한다. 이미 그의 작품은 국내에 이미 20여 종이 소개되어져 있으며 두터운 팬을 확보한 상태이다.

류의 소설은 일본사회의 모습과 시대성을 조명하고 있으며 특히 『코인로커 베이비즈』(コインロッカー・ベイビーズ)는 그 대표적 소설로 지적할 수 있다. 오늘날 일본에는 파괴와 살인이라는 어두운 그림자가 짙게 드리워져 있다. 1995년 3월 옴진리교에 의한 가스 테러사건은 일본을 대혼란으로 내몰았다. 관청 밀집지역인 가스미가세키(霞ケ関)역의 5개 전동차 안에서 독가스가 동시다발적으로 살포되어 5천여 명이 심각한 중독증세로 쓰러졌다. 필자 또한 유학 시절에 도심지 한복판에서 벌어진 무차별 살인사건에 경악을 금치 못했던 기억이 있다. 혼잡한 출근 시간에 도쿄 이케부쿠로(池袋) 거리에서 흉기 살인극이 벌어진 것이었다.

이런 일련의 사건을 류는 이미 1980년『코인로커 베이비즈』에서 예견하고 있다.

"무엇 때문에 인간이 도구를 만들기 시작했는지 아느냐? 파괴하기 위해서이다. 파괴의 충동이 건물을 만들어내고 있는 것이다. 파괴할 수 있는 자는 선택받은 인간이다. 너 역시 그런 무리에 속한다. 권리가 있으니까. 부셔 버리고 싶거든 주문을 외어라. '다튜라'(ダチュラ)이다. 닥치는 대로 사람들을 죽이고 싶어지면 다튜라를 외워라."

이 작품은 작가의 3번째 장편소설이며, 1980년 고단샤(講談社)에서 간행되었다. 노마(野間)문예신인상 수상작품이며, 이 소설로 인해 류는 작가로서의 확고한 지위를 얻게 된다. 소설의 주인공 기쿠(キク)와 하시(ハシ)는 코인로커(coin locker:동전을 넣고 물품을 보관하는 함) 속에 유기되었다가, 기적적으로 발견되어 고아원에서 성장하지만 자폐증세를 보인다. 정신과 의사는 그 원인을 '극한상황에서도 살아남은 강대한 에너지' 때문이라고 설명하며, 치료법으로서 '다시 한 번 모체에 돌아갈 것'을 제안한다. 모체에서 듣던 심장 고동 소리로, 강대한 에너지를 잠재우는 것이었다.

초등학교 입학을 1년 앞두고 두 사람은 규슈(九州)의 구와야마(くわやま), 가즈요(和代) 부부에게 입양이 된다. 그 섬의 폐광에서 기쿠는 가제루(カゼル)라는 남자를 만나게 된다. 그는 닥치는 대로 사람을 죽이면 언젠가는 자기를 버린 어머니를 만나게 될 거라 하며, 파괴의 주문 '다튜라'를 가르쳐준다. 이때부터 기쿠와 하시는 시종일관 '파괴하라'는 목소리에 지배당한다. 이는 코인로커에서 더위와 숨막힘을 거부하며 울어젖힌 유아 때의 기억이 되살아났기 때문이다. 불필요한 인간이라 버려진 두 사람이 이번에는 역으로, '파괴하라, 죽어 버려라'며 모든 인간을 저주한다.

야구시마(薬島)에 간 기쿠는 다튜라가 인간을 죽이는 초강력 살인 흥분제라는 것을 알아낸다. 한편, 가수로 데뷔한 하시는 불우한 성장 배경으로 말미암아 일약 유명세를 얻는다. 프로듀서 D는 하시의 허락도 구하지 않은 채 모친과의 재회를 기획한다. 이 사실을 알아차린 기쿠는 재회 중계현장으로 달려가 여자를 살해한다. 그 여자는 기쿠의 모친이었는데, 이로 인해 기쿠는 소년 형무소로 보내진다.

하시는 자신의 스타일리스트인 니바(ニヴァ)에게 이끌려 결혼한다. 니바가 임신하자, 하시는 아이를 죽이라는 환청을 듣고 그녀를 칼로 찌른다. 한편 기쿠는 형무소를 탈주해 다튜라를 손에 넣고 도쿄(東京)에 뿌린다 그때 병원에서 도망쳐 나온 하시는 임산부의 심장 고동소리를 듣는다.

이 소설에는 2개의 중요한 주제가 있다. 즉 신종병기(神種兵器) 다튜라에 의한 '파괴'와, '심장 고동 소리'라는 은유로 제시된 생(生)의 주제이다. 전자는 다튜라의 탐색, 발견, 도쿄 파괴라는 형식으로 기쿠에게 위탁된다. 후자는 가수가 된 하시의 자기상실과 자기회복이라는 과정 속에 그려진다고 말할 수 있다. 상반되는 파괴와 생의 모티브가 밀접하게 얽혀 있는 것이다.

또한 도쿄에 다튜라를 투하하는 기쿠의 행위는 1970년대 일본의 모습을 연상케 한다. 이 시기는 일본의 고도성장이 일단락된 사회상황이 초래한, 끝없는 '소비=생산', '파괴=창조'를 되풀이하는 자본주의 시스템, 즉 현대문명을 고발하고 있는 것이다.

기쿠의 파괴 욕망은 코인로커에 갇혀 있던 시점에서 출발한다. 밀폐된 코인로커에서 탈출하기 위해서는, 그것을 파괴해야만 하는 것이다. 사실 기쿠는 '폭발적으로 울고 있었기' 때문에 그곳에서 구출될 수 있었다. 하지만, 이후 억압당한 기쿠의 마음은 파괴의 행위로 진정될 수 있게 된다. 그렇다면 파괴 이후 도대체 어떤 세계가 펼쳐지는 것일까?

> 아무것도 변한 것 없다. 모든 사람들이 제 가슴을 열어젖히고 새로운 바람을 받아들여 자신의 심장의 고동 소리를 메아리치게 하고 싶다고 염원하고 있다. 정체된 고속도로를 전력으로 질주하며 빠져나가는 오토바이의 불빛처럼 살고 싶은 것이다. 난 계속 도약을 시도할 것이다. 하시는 계속 노래를 부르겠지. 여름날의 흐물거리는 상자 안에서 잠자고 있는 갓난 아기, 우리들의 소리를 들었다. 이 세상의 공기를 처음으로 호흡하기 전까지 줄곧 들었던 것은 어머니의 심장 고동 소리다.

기쿠가 도쿄를 파괴하려고 다튜라를 뿌리는 순간의 묘사이다. 이 시점에서 기쿠는 '심장 고동 소리'가 생의 에너지를 의미함을 알고 있다. 기쿠는 다튜라로 파괴를 행함으로써, 억압되지 않는 생의 에너지를 해방시킬 수 있는 세상을 만들려고 한다. 결국, 생의 해방을 실현시키기 위해 파괴가 이루어지고, 파괴는 억압된 생의 해방 수단으로 제시된 것이다.

■ 소설

잃어버린 세대의 투명한 상실감

무라카미 하루키 『노르웨이의 숲』

【이지숙】

1980년대 일본문학계의 총아라 할 수 있는 무라카미 하루키(村上春樹)는 1949년 교토(京都)에서 태어났다. 중학교 시절에는 러시아문학과 재즈에 탐닉했고, 고등학교 시절에는 미국문학에 빠진다. 그는 일본 문학 작품은 거의 읽지 않고 주로 페이퍼북을 통해서 미국소설만 읽어왔다. 이러한 그의 문학적 기반은 일본적인 것을 탈피한 세계적인 작가로서의 성장에 큰 힘이 되었다고 한다. 순수문학가로 일본과 세계적으로 장기 베스트셀러 작가로 주목받는 하루키의 문학은, 100년 후쯤이면 일본에서 나쓰메 소세키(夏目漱石)와 같은 평가를 받을 것으로 여겨지기도 한다.

그의 대표작인『바람의 노래를 들어라』(風の歌を聞け)와『노르웨이의 숲』(ノルウェイの森)은 모두 배경이 되는 시대가 거의 유사하며 작가가 의식적으로 배제했던 것과 적극적으로 다루려 했던 것을 찾아낼 수 있다.

『바람의 노래를 들어라』는 하루키가 1979년 군조 신인상 수상으로 화려한 각광을 받으며 데뷔한 작품으로, 방학을 맞아 항구도시인 고향으로 돌아와 있는 '나'가 '쥐'라는 친구와 함께 보냈던 18일간의 이야기이다.

• • •

무라카미 하루키

29세인 나는 21세였던 과거 2주일을 떠올린다. 그때의 나는 집필의 절망적인 고뇌를 인식한다.

"완벽한 문장 같은 것은 존재하지 않아. 완벽한 절망이 존재하지 않는 것처럼 말이야."

친구 쥐와 나는 여름 내내 제이스바에서 맥주를 마시거나 여자를 만나거나 이미 사망한 작가들의 작품을 읽거나 낡은 레코드를 들으며 시간을 보낸다. 어느 날 나는 제이스바에서 술 취한 여자를 집까지 데려다주고, 그녀의 방에서 하룻밤을 보내게 된다. 그 후로 나와 새끼손가락이 없는 여자는 점차 친숙해진다. 그러나 어찌된 일인지 두 사람은 그 이상의 가까운 사이로는 발전하지 못한다. 대학을 중퇴한 쥐 또한 고민을 나에게 털어놓고 싶어하지만, 알 수 없는 거리감이 두 사람을 가로막는다.

나의 생일에 학업을 그만두고 소설가를 목표로 하고 있는 쥐가 소설을 보내온다. 소설에는 섹스신이 없고, 사람이 한 명도 죽지 않는다. 주인공은 부잣집 아들이고, 그 점을 참을 수 없어 하는 청년이다.

소설에 등장하는 인물들은 서로의 이해와 협조를 구하지 않고 단절을 체념한다. 소설 속의 나와 다른 등장인물의 대화 속에 단절이 표현되어 있다. 소설 마지막 부분, 여행을 떠난 여자가 되돌아온다. 그녀는 여행이 아닌 낙태수술을 받았고, 상대방인 남자의 얼굴조차 기억하지 못한다고 말한다. 그날 나는 자신이 할 수 있는 일은 그녀를 자리에 눕혀주는 것밖에 없었다.

1987년에 출간된 『노르웨이의 숲』은 그해 일본에서만 4백만 부가 넘게 팔린 초대형 베스트셀러로, 국경을 넘어 우리나라에서까지 '무라카미 하루키 현상'을 불러일으킨 대표작이다. 또한 이 소설은 하루키의 자전적인 요소가 짙게 배어 있다. 소설의 주제 또한 젊은 시대의 상실과 아픔이다. 작자의 말을 빌리면 '사람이 사람을 사랑하는 의미'란 '자아'(自我)의 무게에 맞서는 동시에 외적인 사회의 무게에 정면으로 맞서는 행위'인 것이다. 쓸쓸하고 허무한 청춘을 배경으로, 작품은 생의 대극(対極)으로서가 아닌 그 일부로 존재하고 있는 죽음의 의미, 생의 상실감과 인간 고독의 본질적 의미에 대해 묻고 있다.

함부르크 공항 기내에서 비틀즈의 「노르웨이의 숲」(Norwegian Wood)을 들은 37세의 '나' 와타나베(ワタナベ)는 20세 되던 해 가을의 기억 속으로 빠져든다. 기억 속에는 2명의 여성 나오코(直子)와 미도리(緑)와의 사랑이 있다. 나오코는 절친한 친구 기즈키(キズキ)의 어릴적부터의 연인이었다. 어느 날 갑자기 기즈키는 자살하고, 이를 계기로 나와 나오코는 가까워진다. 도쿄(東京)의 여자대학에 진학한 나오코는 나를 매개로 현실의 세계를 지향하려고 하지만, 정신적인 변조를 초래

• • •
하루키의 소설은 새시대의 가치관을 확립하는 데 영향을 끼쳤다.

해 정신요양시설 아미료(阿美寮)로 옮긴다. 한편 내가 대학에서 알게 된 미도리는 활기차고 발랄한 여성으로, 병든 나오코와는 대조적으로 화사하기만 하다.

나오코를 염려하면서도 미도리를 좋아하게 된 나는 그 고민을 레이코에게 털어놓는다. 레이코는 '날씨가 좋은 날 아름다운 호수에 보트를 띄우니 하늘도 쾌청하고 호수가 아름답다고 하는 것과 마찬가지'라며 동시에 두 사람에게 마음을 쏟는 나를 위로한다. 나오코의 죽음 이후 방황하지만, 나는 성숙을 결의하고 가슴속의 미도리를 키운다.

나는 정신없이 미도리에게 전화를 걸어, 이 세상에서 그녀 외에 원하는 건 아무도 없다고 전한다. 오랜 침묵 끝에 미도리가 묻는다.

"당신 지금 어디에 있나요?"

나는 지금 어디에 있는가?

그러나 나는 그곳이 어디인지 알 수가 없었다. 나는 아무곳도 아닌 장소의 한가운데에서 계속 미도리를 부르고 있었다.

지금까지 소개한 두 편의 소설은 과거를 회상하는 형태로 구성되어, 흘러간 젊은 시절을 그리워하는 듯하다. 젊은 날의 시간은 서글픔과 안타까움으로 젖어들어 그 누구도 붙잡을 수 없다. 섹스는 궁극적인 사랑의 구제책이 되지 못하며, 죽음의 그림자로 인해 상실의 공허감은 커져만 간다. 떠나간 여인과 죽어간 여인이 가져다준 상실감은 나의 현재에 맴돌고 있을 뿐이다.

하루키 소설은 상징적인 이미지와 짧고 속도감 있는 문체, 무겁게 다루어질 주제의식을 가벼운 터치로 그려나간다. 물질적으로는 풍요롭지만 공허감에 목말라하는 현대를 채워 주며, 복잡한 인간의 심리를 세련되고 경쾌한 문장으로 표현한다. 그의 소설은 일본 젊은이들이 공감하는 사랑을 그려냈을 뿐 아니라, 사회적 격동과 전환의 시대에 구시대적 가치관과 결별하는 새시대의 가치를 확립하는 데 커다란 영향을 미쳤다.

■ 소설

편안함과 위안, 그리고 꿈이 있는 키친

요시모토 바나나 『키친』

【김석자】

주인공인 '나' 미카게(みかげ)는 이 세상에서 부엌을 가장 좋아하고 사랑한다. 손에 익숙하고 기능적이며 아름다운 부엌도 좋지만, 지저분해도 상관없다. 정말 너무 지쳤을 때는 부엌에서 죽고 싶다고까지 생각해본 적도 있다.

나는 어려서 부모를 잃고 친할머니와 둘이 살았는데, 어느 날 할머니가 돌아가셨다. 이럭저럭 장례식도 끝나고, 어쩔 줄 몰라 하다가 현실로 돌아와보니, 지금 사는 집은 혼자 살기엔 너무 넓고 해서 이사를 해야 하는 등, 잡다한 일이 산더미처럼 쌓여 있었다.

그러던 차에 유이치(雄一)가 찾아와서는 어머니와 함께 살고 있는 자신의 집으로 오라고 권했다. 유이치는 꽃집의 아르바이트 점원으로 할머니와 친한 사이였으나, 나는 할머니의 장례식이 치러질 때까지 그를 거의 몰랐다. 하지만 그의 진지한 태도를 신용해서 우선 집을 방문해 보기로 했다.

아파트를 찾아가자 유이치는 자신의 어머니를 소개했다. 그런데 그의 어머니 에리코는 사실은 아버지로, 유이치의 어머니가 돌아가셨을 때 모든 것을 버리고 성전환을 했고, 현재는 오카마(남자로서 여성이 된 사람) 바를 경영하는 기구한 인생을 사는 사람이었다. 그날 밤 유이치의 부탁에 나는 그의 집에 묵었다.

요시모토 바나나

다음날 아침, 아침식사 준비를 하는 동안, 나는 그의 어머니 에리코(絵理子)와 이야기를 나누었고, 그들의 인간미에 이끌려 함께 살 것을 결심했다. 그 후, 나는 전에 살던 집과 유이치의 아파트를 왔다갔다 하면서 짐을 옮기기 시작했다.

그러던 중 옛 애인 소타로로부터 전화가 걸려와 나는 근처의 공원에서 그를 만나기로 했다. 소타로는 내가 유이치의 집에서 살고 있다는 소문이 퍼져, 유이치와 그의 애인이 다투었다는 것을 알려 주었다. 그날 밤 애인과의 일을 유이치에게 물어보자, 그는 '애인과 헤어졌지만, 너 때문은 아니었다'고 답했다. 언뜻 보기에 냉정해 보이는 유이치의 마음을 나는 점점 이해하게 되었다.

다음날, 나는 전에 살던 집에서 완전히 나왔다. 그리고 유이치의 아파트로 가는 버스 안에서, 할머니와 손자의 대화를 들으며 감상적인 기분에 잠긴다. 그날 밤, 나는 유이치와 함께 전에 살던 집의 부엌을 청소하는 꿈을 꾼다. 청소를 마친 유이치는 나에게 "너를 집으로 불러들인 것은 심사숙고해서 결정한 일이야. 네 마음을 가장 잘 아는 것은 나야."라며 웃었다. 그리고 유이치는 돌아가는 길에 라면을 먹으러 가

자고 했는데, 그때 잠이 깼다.

잠이 깬 나에게, 유이치가 라면을 먹으러 가자고 했다. 나는 내 꿈을 유이치가 알고 있는 것을 이상히 여기면서도, 옅은 감동으로 가슴 속에 묻어두었다.

다음날 아침, 나는 에리코와 이야기를 나누었다. 그녀는 자신의 인생철학을 말한 뒤, 나의 솔직한 마음을 좋아한다면서, 나를 길러주신 할머니를 칭찬했다. 나는 무척 기뻤다.

나는 언젠가 이 집을 떠나게 될 것이다. 여러 가지 고생을 하는 일도 있겠지만, 언젠가 떨치고 일어나 돌아올 것이다. 내 힘의 근원인 부엌으로. 나는 그것을 언제든지 어디서든지 많이 갖고 싶다.

작품 『키친』(キッチン)은 1987년 잡지 「카이엔」(海燕)에 발표했으며, 신인문학상을 수상한 작품이다. 주인공은 음식을 만들고, 또 여럿이 함께 먹을 수 있는 장소인 부엌을 좋아하고 사랑한다. 각박하게 살고 있는 현대인을 새로운 가족으로 묶어주고, 새로운 힘을 얻을 수 있는 장소, 위안을 받을 수 있는 장소로 부엌을 묘사하고 있는 것이다.

요시모토 바나나(吉本ばなな)는 1964년 도쿄(東京)에서 출생했다. 아버지 요시모토 다카아키(吉本隆明)는 시인이자 지금도 왕성한 활약을 보이는 유명한 평론가이다. 바나나는 니혼(日本)대학 예술학부 문예학과를 졸업했는데, 졸업작품 『달빛 그림자』(ムーンライトシャドウ)로 1986년 예술학부장상을 받았다. 1988년 1월 『키친』으로 제6회 카이엔 신인문학상을 받으며 작가로 데뷔했으며, 같은 해에 이를 단행본으로 펴내어 제16회 이즈미교카상(泉鏡花賞)을 받았다. 그리고 1989년에는 단행본 『키친』과 『물거품/성역』(うたかた/サンクチュアリ)으로 예술선장(芸術選奨) 신인상을 받았다. 1989년 『TUGUMI』로 제2회 야마모토슈고로(山本周五郎)상을 받고, 간행하는 작품마다 속속 상을 받아 화제를 모았다.

요시모토 바나나는 독특한 필명(筆名)만큼이나 젊은 여성의 구어를 그대로 문장으로 옮겨놓은 것 같은 문체를 사용하며, 소녀만화를 연상시키는 일상적이고 친밀감 있는 묘사로, 특히 젊은 여성들로부터 압도적인 지지를 받고 있다.

이후 1989년에는 오컬트적인 신비주의의 비전을 그린 표제작이 포함된 단편집 『깊은 잠』(白川夜船)을 발표하고, 1990년 레즈비언, 가족, 초능력, 종교 등 작자 자신의 테마를 응집시켰다고 하는 『N·P』(1993), 『도마뱀』(とかげ, 1993), 사고로 기억이 혼란해진 주인공이 자신의 정체성을 찾기 위해 여행하는 『암리타』(アムリタ, 1994) 등 작품을 발표해, 현재까지도 높은 인기를 누리고 있다.

또한 작품의 대부분이 세계 각국에서 번역 · 소개되어, 외국에서도 높은 평가를 받고 있는데, 1993년에 이탈리아에서 『N · P』가 번역서에 수여되는 스칸노(スカンノ) 상을 받았다.

■ 시

근대시의 생성과 발전

【임온규】

일본에서 시(詩)라고 하면 주로 근대 이후의 산물로 볼 수 있다. 신시(新詩) 이전에 오랜 전통을 가진 시가(詩歌)로서 와카(和歌), 한시(漢詩), 가요(歌謡) 등이 있었는데, 일본 근현대시사는 이러한 시적 전통과 더불어 서구의 문예사조를 적극 수용하면서 전개되었다. 일반적으로 메이지(明治) 및 다이쇼(大正) 시대의 시를 근대시로 부르며, 쇼와(昭和)기 이후의 시를 현대시라고 부르고 있다.

■ 근대시의 모색 – 『신체시초』, 『오모카게』

메이지시대가 되었음에도 시(詩)라고 하면 보통 한시(漢詩)를 의미했으며, 오늘날의 일본시 형태는 존재하지 않았다. 물론 가쓰 가이슈(勝海舟)의 『그리다 여윈 님』(思ひやつれし君)과 같은 번역시가 있었지만 흥미나 취미의 수준을 벗어나지 못했다. 그러다가 1872년경 찬송가가 번역되면서부터 음률에 맞춰 번역한 것이 근대시를 탄생시키는 기초가 되었다. 마침내 종래의 전통적인 시에 서양의 시형(詩形)을 적용하

고, 새로운 시대에 어울리는 시형을 창조해보려는 시도에서 『신체시초』(新体詩抄, 1882)가 등장하여 비로소 근대시의 역사가 열리게 된다.

『신체시초』는 도쿄제국대학의 젊은 세 교수 도야마 마사카즈(外山正一), 야타베 료키치(矢田部良吉), 이노우에 데쓰지로(井上哲次郎)가 편찬한 것으로 번역시 14편과 창작시 5편이 수록되어 있다. 내용적으로는 졸렬하나, 복잡한 사상과 감정을 일상어로써 새로운 시형으로 표현하려는 혁신적 기개는 신체시 창조의 기운을 낳았으며, 메이지기에 장편서사시를 도입한 공적은 높이 평가되고 있다.

'신체시'는 인기도 많았지만 반발하는 사람도 있었다. 『신체시초』에서 시정을 느끼지 못하고 정취의 부활을 여러 면에서 시도했던 작품들로 유아사 한게쓰(湯浅半月)의 『12개의 석총』(十二の石塚, 1885), 구독법과 음률에 고심한 야마다 비묘(山田美抄)의 『신체사선』(新体詞選, 1886) 등을 들 수 있다.

그리고 모리 오가이(森鷗外)는 독일 유학을 마치고 돌아와 오치아이 나오부미(落合直文) 등과 S.S.S(新声社)를 결성하고, 어격과 향기를 잃지 않는 예술적인 시를 번역하고자 하는 시도로서 『오모카게』(於母影, 1889)를 간행한다. 바이런, 세익스피어, 괴테, 하이네 등의 17편으로 구성된 이 시집은 새로운 시형과 더불어 청신한 사상과 감정이 잘 표현되어 있으며, 서구의 로망(roman)을 전하고 있다. 스타일면에서도 한시(漢詩), 신체시, 단가 등 다양한 장르를 시도하고 있으며 근대인이 갖고 있는 암울한 내면을 처음으로 일본어로 묘사한 작품으로 평가받고 있다.

■ 근대시의 출발 – 시마자키 도손

일본어로써도 예술성이 풍부한 창작시를 쓸 수 있다는 것이 증명된 것은 근대적 서정의 선구자인 시마자키 도손(島崎藤村)의 『와카나슈』(若菜集,1897)가 간행되고부터이다. 1887년이 되자 정열적이고 몽상적 자아의 해방 정신이 양성되고, 낭만적 기풍이 시문에도 영향을 미쳤다. 『와카나슈』는 메이지 낭만주의의 하나의 완성으로, 시인의 정열과 몽상, 청춘 인식, 관능적 표현의 총체라고 할 수 있다. 그러나 그 이면에는 그의 자전적 소설 『봄』(春)에 쓰여진 것처럼, 사랑[恋]과 문학(文学), 그리고 집[家]을 둘러싼 고뇌가 숨겨져 있다.

도손은 기타무라 도코쿠(北村透谷)와 「문학계」(文学界)를 무대로 활약했는데, 바이런풍의 극시 「비파법사」(琵琶法師)와 「별리」(別離)를 발표하여 시인으로서 출발하게 되었다. 「문학계」는 당시 메이지 청년들에게 근대란 무엇인가를 제시해주었으며, 근대적 서정의 선구라 할 수 있는 새로운 시가의 시대를 개척한 문예지이기도 하다.

그는 이어서 1898년 『히토하부네』(一葉舟), 『나쓰쿠사』(夏草)라는 두 권의 시집을 연달아 발표, 1901년에는 『라쿠바이슈』(落梅集)를 발표함으로써 원숙한 시세계를 보여주었다.

■ 상징시의 시대

메이지 30년대 후반 자유분방한 내용의 시가종합잡지 「명성」(明星)을 중심으로 화려한 상징시의 시대를 전개시킨 사람은 스스키다 규킨(薄田泣菫,1877~1945)과 간바라 아리아케(蒲原有明,1876~1952)이다.

규킨은 고어를 잘 구사하여 고전적 정조에 충만한 전아한 낭만적 시풍을 수립했는데, 『하쿠요큐』(白羊宮, 1906)에 수록된 「망향가」(望鄕の歌)는 고전적 시어를 사용하여 고대 일본에의 동경을 노래한 작품이다. 또 아리아케는 시가 낭만적으로 흐르는 것을 거부하고, 강고한 구성 의식과 세련된 감각에 의하여 근대인의 복잡한 심리를 표현한 최초의 상징시를 완성했다. 일본 최초의 상징시집이라 볼 수 있는 『아리아케슈』(有明集, 1908)에서는 독자적인 내향의식과 자연과의 교착에서 발생한 섬세한 시세계를 그려 메이지 신체시의 절정을 이루고 있다.

또 신시대의 학예 및 예술을 고답적인 학자 시인으로서 추구해나간 우에다 빈(上田敏, 1874~1916)의 번역시집 『해조음』(海潮音, 1905)이 있다. 총 57편의 서구 고답파와 상징파의 시를 번역해놓은 이 시집은 서양 상징시의 음률과 색채를 파손하지 않고 일본어로 이식한 위업으로 알려져 있다.

한편 비슷한 시기에 자연주의 사조의 영향 아래에서 딱딱한 정형적 문어(文語) 형식을 파괴하고 구어(口語)를 사용하여 느낌을 자유로이 표현하려는 구어 자유시 운동이 일어났다. 가와지 류코(川路柳虹)와 소마 교후(相馬御風)가 그 대표 시인이며, 발상과 내용에서 구어적인 이시카와 다쿠보쿠(石川啄木, 1886~1912)가 있다. 류코가 발표한 「쓰레기터」(塵塚, 1908)는 일본 구어 자유시의 효시로 큰 반향을 일으켰지만, 그 일상성은 시정과 음악성에 대치할 만한 힘을 갖지 못했고, 기타하라 하쿠슈(北原白秋, 1885~1942)나 미키 로후(三木露風, 1889~1964)의 감성적인 역량에 흡수되어 문어 자유시가 시단을 점령하게 되었다.

기타하라 하쿠슈는 「명성」에 참가하여 '자슈몬 신체파'(邪宗門 新体派)라고 하는 새로운 상징시풍을 확립하고, 처녀시집 『자슈몬』(邪宗門, 1909)을 간행했다. 그는 메이지 상징시의 영향과 더불어 『해조음』의 정서적 역량을 흡수하여 종래 상징시의 관념성, 사념성에서 감성을 감각적, 신체적 수준으로 해방했다. 그의 과잉된 관능적 해방과 세기말적 퇴폐의 탐닉은 새로운 시의 미(美)를 근대시사에 창출했으며, 두 번째 시집 『추억』(思ひ出, 1911)에서는 존재의 원시적 감각과 관능에 의한 서정적인 상징시를 확립했다.

미키 로후는 17세 때 시집 『하희』(夏姫, 1905)에서 문어 상징시를, 「어두운 문」(暗い扉)에서는 구어 자유시를 썼는데, 그의 시는 낭만적이고 밝은 심상의 상징시로서 명상적, 사상적, 서정적 세계를 그려내고 있다.

■ 근대시의 확립 – 다카무라 고타로

다이쇼시대에 들어와서는 조심스럽게 내면의 문제의식을 시로 표현하는 시인들이 나타났다. 시라카바파(白樺派)의 인도주의 영향을 받은, 다카무라 고타로(高村光太郎, 1852~1934), 야마무라 보쵸(山村暮鳥), 무로 사이세이(室生犀星), 센케 모토마로(千家元磨) 등 이상주의적 경향의 시가 성행했다. 특히 다카무라 고타로의 『도정』(道程, 1914)에 의해서 7 · 5조 정형시가 파괴되었고, 제1차 세계대전 말기에는 민주주의의 이상을 반영한 시라토리 쇼고(白鳥省吾)의 민중시파가 강한 발걸음을 내디뎠다.

다카무라 고타로는 한때 탐미적, 향락적인 시를 썼지만 시라카바파와 교류를 가지면서 자아확립과 인격통일을 향한 윤리적인 시를 쓰게 됨으로써 의지적이고 남성적인 그의 문학적 본령에 이르렀다. 그의 시는 이성과 의지에 뿌리를 내리고 광대한 자연에 직면하고 있다. 대표처녀 시집『도정』은 상징시 운동에 대한 회의와 반발로 썼던 작품으로, 생명에의 충동과 이상주의적 경향을 평이한 용어와 어법으로써 힘있게 표현하고 있다. 이 밖에 아내 치에코를 환상화한 추도가『치에코초』(智恵子抄, 1941)도 근대 일본 대표시집의 하나로서 널리 알려져 있다.

■ 근대시의 달성 – 하기와라 사쿠타로

1917년에 이르러 하기와라 사쿠타로(萩原朔太郎, 1886~1942)의『달에게 울부짖다』(月に吠える, 1917)가 간행됨으로써 구어 자유시의 실질적인 완성이 이뤄진다. 그는 메이지 이래 근대시 완성자로서의 위치를 점유함과 동시에 쇼와(昭和) 현대시의 출발점이 되었다.

병적일 정도로 날카롭고 섬세한 신경의 사쿠타로는 독자적이고 환상적, 상징적인 이미지와 유연한 음악성으로써 근대인 특유의 불안과 고독, 허무 등을 표현했다. 그의 대표작「대나무」(竹)에서는 천지를 뚫을 것 같은 대나무를 통해 뿌리 깊은 죄의식과 불안으로 고통받는 혼의 시적 형상화에 성공하고 있다. 시어 자체가 인간 존재와 같은 무게를 가지고 있으며, 음률과 시의 의미 설명으로부터 해방을 확립한 구어 자유시는 내적인 시형에서도 완성을 이루었다. 두 번째 시집『파란 고양이』(青猫, 1922)에서는 권태와 우울에 싸인 '혼의 형이상학'을 반복하면서 일본어의 점착성을 살려 유연한 구어의 구사를 보이고, 내부의 음률 또한 실현하고 있다.

■ 근대시의 전개 – 미야자와 겐지, 야기 주키치

다이쇼시대에는 미야자와 겐지(宮沢賢治, 1896~1933)와 야기 주키치(八木重吉, 1898~1927) 등의 풍부한 내면과 날카로운 언어감각을 가진 개성적인 시 또한 개화(開花)되었다.

미야자와 겐지는 생전에 무명의 지방 시인었지만, 현재는 그의 투명한 시세계가 높이 평가되고 있다. 그는 천문, 지질, 화학 용어와 방언, 불교어 등 특이하고 참신한 어휘로써 시적 우주감각을 구축하고 법화경을 근저로 한 독자적인 세계를 형성했다. 그의 시집 『봄과 수라』(春と修羅, 1924)에서는 자신을 하나의 수라(修羅:유전하는 인간)로 규정하고 봄(春:자연계의 지복)을 향해 끊임없이 모순을 극복하려는 구도의 의지를 표출하고 있다. 또 예술과 종교, 과학을 통일적으로 파악하고 있다.

야기 주키치도 사후에 평가된 시인으로, 크리스트교 세계관의 경건한 마음으로 자연과 인간에 대한 생각을 그렸고, 평이한 언어로 사물의 본질과 존재를 추구했다. 29세의 짧은 생애에 출판한 시집 『가을의 눈동자』(秋の瞳, 1926)에 수록된 「소박한 거문고」(素朴な琴)는 단 4행으로 쓰여진 작품으로 독자적인 경지에서 단창(短唱)의 한 극점을 보여주고 있다.

■ 시

아픈 것도 아픈 것이지만 예쁜 것도 예쁜 것이다

마사오카 시키

【손순옥】

1868년 메이지 신정부가 들어선 이래, 일본의 근대화운동은 매우 빠른 속도로 확대되어 나갔다. 일본문학의 정수로서 오랜 전통을 자랑하던 와카(和歌)도 구시대의 봉건적 유물로 취급받아 그에 대한 개량운동이 서서히 일어나던 중 또 하나의 새로운 바람을 강하게 일으킨 사람이 시키이다.

마사오카 시키(正岡子規, 1867~1902)는 회화에서의 사생(写生) 기법을 문학에도 적용시켜 일본 전통시가의 주제를 관념의 장에서 생활과 풍경의 장으로 옮겨, 새로운 근대 단가(短歌)와 하이쿠(俳句)를 탄생시킨 운문문학의 혁신자이다.

시키는 친구인 소설가 나쓰메 소세키(夏目漱石)와 마찬가지로 1867년에 태어나, 고향인 마쓰야마(松山)에서 중학교를 마치고, 도쿄의 제일고등학교를 거쳐 도쿄제국대학 국문과를 중퇴하고 일본(日本)신문사에 들어가 저널리스트로 활약했다. 그러던 중 그는 먼저 하이카이(俳諧)

마사오카 시키의 자화상

시대의 5 · 7 · 5음의 홋쿠(発句)를 떼어내어 '하이쿠'라고 새롭게 명명하고, 세계에서 가장 짧은 서경시(叙景詩)를 탄생시켰으며, 그 여력을 몰아 단가 혁신에도 손을 댔다.

1898년 신문 「일본」에 연재한 10편의 「가인에게 보내는 글」(歌よみに与ふる書)은 일본의 가론사(歌論史)에 있어서 가장 체재를 갖춘 것으로, 새로운 단가를 탄생시킨 기념비적인 평론이다.

'쓰라유키는 서투른 가인이며, 『고킨슈』는 시시한 가집이다. 그 쓰라유키나 『고킨슈』를 숭배하는 것은 참으로 아무것도 모르는 것'이라고 가인들의 미적 규범이었던 『고킨와카슈』(古今和歌集, 905)와 대표 가인인 기노 쓰라유키(紀貫之)를 부정하며, 당시 가인들을 신랄하게 비판한 그 두 번째 편지는 너무나도 유명하다. 그는 지적인 추상은 문학이 아니며 '스스로가 미(美)의 세계라고 느껴지는 취향을 될 수 있는 대로 잘 이해할 수 있도록 표현할 것'을 강조한다. 그러기 위해서는 고상한 언어만을 사용할 것이 아니라 주제에 맞는 다양한 언어가 필요하다고 역설하고 있다.

시키는 새로운 노래의 제안으로 '있는 그대로'의 사생, 사실을 부르짖으며 천연을 대상으로 정직하게 읊는 '사생'을 강조했다. 그의 사상은

문하생이였던 이토 사치오(伊藤左千夫) 등을 중심으로 한 아라라기파(アララギ派)로 계승되어 그 영향이 현대에 이르기까지 주류를 이루고 있다. '마음'을 '언어'로만 그려내는 것이 전통 와카였다면, 시키의 예술론인 사생은 미의 원천을 천연에서 구하여 마음을 비우고 대상과 마주했을 때, 서로 정신적 교감을 나누면서 우주의 진수인 생명을 표현하는 것이었다. 시키는 혁신적인 이론가에서 스스로 실작(実作)을 지어 보이며 그의 이론을 완성해감으로써 만년은 점차 가인(歌人)이 되어간다.

椽先に玉巻く芭蕉玉解けて五尺の緑手水鉢を掩ふ

툇마루 앞에/ 돌돌 말려진 파초/ 햇살에 풀려/ 다섯 자 푸른잎은/ 돌수반 덮는구나

うらうらと春日さしこむ鳥籠の二尺の空に雲雀鳴くなり

따스한 봄볕/ 내리쬐는 한나절/ 작은 새둥지/ 두 자 되는 하늘에/ 종달새 지저귀네

冬ごもる病の床のガラス戸の曇りぬぐへば足袋干せる見ゆ

겨울 지내는/ 병상의 유리창을/ 성에 벗기니/ 빨랫줄에 흰 버선/ 환히 보이는구나

松の葉の葉毎に結ぶ白露の置きてはこぼれこぼれて置く

소나무 잎의/ 잎새마다 매달린/ 하얀 이슬이/ 맺혔다 떨어지고/ 또다시 맺

히누나

위의 밝고 선명한 노래는 모두 생활 주변에서 흔히 볼 수 있는 것을 소재로 하며 '다섯 자 푸른잎', '두 자 되는 하늘' 등 자연의 현상을 사실적으로 그려내려는 의도가 치수로 정확히 표현되어 있다. 성에 낀 창문을 닦아내어, 그 앞에 펼쳐진 정경 가운데서 '버선'을 포착하고 있는 것은, 말로 드러내지는 않았으나 깨끗한 하얀 버선을 신고 자연 속에 거닐고 싶은 작가의 심정이 담겨져 있다. 이러한 노래들은 시각적 객관사생(客観写生)의 수법을 취함으로써 담담한 가락 속에 잔잔한 감동의 여운을 남기고 있다. 전통 와카에서 고정적으로 불리던 '꽃잎의 이슬'이 아닌 '솔잎의 이슬'을 주제로 삼은 것도 판에 박힌 소재에서 탈피한 것이다.

紅梅の咲けども鎖す片折戸狂女注む宿と聞くはまことか

빨간 매화꽃/ 붉게 피어 있어도/ 닫힌 외짝문/ 광녀 사는 집이라/ 듣는데 정말일까

野分して塀倒れたる裏の家に若き女の朝餉する見ゆ

태풍이 불어/ 담벼락 무너 내린/ 뒷집 뜨락에/ 어여쁜 젊은 처녀/ 아침밥 짓는구나

富士山踏みて帰りし人の物語聞きつつ細き足さするわれは

후지산 밟고/ 기분 좋아 돌아온/ 친구 이야기/ 들어가며 여윈 발/ 쓸어 만지는 나는

人皆の箱根伊香保と遊ぶ日を庵にこもりて蠅殺すわれは

모든 사람이/ 하코네 이카호로/ 놀러나간 날/ 방안에 틀어박혀/ 파리 죽이는 나는

시키는 그의 마지막 단계인 제3기에 들어서면 '공상도 사실도 아닌 대문학(大文学)을 만들어야 한다'고 주장하고 있다. 전통의 와카에서는 좀처럼 찾기보기 힘든 '파리'라는 시어(詩語)가 등장하는가 하면 자신의 일상마저 담담히 노래하고 있다. 중일전쟁에 종군기자로 나갔던 시키는 폐결핵이 재발하여, 만년에는 결핵균이 척추까지 스며들어 일어나 앉지도 못할 정도로 병세가 악화되었다. 당시 이러한 그의 노래들은 가단에서 별 환영을 받지 못할 만큼 생소하고 신선한 단가였다.

그러나 메이지 말기『한 줌의 모래』(一握りの砂)라는 시집에 '동해바다의/ 자그만 갯바위섬/ 하얀 백사장/ 나는 눈물에 젖어/ 게와 벗하고 있네'로 시작되는 이시카와 다쿠보쿠(石川啄木)의 생활파 단가는 위와 같은 시키의 생활가(生活歌)에서 비롯되었음을 알 수 있다.

또한 현대의 그 유명한 다와라 마치(俵万智)의 『샐러드 기념일』(サラダ記念日, 1987)에서 '바로 이 곡이/ 어울리는 해변가/ 따라 뛰면서 그대가 노래 부른/ 호텔 캘리포니아' 등의 노래도 시키의 단가 혁신 없이는 불가능한 일이었을 것이다.

瓶にさす藤の花ぶさみじかければたたみの上にとどかさりけり

꽃병에 꽂은/ 보랏빛 등꽃송이/ 길이 짧아서/ 방바닥 다다미에/ 닿지 못하는구나

瓶にさす藤の花ぶさ花垂れて病の牀に春暮れんとす

꽃병에 꽂은/ 보랏빛 등꽃송이/ 꽃이 드리워/ 앓아 누운 자리에/ 봄이 저물어가네

佐保神の別れかなしも来ん春にふたたび逢はんわれならなくに

봄의 여신과/ 작별이 서글퍼라/ 오는 봄날에/ 다시는 못볼 테지/ 내가 없을 터인데

夕顔の棚つくらんと思へども秋待がてぬ我いのちかも

박꽃 시렁을/ 짜 올리려 하여도/ 오는 가을을/ 기다리지 못하는/ 나의 목숨이려나

위의 노래는 모두 시키가 세상을 떠나기 1년 전인 1901년 4월에서 5월의 작품들이다. 실경(実景)으로서의 자연의 다양한 변화에 눈을 돌려 많은 시각적 사생가를 노래하던 시키는 어느 정도 새로움을 가단에 불어 넣었다고 생각한 탓일까, 바깥쪽으로 향해 있던 시선은 안쪽으로 내면화하면서 가조(歌調)는 점차 서정을 담아간다. 이 무렵 시키의 병세는 매우 악화되고 있었다. 그러면서도 아침 저녁으로 수채화를 단

정히 그리는 한편, 신문「일본」에 계속 글을 쓰고 있었다.

1901년 4월 15일자 『묵즙일적』(墨汁一滴) 속에 짤막하게 적힌 두 줄의 글 '유리 항아리에 금붕어 열 마리를 넣어 책상 위에 놓았다. 나는 아픔을 참으면서 병상에서 곰곰이 들여다본다. 아픈 것도 아픈 것이지만 예쁜 것도 예쁜 것이다.'에서 알 수 있듯이, 병상에서 떠나지 못하는 육체였지만 정신은 객관적 사고를 잃지 않고 있다.

'등꽃송이'의 길이가 짧은 것을 택해 시를 읊은 것은, 시키가 자신의 생명을 대상에 이입시키고 있기 때문이다. 시키가 누운 채로 얼굴을 옆으로 돌려 사물을 쳐다봤을 때, 다다미 위에 닿지 않는 등꽃이 마치 자신의 짧은 생명과 연결돼 보인 것이다. 물아일체(物我一体)의 차원이다. 저물어가는 계절을 아쉬워하며, 시선은 어느새 자신의 병상을 돌아보고 있다. 가을을 기다리기 어려운 목숨을 예상하며 자연과 인간의 생명을 더불어 읊고 있다. 병이 언제 나을지도 모르면서 뜰에 가을풀꽃 씨앗을 뿌리라고 했던 시키는 그 건강한 정신 덕분인지 그해 가을을 넘기고 마지막 해인 1902년 그의 노래 세계를 마감한다.

あら玉の年のはじめは寒けれど梅をし見ればたぬしかりけり

새로이 맞는/ 정월초의 날씨는/ 차가웁지만/ 매화꽃 바라보는/ 새로운 기쁨이여

女らの割籠たづさへつくづくし摘みにと出づる春したのしも

댕기 가시내/ 광주리 옆에 끼고/ 뱀딸기 따러/ 싸리문을 나서는/ 봄날 즐거

움이여

枕べに友なき時は鉢植の梅に向かひてひとり伏し居り

베개 머리맡/ 친구가 없을 때는/ 화분에 심은/ 매화를 마주하며/ 나 홀로 누웠노라

시키는 35년의 짧은 세월을 병마에 시달리며, 만년의 대부분은 '병상 육척'(病状六尺)에서 꼼짝없이 누워 지내야 했다. 그러나 고통에 못 이겨 생활을 체념하는 것이 아니라 자연을 시가로 읊거나 그림으로 옮기면서 하나의 즐거움이라도 찾아 누구 못지 않은 정신의 풍요로움을 즐겼다. 인간에 대한 따뜻한 애정 또한 식을 줄 몰랐던 시키는 마침내 우리에게 '깨달음이란 어떠한 경우에도 태연히 죽는 것이라고 생각했던 것은 잘못으로, 깨달음이란 어떠한 경우에도 태연히 사는 것이었다'라는 긍정적인 메시지를 남기기도 했다.

■ 시

어머니를 사랑하고 천황에게 충성한 가인

사이토 모키치

【손순옥】

사이토 모키치(斎藤茂吉, 1882~1953)는 마사오카 시키(正岡子規)의 사생단가를 이어받은 아라라기파(アララギ派) 가인으로서 일본의 근대 가인 중 제1인자로 불리고 있다. 시키의 사생설을 '생명직사'(生命直写) 혹은 '실상관입'(実相観入) 등의 이론으로 발전시키는 한편, 가집『적광』(赤光, 1914) 등을 발표함으로써 근대 시가사에 커다란 한 획을 긋는 동시에 최고의 자리를 굳힌 작가이다. 그의 단가 중에서도 처녀 가집『적광』에 실려 있는 노래「돌아가시는 어머니」는 어머니의 죽음을 애통해하는 자식의 심경을 토로한 것으로 불멸의 빛을 발하는 절창(絕唱)이다.

のど赤き玄鳥ふたつ屋梁にゐて足乳ねの母は死にたまふなり

목구멍 빨간/ 어린 제비 두 마리/ 들보에 놀고/ 나를 낳은 어머니/ 돌아가시려 하네

我が母よ死にたまひゆく我が母よ我を生まし乳足らひし母よ

나의 어머니/ 이제 가시려 하는/ 나의 어머니/ 이 몸을 낳아주신/ 어머니 당신이여

「돌아가시는 어머니」는, 모키치의 어머니 나이 59세에 맞춰, 모두 59수의 4부 연작으로 구성되어 있는데, 그 내용은 어머니가 위독하다는 소식을 접한 후부터 임종, 화장, 매장, 그리움 등의 순서로 시간의 추이에 따라 변화하는 심정을 자연과 더불어 읊고 있다.

みちのくの母のいのちを一目見ん一目みんとぞいそぐなりけれ

고향에 계신/ 위독하신 어머니/ 한 번 보려고/ 한 번만 더 보려고/ 발을 동동 구르네

死に近き母に添寢のしんしんと遠田のかはづ天に聞ゆる

임종 가까운/ 어머니 곁에 누워/ 아스라하게/ 먼 논밭의 개구리/ 하늘 닿게 우누나

모키치는 5 · 7 · 5 · 7 · 7로 된 31자의 짧은 시형(詩型)인 단가 속에 자연과 인간의 마음을 교착시키며, 정(静)과 동(動)이 함께 어우러진 서정시를 유감없이 표출시키고 있다.

그는 동북지방인 야마카타현(山形県) 출신으로 15세에 고향을 떠나, 같은 고향 출신인 도쿄의 의사 집안에 양자로 들어가 젊은 날을 보

내면서, 도쿄대학 의과대학을 졸업한 의사이기도 했다. 어린 날의 고향을 잊지 못하는 모키치에게 어머니는 더욱 그리운 존재였다. 그런 어머니가 중풍으로 돌아가신다고 하는 소식에 가슴을 쥐어짜는 고통의 감정들이 객관적인 사생단가임에도 불구하고 노래에 그대로 전해져 온다. 생명의 끈을 놓으려는 어머니를 바라보며 비통했던 마음을 개구리 울음소리를 통해 나타내고 있다.

星のゐる夜ぞらのもとに赤赤とははそはの母は燃えゆきにけり

별이 빛나는/ 밤하늘 아래에서/ 빨갛게 타며/ 나를 낳은 어머니/ 불길 속에 가시네

灰のなかに母をひろへり朝日子ののぼるがなかに母をひろへり

잿더미에서/ 엄마를 주웠었네/ 아침해 뜰 때/ 저 멀리 하늘 보며/ 엄마를 찾았었네

결국 어머니는 돌아가시고, 모키치는 장례가 끝난 후 자오산에서 산책를 하고 노천욕을 한 뒤 저녁식사를 하면서도 어머니에 대한 그리움은 참을 수 없는 슬픔이었다.

寂しさに堪へて分け入る我が目には黒ぐろと通草の花ちりにけり

쓸쓸한 마음/ 달래보려 오른 산/ 눈앞으로는/ 으름덩굴 꽃들이/ 까맣게 흩어졌네

湯どころに二夜ねぶりて蓴菜を食へばさらさらに悲しみにけれ

온천에서의/ 이틀 밤을 보내고/ 어린 순나물/ 술술술 넘기자니/ 서러움이 더하네

어머니를 자연으로 보내고, 아들 또한 홀로 온천과 산 속에 남아 어머니를 느끼면서 지내는 나날은 어쩌면 자연 속의 미약한 생명에 대한 애착을 더 느끼는 계기가 되었을지도 모른다. 자연의 모든 것은 어머니를 기억하는 단서가 되고 있다. 이러한 점에서 모키치를 인간적이고 자연을 사랑한 문학자라고 말할 수 있는 것이다.

그러나 놀랍게도 우리는 같은 가집 『적광』을 비롯하여 의외로 많은 수의 노래에서 일본의 군국주의와 천황을 찬미한 흔적을 발견할 수 있다. 모키치는 살아가는 동안 러일전쟁을 비롯하여 모두 네 번의 전쟁을 겪게 되는데, 그때마다 점차 강도가 더해가는 전쟁단가를 지어내기 시작한다.

書よみて賢くなれと戦場のわが兄は銭を呉れたまひたり

공부를 하여/ 훌륭한 이 되라고/ 먼 전쟁터의/ 나의 형이 용돈을/ 보내어 주었다네

真夏日の畑のなかに我居りて戦ふ兄をおもひけるかな

여름 한낮에/ 텃밭 한가운데에/ 나 홀로 서서/ 전장에서 싸우는/ 형을 생각한다네

모키치가 고등학교 3학년에 재학해 있던 때, 러일전쟁에 나간 형이 전쟁터에서 보내준 돈을 받고 감격한 모키치의 마음이 나타나 있다. 이 무렵 명성파(明星派)의 여류가인 요사노 아키코(与謝野晶子)가 러일전쟁에 나가 있는 남동생의 목숨을 아끼며 '그대여 죽어서는 아니 된다오'라고 강한 어조로 전쟁의 무모함을 환기시키고 있던 것과는 크게 다르다. 아직 어린 모키치는 전쟁의 이데올로기를 판단하기보다는 참전한 가족을 둔 입장에서 단순하게 읊고 있다. 그러나 그의 전쟁노래는 러일 전쟁 이후 점점 전쟁을 선동하는 쪽으로 기울어져 갔다.

> 滿洲より凱旋したる一隊を恋しむがごと家いでにけり
>
> 만주로부터/ 개선해 돌아오는/ 우리 부대가/ 사랑스런 나머지/ 집을 나서서 맞네

> 蔣介石生存か否かまだ不明の最中にわが恋人は虐殺せらる
>
> 장제스 총통/ 생존이 아직까지/ 불투명한데/ 이 나의 연인들은/ 학살당하고 있네

병사들은 사랑스런 연인으로 표현하고 개선하는 장병을 기쁘게 대하는 모습을 통해 전쟁을 적극 찬성하고 있다. 1937년의 중일전쟁 당시에도 '수없이 많은/ 군마가 상륙하는/ 그 모습 보고/ 나는 가슴 뜨거운/ 눈물 그칠 수 없어'라고 전쟁 수행을 매우 감격해하는 노래를 부르고 있다. 이러한 선동적 성향이 짙은 단가는 천황제를 찬성하고 천황에

게 충성할 것을 일본 국민에게 요구하는 노래로서의 역할을 톡톡히 했다. 이후 1941년의 태평양전쟁 당시의 노래는 더욱 강한 어조를 띠며, 그 표현 또한 매우 노골적이다.

あな清け胸のそこひにわたかまる滯を焼きつくす火焰のぼれり

아 후련해라/ 가슴속 깊은 곳에/ 응어리 맺힌/ 눈물을 태워버릴/ 불꽃이 타오르네

「大東亜戦争」といふ日本語のひびき大きなるこの語感聴け

대동아전쟁/ 이라는 가슴 벅찬/ 우리 일본말/ 성대한 울림소리/ 그 감동을 들으라

1945년 일본 천황의 항복 방송을 듣고 지은 노래 또한 여전히 그들의 천황을 향한 충성과 황실에 대한 믿음으로 가득차 있으며, 궁정가인으로서의 역할을 다하려는 모키치의 결의가 다시 한 번 엿보이는 것들이다.

모키치가 그토록 흠모했던 마사오카 시키가 1895년 청일전쟁의 종군기자로 중국에 갔었던 까닭에 지병이었던 폐결핵만 더욱 깊어져 만년을 누워지내야 했으면서도 국가에 대한 원망은 커녕 '꽃가지 하나/ 이국땅 사람에게/ 보여주고파/ 나의 조국 일본의/ 나라꽃인 벚꽃을' 하고 노래부르던 그 마음과 매우 닮아 있음을 느낄 수 있다.

くれなゐの血潮の涙はふるともこの悲しみを払ふ術なし

붉고 붉은색/ 핏빛 눈물방울은/ 흘러내려도/ 이 저미는 슬픔을/ 떨쳐낼 길 없어라

天皇のみこゑのまへに六十四歳斎藤茂吉誓ひたてまつる

천황폐하의/ 고귀한 음성 앞에/ 육십사 세의/ 사이토 모키치가/ 맹세를 하옵니다

이러한 단가에는, 돌아가시는 어머니와 사랑했던 여인들의 죽음을 슬퍼하며 '푸른 개구리/ 햇살이 내리쬐는/ 한낮의 들에/ 명랑하게 울으면/ 더욱 애처로워라'라고, 젊은 날 개구리의 생명마저 소중히 여기던 따뜻한 마음을 가진 시인의 모습은 찾아볼 수 없다. 자신의 형을 비롯하여 전쟁에서 죽어가는 수많은 적군과 아군의 꽃같은 목숨에 대한 고뇌와 자각은 보이지 않는다. 이 단가들이 과연 「돌아가시는 어머니」를 읊어 우리로 하여금 그토록 눈물짓게 했던 사람의 노래인가 하는 의구심마저 갖게 한다. 대시인이라 불리는 모키치의 노래에서 우리는 모순된 두 얼굴을 맛보는 씁쓸함을 감출 수 없다.

■ 시

자유연애와 낭만적 풍조의 유행

요사노 아키코

【윤재석】

요사노 아키코(与謝野晶子, 1873~1942)에게 문학적 명성을 얻게 한 작품을 보면, 크게 두 가지로 대별할 수 있다. 하나는 가집『흩어진 머리』(乱れ髪, 1901)이고, 하나는 시「동생이여 죽어서는 아니 된다」(君死にたまふこと勿れ)이다.

가집『흩어진 머리』는 399수의 단가로 구성되어 있으며, 주요 내용은 봉건적 인습에 저항하며 자유연애를 찬미하는 것이다. 이렇듯 여성의 자아해방의 감격을 노래했기에 당시 일각에서는 외설적이라는 악평도 있었지만, 일반적으로는 높은 평가를 얻은 아키코의 대표 가집이다. 대담한 개성 표현과 문법의 영역을 넘나드는 파격적인 문형으로 청춘의 정열과 관능미를 발산하여 당시 낭만적 풍조를 형성했고, 많은 젊은이들이 이에 동조했다. 이러한 부분이 평가되어, 명성파(明星派) 낭만주의를 대표하는 가인(歌人), 메이지시대를 대표하는 여류문학자로서의 위상이 현재에도 건재하다.

1904년 러일전쟁이 한창일 때, 시「동생이여 죽어서는 아니 된다」

가 발표되어 세간의 이목을 끌었다. 부제목 '여순항 포위군으로 있는 동생을 애도하며'에서 알 수 있듯이, 아키코의 동생은 당시 최고의 격전지였던 여순항 포위 전투에 참가하고 있었다.

당시는 일본 국가와 동일시되는 천황을 위해서 목숨 바쳐 싸워야 하는 것이 일본 국민의 일반적 시각이었는데, 아키코는 일본의 국운이 달려 있는 전쟁에서 동생이여 '죽어서는 아니 된다', 즉 목숨걸고 싸워서는 안 된다고 한 것이다. 이 시가 발표되자마자 국가의식이 없다는 강렬한 비난이 쏟아졌다.

이 시의 의미에 대해서는 두가지 해석이 있다. 하나는 평범하고 당연한 해석으로 전쟁에 나간 남동생의 죽음을 걱정하는 누이의 가족애적 입장에서 보는 관점이다. 다른 하나는 동생의 전사를 걱정함으로써-실제로 살아 돌아왔음. 러일전쟁에 투입된 일본의 출정병력은 약 109만 명이며 그중 전사자는 약 11만 명이었다-전쟁의 본질, 즉 러일전쟁이 제국주의를 위한 수단에 불과하며 전쟁을 해서는 안 된다는 반전(反戰)사상을 고취하고 있는 것으로 평가하는 해석이다.

필자의 생각으로는 후자의 해석처럼 아키코가 반전의식을 갖고 이 시를 지었다고는 생각되지 않는다. 단지 동생의 전사를 걱정하는 마음을 표현하다 보니, 결과적으로 그것이 반전사상을 고취하는 내용이 되었다고 생각된다.

이러한 문학적 평가를 염두에 두고, 아키코의 문학적 삶에 대해 개관해 보자. 아키코는 1878년 오사카(大阪) 사카이(堺)시에서 화과자(和菓子:일본식 과자) 가게를 운영하는 집의 셋째딸로 태어났으며, 사카이여학교를 졸업했다. 여학교 시절부터 병약한 어머니를 대신하여 가게 일을 돌보는 한편 문학서적을 가까이 했는데, 특히 『겐지 이야기』(源氏物語)와 같은 고전문학에 관심을 보였다. 18세 때부터 문학동아리에 가입하여 시가(詩歌)를 발표하는 등 적극적 모습을 보였다. 22세 때 그녀가 발표한 시가가 「명성」(明星)의 주간이었던 요사노 뎃칸(与謝野鉄幹, 1873~1935)의 눈에 들어 「명성」에 단골로 단가(短歌)를 게재하게 되었다.

1900년 오사카에 온 요사노 뎃칸을 만나게 되었고, 이후 열렬히 그를 흠모하게 되어, 결국 23세 때인 1901년 집안의 만류를 뿌리치고 상경하여 뎃칸과 결혼하게 된다. 특히 큰오빠의 반대가 심하여 평생 의절하며 살았다고 한다.

이렇듯 자신의 의지를 관철시켰던 행동성은 문학적 열정으로도 나타났다. 매월 수십 수에 달하는 단가를 「명성」에 발표했는데, 가집 『흩어진 머리』는 이러한 단가들이 모여 탄생된 것이다. 이것으로 일약 아키코는 가단(歌壇)에서 확고한 명성을 얻게 된다.

이후 수많은 단가, 시, 수필, 동화, 소설 등 다양한 장르에 걸쳐 재능을 발휘하며 문학적 업적을 쌓아갔다. 특히, 말년에는 『겐지 이야기』의 현대어역 『신신역 겐지 이야기』(新新訳源氏物語)를 집필했고, 교육 사업에도 참여했다. 아키코는 5남 6녀의 자녀를 키웠으며, 요사노 집안의 번영에도 큰 기여를 했다.

참고로 요사노 뎃칸에 대해 기술하면, 그의 본명은 요사노 히로시(与謝野寛)로 87년 교토(京都)에서 태어났다. 부친은 승려이자 가인이었다. 어린 시절 주지였던 부친의 사업 실패로 양자로 보내져 여러 절을 전전했다. 1892년 상경하여 가인 오치아이 나오부미(落合直文)의 문하생이 되었고 모리 오가이(森鷗外)에게도 사사받았다. 1894년 가론(歌論) 「망국의 소리」(亡国の音)를 발표하여 구파 와카를 배격하며 와카 혁신을 주장하였다. 1895년 22세 때, 경성(현재의 서울)에 있는 일본어학교 을미의숙(乙未義塾)의 교사로 부임했는데, 그해 10월 명성황후 시해 사건이 발생하여 일본으로 강제 송환되었다. 민간인으로서 이 사건과 연루된 혐의가 있었기 때문이라고 한다. 1896년에는 시가집 『동서남북』(東西南北: 한국 체류 때문인지 한국을 소재로 한 단가가 다수 포함되어 있다. 그러나 그 내용은 한국을 부정적으로 그린 것이 많다)을 간행하여 신파 가인으로서 명성을 얻었다. 1899년 26세 때에는 문학동아리 신시샤(新詩社)를 결성하였고, 다음해 기관지 「명성」을 창간한다. 이 잡지는 낭만주의 풍조를 당시의 젊은이들에게 전파하는 역할을 하였다. 이 무렵 시가(詩歌)에 몰두해 있던 요사노 아키코를 만나 연애에 빠졌고(자식을 낳은 동거녀와 헤어짐) 결혼도 하였다. 『명성』은 아키코의 재능에 힘입어 낭만적 풍조를 리드하다 1908년 100호를 끝으로 폐간되었다.

1911년 38세 때 부인 아키코와 유럽여행을 한 후 귀국하여, 아키코와 함께 꾸준히 집필활동을 하였고, 한때 게이오대학에서 교편을 잡기도 하였다. 그러나 문학적으로는 아내 요사노 아키코의 그늘에 가려진 존재였다. 1935년 62세를 일기로 폐렴으로 인해 사망하였다.

■ 시

도시생활의 애환과 비애를 그린 시인

이시카와 다쿠보쿠

【윤재석】

일본의 대표적 국민시인 중 한 명을 꼽으라면 이시카와 다쿠보쿠(石川啄木,1886~1912)를 들 수 있다. 특히 일본이 패전한 후 경제복구를 위해 고생한 세대들에게 그의 시는 더욱 사무치게 느껴진다.

はたらけどはたらけど猶わが生活楽にならざりぢつと手を見る

일해도 / 열심히 일해도 나의 생활 나아지지 않아 / 물끄러미 손바닥 쳐다보네

고생한 세대들에게 다쿠보쿠의 단가(短歌)는 자신들의 마음을 그대로 옮겨놓은 것이었다. 단가는 1행으로 쓰여지는 것이 보통이나, 현실적 생활감각에서 지어진 이러한 단가를 생활파 단가라 하며, 3행으로 이루어져 있다.

또 다쿠보쿠는 1910년의 한일합방을 부정적 시각으로 바라본 것으로도 유명하다.

地図の上朝鮮国にくろぐろと墨をぬりつつ秋風を聴く

지도 위 조선땅에 검게 먹칠하며 가을 바람소리 듣는다

다쿠보쿠는 붉게 칠해져 일본 지도가 되어버린 한반도에 검은 먹칠을 하고 있다. 이렇듯 다쿠보쿠의 문학은 삶의 진솔함이 배어 있으면서 사상적으로도 진보적인 모습을 보여준다.

일본 근대문학사에 그 위치가 확고한 다쿠보쿠의 삶과 문학에 대해 개관해보자. 이시카와 다쿠보쿠는 1886년(明治 19년) 일본의 동북지역인 이와테현(岩手県)에서, 승려의 아들로 태어나(일본의 승려는 일반적으로 대처승으로 가족이 있음) 귀여움을 받으며 자랐다. 모리오카(盛岡)중학교 시절부터 문학적 재능을 보이며 시작(詩作) 활동을 활발히 전개했으며, 조숙하게도 후일 아내가 되는 세쓰코(節子)와 연애에 열중하기도 했다. 졸업을 반 년 앞두고 중학교를 중퇴함으로써, 학력사회화 되어가는 근대 일본사회에서 불리한 인생길을 걷게 된다. 중학교를 중퇴한 다쿠보쿠는 문학적 재능을 입신의 기회로 삼고자 시와 문학시평 등을 분주히 발표한다.

그러나 다쿠보쿠의 아버지가 호토쿠사(宝徳寺) 주지직을 파면당하면서, 이후 그는 생활고와 싸우며 문학의 길을 걸어야 했다. 20세 때 시집 『동경』(あこがれ, 1905)을 발간하며 문단의 주목을 받기도 했으나, 그것이 생활의 보탬이 되지는 않았다. 당시는 글을 써서 생활을 할 수 있는 전업작가들이 탄생하기 전이었고, 그나마 신문이나 상업잡지 등에서 관심을 보인 것은 소설류였기 때문이다.

1907년 22세 때, 다쿠보쿠는 생활의 패턴을 바꾸어 보고자 홋카이도에 건너가 임시교원 및 신문기자 등을 하며 생활인으로서 동분서주하여 나름대로 안정을 찾는다. 그러나 생활인으로서의 안정은 곧바로 문학으로부터 동떨어져 있게 한다는 것을 자각하고, 약 1년여의 홋카이도 생활을 뒤로 한 채 상경한다. 마지막으로 문학적 인생을 추구하고자 한 것이다.

상경 후, 다쿠보쿠는 생활비를 마련하고자 열심히 소설을 쓴다. 당시는 자연주의 문학이 성행하던 시기로 리얼리즘이 소설의 주류였는데, 다쿠보쿠의 소설은 그것과는 거리가 있는 낭만주의적 성향의 작품이 대부분이었다. 그 이유는 다쿠보쿠 자신의 생활이나 발상이 다분히 현실적이지 못하고 낭만적 성향이 강했기 때문이다.

그의 소설은 팔리지 않았고, 다쿠보쿠는 문학적 좌절과 생활고에 허덕여야 했다. 더욱이 홋카이도에 남아 있는 어머니와 처자식 또한 하루 빨리 상경을 원하고 있었다. 다쿠보쿠는 많은 수의 단가를 지으며 현실적 고뇌를 잊기 위해 몸부림쳤다. 이 무렵 쓰여진 단가들은 후일 그의 대표 가집인『한 줌의 모래』(一握の砂, 1910)에 수록된다.

생활고에 허덕이면서도 절약하는 등의 성실성이 그에게는 없었다. 여전히 문학적 낭만을 추구했고, 가족과 생활에 대한 고뇌는 말뿐이었다. 어쩌면 이러한 이중적 성향이 천재 시인 다쿠보쿠를 만든 잠재력이었는지도 모른다. 데카당한 이중적 생활의 면면이 적나라하게 그려진 로마자 일기가 이 무렵 쓰여진다.

1909년 3월 24세 때, 다쿠보쿠는 결국 생활을 위해 고향 선배의

도움으로 도쿄 아사히신문사 교정 직원으로 취직하게 된다. 그리고 홋카이도의 가족을 맞이하여 비로소 일가의 단란한 시간을 갖지만 그것도 잠시, 그해 가을 생활고와 고부 간의 갈등을 참지 못한 아내 세쓰코가 딸을 데리고 친정으로 가출하는 일이 벌어진다. 얼마 후 아내는 돌아오는데, 이 일을 계기로 대단한 충격을 받은 듯 다쿠보쿠는 친우에게 보낸 편지에 '나의 사상은 급격히 변했다'라고 쓰고 있다. 이러한 변화는 그의 평론에 잘 나타나고 있다. 「생활적 시」(食ふべき詩)에서는 공상적 발상을 버리고 현실적 감각에 의한 문학 추구를 주장한다. 또 「가끔씩 떠오르는 느낌과 회상」(きれぎれに心に浮んだ感じと回想)에서는 국가 권력을 강권으로 이해한 면모가 드러나 있다. 당시 국가의 실체를 강권으로서 인식한 문학자는 매우 드물다. 이러한 국가인식은 다음 해 쓰여지는 「시대 폐쇄의 현상」(時代閉塞の現状)의 하나의 기반이 된다.

25세 때인 1910년 초여름, 대역사건이라 칭하는 사회주의자 탄압사건 일어나게 된다. 다쿠보쿠는 여기에 큰 관심을 보이며 사회주의사상에 대해 열중한다. 이러한 배경하에, 그해 8월 「시대 폐쇄의 현상」을 집필하게 된다. 이것은 메이지 제국주의 사회모순을 적나라하게 묘사한 당대 최고의 평론이라 할 수 있다.

그해 12월 다쿠보쿠는 일본 근대문학사에 그의 이름을 각인시킨 가집 『한 줌의 모래』를 간행한다. 이 가집에 담긴 대부분의 단가들은 1910년에 쓰여진 것으로, 도시 생활의 애환과 추억을 회상하는 내용으로 되어 있다. 후세의 문학 연구가들은 이 가집의 단가를 평하여, '다쿠보쿠식 단가' 또는 '생활파 단가'라 칭하고 있다.

이듬해 다쿠보쿠는 점점 병약해져 대학병원에 입원하게 된다. 그러는 가운데 문학적 의지를 보이며 시 노트「호루라기와 휘파람」(呼子と口笛)을 작성한다. 혁명에 대한 동경(憧憬)과 생활인으로서의 꿈이 복합적으로 그려져 있어 분열된 인상을 주기도 한다. 이 시 노트는 시집발간을 염두에 두고 만든 것이었으나 다쿠보쿠 생전에 빛을 보진 못했다.

다쿠보쿠의 병세는 더욱 악화되어 더 이상 문학적 집필을 할 수 없는 상태가 되었고, 마침내 1912년 4월 13일 27세의 젊은 나이에 폐결핵으로 사망했다.

■ 시

비에도 지지않고 바람에도 상관없이

미야자와 겐지

【허문기】

미야자와 겐지(宮沢賢治, 1896~1933)는 일본에서 세대를 불문하고 가장 사랑받는 작가 중 한 사람이다. 37년의 짧은 생애 동안 수많은 작품을 남겼지만, 생존시 거의 주목받지 못했고 시집 『봄과 수라』(春と修羅, 1924) 제1집과 동화집 『주문이 많은 요리점』만 자비로 출판했을 뿐이다. 그러나 그가 남긴 많은 시와 동화들이 사후에 출판되면서 풍부하고 깊이 있는 작품세계가 마침내 널리 알려지게 되었다.

그의 대표적 시집 『봄과 수라』는 제1집에서 제3집까지 있다.

제1집은 1922년에서부터 1923년에 걸쳐 쓰여진 시가 수록되어 있는데, 모든 생물과 중생의 행복과 구제를 바라는 내적 투쟁의 기록이다. 여기에서 겐지는 자신을 '수라'(修羅)로 규정하고 봄(春)을 자연의 충일한 세계로 보았다. 생명과 세계의 본질을 상징하는 밝은 자연과의 합일을 바라면서도 그와 일치할 수 없는 작자의 고뇌가 드러나 있다. 또 시들은 모든 자연에서 불심(仏心)을 발견하는 범신론적 자연관과 연결되어 있다.

제2집은 1924년에서 1925년에 걸친 시들이다. 이때는 겐지가 농업고등학교 교사로서 일생에서 가장 즐거운 생활을 보낸 시기로 알려져 있다. 자연과의 교감을 주제로 하는 제2집의 시는 제1집에서의 내적 혼돈과 고뇌에서 어느 정도 탈피하고 있다고 보여진다. 또 제3집의 생활적인 시풍으로 전환해가는 과정으로, 보다 실천적인 행동을 향한 내면의 미묘한 추이를 그리고 있다.

제3집은 1926년에서 1928년에 걸쳐 교직을 사퇴하고 하나마키시 변두리에서 농사를 지을 때 쓴 시들이다. 라스치진(羅須地人) 협회에서 활동했던 시기를 배경으로, 농촌생활 속에서의 주변 풍경과 체험이 관조적으로 그려져 있다. 또 농촌생활에서 겪는 현실적 고충과, 농민들과의 공감, 노동에의 의지와 고통 사이의 갈등 등에 관한 내용이다.

그 밖의 시로 다양한 소재와 배경으로 기독교 관련 시, 혁명적 성향의 시, 이야기풍의 허구적 성격의 시들이 있다.

이렇게 다양한 모습으로 특징지을 수 있는 겐지 문학은 그의 생애와 뗄려야 뗄 수 없는 관계이다. 여기서 그의 생애를 잠시 일별해보자.

겐지는 1896년 이와테현(岩手県)의 유복한 전당포 가문의 장남으로 태어났다. 어린 시절 그는 주위 사람들에게 '에나상'(兄さん)이라고 불렸는데, 이 말은 이와테현의 방언으로 천석꾼이나 만석꾼 같은 부잣집의 후사(後嗣)로 머지않아 가업을 맡아 주인이 될 사람을 높여서 부르는 말이었다. 그는 주위 사람들의 지극한 보살핌 속에서 성장했지만, 정작 겐지는 자기 가족의 풍요한 생활이 그 주위 빈민들이 어렵게 얻어낸 이익을 착취함으로써 유지된다는 생각에 몹시 고통스러워했다.

겐지의 교우였던 다카무라 고타로

그가 할 수 있는 일이란 가난한 이웃이 쌀과 바꾸기 위해 들고 오는 낡은 옷을 받고 시세 이상의 돈을 내주는 정도였다. 이웃의 삶을 보며, 겐지는 어린 시절부터 자신의 행복을 추구하기 이전에 이 세상의 모든 사람이 행복해지지 않는 한 자신의 행복은 있을 수 없다는 범인류애적인 가치관을 품게 된다.

중학 시절 집안의 종교인 정토진종(浄土真宗)을 믿지 않고, 법화경(法華経)에 심취했다. 모리오카(盛岡) 고등농림학교에 재학 중 불교 일련종(日蓮宗) 신앙을 갖고, 그 교리를 바탕으로, 자신의 짧은 생애 대부분 그 지역의 가난한 농촌생활을 개선시키는 데 도움이 되겠다는 열정을 품는다. 졸업 후 잠시 도쿄에 가 있었으나 누이 동생 토시(とし)의 병 때문에 귀향해서 고향의 한 농학교에서 교편을 잡고 가르치면서 시와 동화를 썼다.

또 그는 농민의 삶을 알고 싶어 농학교를 퇴직하고 스스로 농업생활을 실천하면서 라스치진(羅須地人) 협회를 설립하여 농업과학 연구와 농사 지도에 많은 노력을 기울였고, 농민예술의 필요성을 역설했다. 종교와 자연과 과학이 융합된 독자적인 소재를 다루었고 법화경에 기초한 작품을 많이 남겼다.

보다 많은 사람이 서로 사랑하며 진정으로 행복을 누리며 살 수 있는 방법을 생각했던 겐지가 학생들과 더불어 자연 속에서 산 교육을 한 교사로, 구도적 신앙인으로, 농촌 운동의 실천가로, 과학자로, 그리고

오시마 히로시 사진집의 미야자와 겐지
「dah-dah-sko-dah-dah」 중 '굴절률'

풍부한 상상력과 감수성을 지닌 문학가로의 다양한 삶을 산 것은 어찌 보면 자연스런 모습이다. 농민 지도자로 일을 하며 과로로 병이 났음에도 불구하고 잠시 병세가 호전되었다고 하여 다시 일을 하다 결국 불귀의 몸이 되고만 겐지의 일생은, 그가 작품을 통해 소리 없이 주장했던 생의 표본이었던 것이다. 그의 그러한 자기희생이 가장 잘 나타나 있는 작품이 바로 「비에도 지지 않고」(雨ニモマケズ)이다. 시라고 하기엔 너무 산문적이고 수필이라고 하기엔 향기가 짙은 작품이다.

비에도 지지 않고

바람에도 상관없이

눈에도 여름의 더위에도 지지 않고

튼튼한 몸으로

욕심 없이

결코 성내지 아니하며

언제나 조용히 웃기만 한다

하루 현미(玄米) 네 홉과

약간의 된장국과 야채를 먹으며

모든 일에 있어

자신을 계산에 넣지 아니하고

잘 보고 듣고 알며

그리고 잊어버리지 않으며

들판의 소나무숲 그늘 아래

작은 초가지붕을 이은 오두막에 살면서

동쪽에 병든 아이가 있으면

가서 간병해주고

서쪽에 일에 지친 어머니가 계시면

가서 볏단을 져드리며

남쪽에 죽어가는 사람이 있다면

가서 두려워하지 말라 다독여주고

북쪽에 싸우거나 소송을 하는 자가 있으면

부질없는 짓이니 그만두라 말리고

가뭄에는 눈물도 흘리며

추운 여름에는 불안한 걸음을 옮기면서

모두에게 멍청이(デクノボー)라 불리며

칭찬받지도 않고

염려도 끼치지 않는

그런 사람이

나는 되고 싶다

■ 시

변화와 개혁의 시대

모더니즘시에서 현대 서정시로

【임용택】

흔히 현대시의 일반적 시작을 쇼와(昭和)기로 볼 때, 그 특징은 시의 형태와 정신을 근본적으로 변혁하려는 예술 태도에서 찾을 수 있다. 형식과 감정 표현 위주의 근대시에서 벗어나 시인의 사상을 표현하고 시 자체가 지닌 예술적 가치에 눈을 돌리려는 기운이 이 시대의 가장 큰 특징이다.

다이쇼(大正) 말기에 일어난 전위적 시개혁운동은 쇼와기에 접어들어 사상성을 강조한 프롤레타리아 시운동과 「시와 시론」(詩と詩論)을 중심으로 시의 방법론을 자각한 모더니즘 시운동에 영향을 미쳤다. 그 한편에서는 양쪽에 결여된 서정성과 현실성을 강조하는 형태로 시잡지 「사계」(四季), 「역정」(歷程) 등이 현대적 지성을 갖춘 쇼와시의 요람으로 시단의 위치를 차지했다.

앞서 지적한 다이쇼 말기의 전위파 시운동은 정치사상과 같은 이데올로기보다는 시의 형태와 표현방식 소재 등을 변혁하려는 예술상의 자각이었음에 비해, 시단의 일각에서는 다이쇼기에 새로운 계층으로 부상한 노동자계급 프롤레타리아의 투쟁의식을 의식한 사상적 전위파로서의 프롤레타리아 시인들이 대두되기 시작했다. 결국 프롤레타리아 시는 이러한 도시 노동자들이나 농민들의 삶의 애환을 노래하고자 한 것이다. 특히 이러한 노동자들은 사회적으로 보장된 신분적 대우를 받지 못한 채, 자본가들의 착취에 시달려야 했고, 이에 대한 분노가 시속에서 모든 전통적 서정이나 낭만성 및 시적 수사(修辞)를 배제한 채, 오직 자신들의 정치사상을 주장하는 도구로서 언어를 표현했다. 대표시인으로 나카노 시게하루(中野重治, 1902~79)를 들 수 있다.

한편 제1차 대전 후 유럽에서는 새로운 문학의 형태와 정신을 모색하는 총체적인 문예운동인 모더니즘 운동이 확산되면서 일본에도 갖가지 이론과 작품들이 소개되었고, 그 주역을 담당한 것이 1928년에 창간된 계간지(季刊誌) 「시와 시론」이다.

이러한 모더니즘 시운동의 지도자적 역할을 한 니시와키 준자부로(西脇順三郎, 1894~1982)는 시로부터 통속적인 의미나 관념, 상징을 박탈하고, 투명하고 자유로운 상상력에 의해 초현실적으로 창조된 미적 공간을 구축했다. 다음은 그의 대표시집 『Ambarvalia』(1933)에 수록된 「날씨」(天気)라는 시이다.

(뒤집힌 보석) 같은 아침
몇몇이 문앞에서 누군가와 속삭인다
그것은 신이 탄생한 날

'뒤집힌 보석'을 ( ) 안에 넣음으로써, 단순히 아침을 수식하는 비유가 아니라 독립된 이미지를 형성하고 있다. 즉 보석과 같은 청명한 시적 상상력이 '신이 탄생한 날'이라는 신비로운 공상적 분위기 속에서 '날씨', '아침', '문'과 같은 현실 세계의 영상과 긴밀한 조화를 이루며 초현실의 세계로 비약, 확대되고 있다.

이밖에, 포멀리즘(formalism:형식주의) 계열의 시는 시의 형식미 속에 도회인의 경쾌한 기지를 표현했으며, 구어 자유시의 무분별한 행(行) 나눔과 단조롭고 장황한 형식을 단시(短詩), 신산문시(新散文詩) 운동을 통해 혁신하려 했다. 아울러 이미지즘(Imagism)도 시각적 이미지를 중심으로 언어미의 예술적 표현을 강조했다. 결국「시와 시론」의 시인들은 공통적으로 시인의 주관적 감정이나 사상을 배제한 채 시어의 객관적 이미지의 결합에 의한 주지적(主知的) 구성을 중시했다. 이처럼 시의 모더니티를 추구하는 조직적인 언어 실험의 장(場)으로서, 쇼와시의 골격을 형성한「시와 시론」은 기존의 시풍과 수사기교 등을 완전히 바꾸어 놓으면서, 인간의 감정이나 사상의 표현 수단이 아닌, 언어 자체를 시작(詩作)의 유일한 행위이며 목적으로 삼는 순수시(純粋詩)적 자각을 전면에 내세운 것이다.

이처럼 쇼와 초기의 시단은 전체적으로 프롤레타리아 시와 모더니즘시의 대립 구도로 진행되었는데, 그 사이에 양파 간에 결여된 서정성과 현실성을 추구하는 움직임이 일어나게 되었고,「사계」와「역정」을 중심으로 한 쇼와 10년대의 시단이 형성되면서, 서정시 부흥의 기치를 올리게 되었다.

먼저 「사계」는 1933년 5월에 창간되어 1975년 5월까지 4차의 시기로 나누어 단속적으로 발행되었는데, 특히 제2차가 끝나는 1944년 6월까지가 가장 중심시기에 해당한다. 호리 다쓰오(堀辰雄)가 편집을 담당하고, 하기와라 사쿠타로(萩原朔太郎)가 많은 영향을 미쳤으며, 미요시 다쓰지(三好達治), 다치하라 미치조(立原道造), 나카하라 주야(中原中也), 쓰무라 노부오(津村信夫), 이토 시즈오(伊東静雄) 등이 주요 동인으로 참가했다. 이들은 대체로 생에 대한 인식을 바탕으로, 자연의 품속에서 이를 차분히 관조하고, 낭만적 서정시로서의 전통성과 신시대의 지성적 투명성을 조화시킨 현대적 서정시를 모색하면서 '사계파적 서정'이라 불리는 독자적 세계를 구축했다. 아울러 이러한 쇼와 서정시의 새로운 전통의 모색에는 「사계」 외에 「고기토」(コギト), 「일본낭만파」(日本浪漫派)와 같은 일본 고전에 대한 회귀와 부흥을 표방한 문예잡지의 역할이 있었음을 잊어서는 안 될 것이다.

한편 전통적 서정의 사계파와는 달리, 현실에 입각한 개성적인 시세계를 구축한 잡지로 1935년에 창간된 「역정」이 있다. 구사노 신페이(草野心平, 1903~88)를 중심으로, 야마노구치 바쿠(山之口貘), 가네코 미쓰하루(金子光晴) 등의 활약이 두드러지는데, 이들의 시풍은 어떤 특정한 시적 이념으로 통일되지 않는 개성적인 성격을 띠고 있으며, 전체적으로 생명감이 넘치고, 서민적 감각이 농후하다.

그중에서도 중심적인 역할을 한 구사노 신페이는 대표시집 『제백계급』(第百階級, 1928), 『개구리』(蛙, 1938) 등을 통해, 서민적 생활감각에 입각한 반골(反骨) 정신을 근저에 두면서, 무력한 서민의 눈에 비친

권력에의 저항과 생명력에 대한 찬미를 의성어와 의태어 같은 언어적 기교와 조화시켜 노래했다. 다음은 『제백계급』 속에 수록된 「구리마의 죽음」(ぐりまの死)의 제1연과 마지막 제3연이다.

구리마는 아이들에게 잡혀
땅에 내팽개쳐져 죽었다
홀로 남은 루리다는
제비꽃을 뜯어
구리마의 입에 꽂았다

(2연 생략)

제비꽃을 입에 머금은 채
제비꽃과 구리마 모두
쨍쨍 여름 햇살 아래 말라붙어갔다

'구리마'(ぐりま)와 '루리다'(るりだ)는 작자가 개구리에 붙인 이름으로, 동네 아이들에 의해 노리갯감이 되었다가 차디찬 주검으로 변해버린 구리마와 제비꽃(菫の花), 그 위를 작렬하는 여름 햇빛은 인간성의 비극을 담은 애틋한 휴머니즘을 엿보게 한다.

마지막으로, 1937년 발발한 중일전쟁이 1941년 마침내 태평양전쟁으로 확대되자, 국내적으로 여러가지 여파가 미치게 되었다. 무엇보다 정부는 문학 작품에 시국색(時局色)을 요구하게 되었고, 언론에 대한 검열의 강화와 표현의 자유의 박탈이 두드러지게 되었다. 이에 따라 전쟁 체제에 대한 저항시적 성격을 띤 것과 국가정책에 부응하는 내용의 전쟁시(戰争詩), 애국시(愛国詩) 등도 이 시대에 기억해야 할 시단의 움직임이라 하겠다.

■ 시

전쟁의 극복과 상업 · 대중화의 시대

전후(戰後)에서 최근까지

【임용택】

1945년 8월 마침내 인류사의 비극인 제2차 세계대전이 끝나게 되고, 시단(詩壇) 또한 전쟁의 아픔과 후유증 속에서 새로운 미래에 대한 희망을 안고 활동하게 되었다. 전쟁 직후에는 시집의 범람이라 할 정도로 많은 시집들이 쏟아져 나왔는데, 전쟁으로 상처받은 황폐한 심정과 고뇌를 시로 보상받으려는 심리가 작용한 것이었다. 이러한 상황에 입각해 전후부터 1960년 이전까지의 시단을 개관해보면, 대체로 현대를 황무지로 인식한 황지파(荒地波), 1945년에 결성된 신일본문학회를 중심으로 한 잡지「코스모스」,「열도」등 프롤레타리아 계열의 시,「VOU」,「역정」등을 중심으로 한 전전(戰前)부터 활약해온 시인들, 그리고 참된 의미의 전후 시인들의 거점이 된「시학」(詩学)에서 파생된 잡지「노」와「악어」등으로 나눌 수 있다.

먼저 '황지'(荒地)는 엘리어트(T.S.Eliot)의 시「The Waste Land」에서 이름을 딴 것으로 '현대는 황무지이다'라는 주체적인 세계 인식하에 출발했다. 전쟁으로 폐허가 된 일본의 사회적, 정신적 현실을 황무지로 인식하면서, 새로운 인간성의 회복에 대한 공감을 추구했다. 동인으로 아유카와 노부오(鮎川信夫), 다무라 류이치(田村隆一), 구로다 사부로(黒田三郎), 기타무라 다로(北村太郎), 나카기리 마사오(中桐雅夫), 기하라 고이치(木原孝一)와 같은 대표적 시인들을 배출했다. 이들은 전쟁기의 전체주의(全体主義)의 사고 아래 붕괴해버린 지식인 및 시인들의 사상적 결함과 근대문명의 취약한 기반을 직시하고, 이를 극복하려는 자세를 취했다. 따라서 이들은 시에 있어서 의미보다는 기술성(技術性)에 치우쳤던 전대의 모더니즘 시의 언어유희적 태도를 비판하면서, 시대와 문명에 대한 위기의식과 비판의식을 통해, 현대를 살아가는 인간의 존재 의미를 묻는 휴머니즘을 공유했다.

이처럼 「황지」가 시의 정치적 이데올로기를 배제하고 시인 자신의 존재성, 시의 독립성 등을 자각한 것과는 대조적으로, 좌익(左翼)적 성향에 입각하여 전전의 프롤레타리아 시를 비판적으로 계승했던 그룹으로 세키네 히로시(関根弘), 구로다 기오(黒田喜夫)를 중심으로 한 「열도」(列島)의 시인들을 들 수 있다. 이들은 전후의 사회 전반에 걸친 변혁의 기운 속에서, 사회주의적 입장에 선 새로운 시의 창출을 모색하면서, 대립적 위치에 있던 「황지」 시인들이 거부한 모더니즘의 전위적 요소와 사회에 대한 풍자적 정신을 접목시켰다.

다음으로, 「VOU」나 「역정」과 같은 전전에 발행되어 전후에 이르기까지 시단의 일각을 형성한 잡지가 있었던 한편, 1950년대에 이르러 「황지」가 쇠퇴기에 접어들자 그 뒤를 이어 「노」(櫂)와 「악어」(鰐)를 거점으로 등장한 신인 시인들의 활약이 두드러지게 되었다. 이들은 기본

적으로 제1차 전후파의 주역이었던 「황지」와 「열도」의 배타적인 시대성이나 관념성을 부정하고, 시인의 개별적 성향을 중시하는 태도를 보였다. 그러한 의도는 우선 시잡지의 이름에서 어떤 특정한 사상적 느낌을 배제하고 있는 것에서부터 드러난다. 지금도 활약하고 있는 가와사키 히로시(川崎洋)와 이바라키 노리코(茨木のり子), 다니카와 로(谷川俊太郎), 요시노 히로시(吉野弘), 나카에 도시오(中江俊夫), 오오카 마코토(大岡信) 등이 그들이다. 이들은 모두 전후(戦後)에 출생한 자들로, 전쟁에서 해방된 싱싱한 감수성을 바탕으로 한 인간의 원시성이나 자연과의 교감을 중시했다. 다음은 전후를 대표하는 시집으로써 이름높은 다니카와 로(1931~)의 『이십억 광년의 고독』(二十億光年の孤独, 1952)에 수록된 「슬픔」(かなしみ)이다.

저 푸른 하늘의 파도소리(波の音)가
들려오는 언저리에
뭔가 엄청난 것을
난 분실해온 것 같다

투명한 과거의 역(駅)에서
유실물계(遺失物係) 앞에 서니
난 더욱 슬퍼져버렸다

소년의 나이로 패전에 따른 사회적 가치 변동을 목격한 슬픔을 표출한 시이다. 이 소년이 분실한 것은 전쟁이 아니라 '푸른 하늘'과 같이 '투명한 과거'이다. 동시대 시인들의 시대인식을 엿볼 수 있는 그의 감성과, 관념을 배제한 시인 자신의 육성(肉声)의 소리가 여운을 남기고 있다. 이는 분명 황지파의 비극적인 세계인식과는 다른, 전쟁으로 상실한 불안정한 자아를 싱싱한 감성을 통해 극복하려는 의도가 형이상학적 세계로까지 이르고 있음을 보여준다.

전후 시인들의, 전쟁이 가져온 자아의 상실감을 감성에 의해 회복하려는 시적 태도는 「노」에 이어서 등장한 시잡지 「악어」에서도 공통적으로 나타난 경향으로, 기요오카 다카유키(清岡卓行), 요시오카 미노루(吉岡実), 이지마 고이치(飯島耕一), 이와타 히로시(岩田宏), 이리사와 야스오(入沢康夫) 등이 주요 동인으로 참가했다. 이들은 대개 인간의 감정이나 전통에 지배되는 시를 부정하고, 시인의 내면세계의 꿈이나 상상력, 심층심리 등을 초현실적인 기법으로 묘사했다. 결국 「노」와 「악어」 등으로 대표되는 소위 제2차 전후 시인들은 「황지」나 「열도」의 시인들이 자신들의 존재의식을 자각하는 데 있어 전쟁에 이르는 역사의 과오(過誤)로부터 자유로울 수 없었던 것과는 대조적으로, 부정해야 할 과거를 자신의 내부로부터 발견할 수 없었기에, 전후의 가치판단의 변환이라는 시대적 조류 속에서, 몸소 체험한 사실이 아닌, 오직 자신들의 감수성을 신뢰하면서 이를 감각화시킴으로써 자신들의 존재 이유를 추구해갔던 것이다.

마지막으로 1960년대 이후 최근까지의 시 경향을 살펴보자. 1950년대의 시가 시인들의 '감수성'에 의존한 자기표현의 획득이었다면,

1960년대 이후 오늘날에 이르는 시기는 시를 쓴다는 행위 자체의 의미를 반문하면서 시란 과연 무엇인가, 시란 어떻게 써야 하는가, 시에 있어 언어란 무엇인가 등과 같은 '시의 원리'를 재조명하려는 의식이 뚜렷이 대두되고 있다. 이 시기는 흔히 '래디컬리즘(radicalism)의 시대'라고 일컬어지는데, 1960년의 안보투쟁(1960년 1월 당시의 내각이 미국과의 군사적 관계의 강화를 목적으로 추진한 미일안전보장조약의 개정에 반대하는 범국민적인 운동)의 실패로부터 1968, 69년을 정점으로 대학분쟁으로 치닫던 60년대에서 70년대 초반의 과격한 시대적 분위기를 반영하는 형태로, 시인들은 시의 주체성, 사회성 같은 황지파 이후 전후시의 큰 골격이었던 정신적, 사상적 요소보다는 시작(詩作)이라는 행위의 근원을 모색하려 했다. 이른바 시의 방법으로서의 래디컬리즘의 시대로, 시인은 시를 만들어내는 절대적 주체가 아니라, 시는 언어라는 매체를 통해 자연발생적으로 이루어진다는 의식하에 일상 세계와 비일상 세계를 넘나드는 초현실적인 기법을 즐기게 되었다.

한편, 1960년대 이후 일본 시단의 또 하나의 특징은 독점 자본주의 체제하의 공업화를 기반으로 한 눈부신 경제발전을 이룩한 고도 성장기를 거쳐, 1980년대 이후 고소비사회를 반영한 시단 저널리즘의 시대이다. 1956년에 창간되어 오늘날까지 시단의 주도적 잡지로서의 위치를 차지하고 있는 「현대시수첩」(現代詩手帖)과 같은 상업지(商業誌) 시대의 개막은 언어의 상품화라는 비판적 시각도 있지만, 시의 대중화 · 보편화라는 관점에서 오늘날의 시의 위상에 있어서도 적지 않은 영향을 끼쳤다고 볼 수 있다. 나아가 TV나 컴퓨터와 같은 영상매체의 보급은 현대인들의 다양한 고소비사회의 문화적 욕구를 수용해야 하는 필연성을 갖게 되었고, 이러한 현상은 특히 1980년대 이후 정치적 상황이나 사회의 가치성, 도덕성에 무관심한 신세대의 등장과 함께, 소위 포스트모더니즘의 유행을 가져오게 된다.

결국 1980년대와 1990년대의 시적 경향은 한마디로 대중적 성격의 저널리즘시로 규정되며, 시의 역사성이나 시대성보다는 세대를 뛰어넘는 다양하고 개성적인 시의 필요성을 재인식시키면서 오늘날에 이르고 있다.

■ 재일문학

식민지 조선 지식인의 문학적 저항

재일문학의 선구자 김사량

【추석민】

일본제국주의가 조선을 식민지화하여 조선에서 저지른 만행들은 이루 말할 수 없다. 조선의 애국지사들은 이러한 일제의 만행에 저항하고 조선의 독립과 자유를 위해 여러 방면에서 목숨을 아끼지 않고 싸웠다.

문학에 있어서도 친일문학과 반대되는 개념으로 일제에 저항하는 민족주의문학 활동이 조심스럽게 전개되고 있었다. 김사량(金史良, 1914~50)도 그중의 한사람으로 특히 일본어로써 일본에서 활동을 했다는 점에서 많은 주목을 받고 있는 작가이다. 그러면 김사량은 어떤 인물이며 그의 작품 세계와 문학적 저항은 무엇이었는가를 간단히 살펴보기로 하자.

그의 본명은 시창(時昌)으로 1914년 평양의 부유한 가정에서 2남 2녀 중 차남으로 태어났으며 보수적이고 완고한 아버지와 미국 교육을 받은 기독교 신자인 어머니 밑에서 성장했다. 1931년 가을, 평양고등보통학교에 다니고 있을 때 해주, 평양, 신의주중학교 등 세 학교에서 거의 같은 시기에 데모가 일어났다. 이것은 배속장교와 일본인 교사,

그리고 그들에게 아부하는 조선인을 배척하기 위한 데모였으나 실제로는 1929년 11월 3일 광주에서 일어난 반일학생운동 2주년을 계기로 일어난 반일데모였다. 김사량은 이 데모의 주동자로 몰려 퇴학 처분을 받고 일제 경찰들에게 쫓기는 신세가 된다. 그해 12월, 그는 어머니만의 배웅을 받으며 일본으로 건너가기 위해 도항증명서(당시 일본에 가기 위해서는 꼭 필요한, 지금의 비자와 같은 것)도 없이 부산으로 내려갔다. 밀항을 해서라도 도주하지 않으면 안 될 만큼 신변에 위협을 느끼고 있었던 것이다. 다행히 형 시명(時明)의 도움으로 도시샤(同志社)대학의 제복과 모자, 학생증을 마련하여 도항에 성공했다. 이듬해 사가현의 사가고등학교 문과에 입학하고 고등학교 2학년 때 일본어로 『토성랑』(土城廊, 1936)을 창작했으나 일본어에 자신이 없어 그만 책상 속에 넣어두고 만다. 그의 창작이 인쇄되어 처음 세상에 발표된 작품은 고등학교 졸업기념지에 실은 『짐』(荷, 1936)이었다.

김사량은 고등학교를 졸업하고 곧바로 1936년 4월에 도쿄제국대학 독문학과에 입학하여 6월에는 일본인 친구들과 함께 동인을 결성하여 잡지 「제방」(堤防)을 발행한다. 제방이란, 물을 막고 있는 둑으로서 평소에는 그 존재 가치를 알 수 없으나 홍수가 나면 실제 많은 사람과 농작물을 보호하는 소중한 것이다. 이것은 일본제국주의의 만행을 막아야 한다는 의미에서 붙여진 이름이라 한다. 시대가 시대였던 만큼 「제방」의 폐간은 예견된 것으로 약 1년간에 걸쳐 당국에 의해 4호로 폐간되고 만다. 그 사이 김사량은 「제방」 2호에 『토성랑』을 게재하고, 10월에는 조선예술좌와의 관련으로 경찰서에 구류되어 12월 중순에 석방된다. 그 후 당국의 감시가 더욱 심해졌으며 김사량 또한 반일적인 창작활동에 있어서는 당국의 눈치를 살피지 않으면 안 되었다. 그러나 김사량의 창작에 대한 의욕과 열정은 식지 않았으며, 1937년 「제방」 3호에는 『빼앗긴 시』, 「도쿄제국대학신문」에는 『짐』을 『윤참봉』(尹參奉)으로 개작, 개명하여 싣기도 했다.

여기서 우리는 일제의 경찰에 쫓기며 도망가듯이 일본에 건너간 김사량이 왜 자신 없는 일본어로써 창작활동을 그토록 의욕적으로 하고자 했는가 하는 문제를 짚고 넘어갈 필요가 있다. 그는 「조선문화통신」(朝鮮文化通信)에서 자신이 '조선문화를 내지(內地)와 동양 세계에 알리는 중개자의 역할을 하고 싶다'고 밝히고 있다. 그의 창작활동은 식민지 조선의 비참한 현실을 일본과 동양, 그리고 세계에 알리겠다는 뚜렷한 목적 아래에서 이루어진 것이다. 실제 김사량의 이러한 일본어 창작의 목적은 작품들 속에서도 잘 나타나 있다.

일본에서 김사량의 창작활동을 크게 나누어 보면 「제방」을 중심으로 한 초기의 활동이 있으며, 1939년 이후 「문예수도」(文芸首都)에서의 활동을 비롯해 1942년 2월의 귀국하기까지의 중기 창작활동이 있다. 그리고 조국에서의 후기 창작활동으로 나눌 수가 있다.

초기의 창작으로는 앞에서 언급한 『짐』, 『빼앗긴 시』, 『토성랑』, 『잡음』(雜音) 등이 있다. 이 시기 작품들의 특징으로 일제의 만행을 고발하고 일제에 의해 파탄되는 조선 민중들의 모습을 그리고 있으며 또한 가해자의 정체를 확실히 밝히고 있다는 점을 들 수 있다. 즉 김사량의 민족주의적 저항정신이 작품에 아무런 여과 없이 그대로 반영되어 있다.

중기의 창작에서는 우선 『빛 속에서』(光の中に, 1940)가 일본에서 가장 권위가 있다고 할 수 있는 문학상의 하나인 아쿠타가와상(芥川賞) 후보작에 올라 최후까지 경합을 벌였던 것이 주목된다. 당시 심사위원의 한 사람인 사토 하루오(佐藤春夫)는 이렇게 평가했다.

"김사량의 『빛 속에서』를 읽기 전까지 통독할 만한 작품을 만나지 못했다. 그런데 김사량 사소설(私小説) 속에는 조선민족의 비통한 운명이 새겨 있다. 사소설을 일종의 사회소설로 격상시킨 글재주와 필치는 충분히 수상의 가치가 있다."

김사량의 일본어작품 창작활동이 결코 생소한 외국어를 나열한 것이 아니라는 점과 조선민족의 비참한 현실을 그린 민족주의 문학작품임에도 불구하고 그 예술적 가치를 인정받았다는 점은 높이 평가되어야 할 것이다.

중기의 작품은 크게 두 가지로 나눌 수 있다. 즉 재일(在日) 조선인 사회를 배경으로 한 작품군 『빛 속에서』, 『무궁일가』(無窮一家, 1940), 『광명』(光冥, 1941), 『뱀』(蛇, 1941), 『곱사등이 십장』(親方コブセ, 1942) 등과 식민지 조선을 배경으로 한 작품군이다. 그러나 김사량 문학에 있어서 작품 배경의 공간적 의미는 그다지 중요하지 않다. 조선이든 일본이든 김사량의 관심은 가해자와 피해자, 강자와 약자의 갈등과 대립을 그리는 것이며, 그것이 그의 문학 테마이기도 했다. 따라서 재일조선인과 그 사회는 김사량에 있어서는 식민지 조선의 민중과 사회 그 자체이며 그들이 처해 있는 현실은 식민지 조선이 처해 있는 현실이기도 했다.

출판물 검열을 비롯한 점점 어려워지는 시대적 상황 속에서 민족주의 문학을 고수하기 위한 김사량의 노력과 고뇌는 중기의 작품들에서 잘 엿보인다. 초기의 작품이 일원적인 문학적 저항이었다면 중기에는 다원적인 문학적 저항을 시도하고 있다. 예를 들면 가해자의 정체를 밝히지 않으면서도 작품 안에서 충분히 그 정체를 짐작케 하는 것이다.

이러한 그의 노력과 고뇌에도 불구하고 우려하던 당국의 감시는 곧바로 현실로 나타나 태평양전쟁 발발과 더불어 사상범예방구금법이라는 명목 하에 그는 1942년 12월 가마쿠라경찰서에 구금된다. 그러나 김달수를 비롯한 여러 사람들의 노력과 도움으로 이듬해 1월에 석방되어 곧바로 귀국하게 된다. 후기의 창작은 이렇게 귀국한 그가 일제의 정책 문학에 가담하여 1945년 중국으로 탈출을 하기까지이다. 이 시기의 작품들은 조선어로 쓴 작품과 일본어로 쓴 작품으로 구분되며 식민지 조선의 현실을 그릴 수 없는 상황이라는 판단 때문인지는 알 수 없으나 일본과 관련된 역사적 사건을 배경으로 한 『태백산맥』(太白山脈)이 특히 주목된다. 『태백산맥』은 당시 일제의 대표적인 어용잡지였던 「국민문학」(国民文学)에 1943년 2월에서 10월까지 게재한 장편역사소설이다.

작품은 19세기 말 조선사회를 배경으로 윤천일이라는 허구의 주인공을 화전민과 민족을 위해 목숨을 아끼지 않고 싸우는 민중의 지도자로 그리고 있다. 윤천일의 민중에 대한 사랑, 투쟁, 패배와 좌절, 그리고 죽음은 민족주의문학을 고수하며 걸어온 그의 문학적 입장과도 부합하는 점이 많다. 말하자면 윤천일은 그의 분신이며 자화상인 것이다.

그런데 김사량은 자신의 작가적 역량에 걸맞지 않게 소설 구성상의 많은 문제점을 남기며 갑작스런 윤천일의 죽음으로 『태백산맥』 연재를 끝맺었다. 이 점에 대해서는 연재를 마친 10월로 거슬러 올라가보면 작자의 의도를 의외로 쉽게 알 수 있다. 1943년 8월 김사량은 해군시찰단 일원으로 선발되어 약 한 달간 일제의 해군시설들을 둘러보고 매일신보에 「해군행」이라는 조선어로 작성한 '시찰보고'를 실었다. 그것은 조선의 젊은이들에게 일제의 해군에 지원하도록 하기 위해 쓴 글-그러나 김사량은 자신의 전쟁관, 즉 '해군지원=전장=죽음'이라는 점을 분명히 명시하기도 했다-로서 말하자면 민족주의문학을 고수하던 그가 처음으로 정책문학에 가담한 것이다.

식민지 조선의 현실을 그려 일제의 만행을 고발하고 강요된 언어인 일본어로써 일본 문단에 뛰어들어 조선의 독립과 자유를 위해 창작활동을 한 그였지만 종국에는 모국어인 조선어로 일제의 침략전장으로 조국의 젊은이들을 내몰았던 것이다. 이러한 김사량의 현실적 패배가 『태백산맥』에서 윤천일의 죽음이라는 허구상의 사실에 응축되어 구성상의 문제를 남기며 미완으로 끝맺고, 동시에 민족주의 문학과의 결별을 선언한 것으로 볼 수 있다.

김사량의 문학적 입장은 그 자신의 개인적인 문제뿐 아니라 일제강점기의 조선문학과 문학자들이 안고 있던 문제이기도 하며, 나아가 일본문학계를 비롯해 일제의 침략을 받았던 아시아 식민지 국가들이 안고 있던 문제이기도 했다.

우리는 김사량이 걸어온 글들을 통해서 일제강점기의 문학과 문학자들이 정치 권력의 시녀가 되었을 때 문학이 어떠한 형태로 존재했으며, 당시 문학자들의 입장과 고뇌는 무엇이었는지 짐작할 수 있다. 이러한 식민지하의 문화적 침략의 상흔은 일본 쇼와(昭和) 문학의 한켠을 차지하고 있다.

■ 재일문학

제1세대 재일문학의 민중과 민족, 개인과 실존

김달수, 김석범, 다치하라 마사아키

【정대성】

식민지시대 조선인의 비참한 생활과 저항의식을 뛰어난 문학성으로 표현해낸, 재일문학 아쿠타가와상 후보 제1호가 된바 있는 김사량의 문학은 광복 이후 재일문학의 출발을 이루는 재일 1세대 작가에게 큰 영향을 미쳤다. 제1세대 재일문학 작가로는 김달수(金達寿, 1919~97), 김석범(金石範, 1925~) 외에 시인인 허남기(許南麒), 김시종(金時鐘), 김태생(金泰生) 등을 들 수 있다. 재일 1세대 문학의 특징으로 일제시대의 체험 및 광복 후 조국의 상황과 자신의 '재일(在日)성'을 소재로 하고 있다는 점을 들 수 있는데, 이런 상황하에서 작가들은 일본어와 모국어와의 긴장 관계에서 발생한 문체로, 민족적 색채를 강하게 표출시키고 있다.

여기서는 아쿠타가와상 후보에 선정된 세 작품을 통해 제1세대 재일문학의 특성을 살펴보고자 한다. 먼저 김달수의 『박달의 재판』(朴達の裁判, 1958년 후보)과 김석범의 『만덕유령기담』(万徳幽霊奇譚, 1971년 후보)은 민중과 민족을 지향으로 하여, 해방 직후 남한 민중의 의식

화 과정이 잘 형상화된 작품이다. 한편 다치하라 마사아키(立原正秋, 1926~80. 후에 필명을 '다치하라 세이슈'로 고침)의 『쓰루기가사키』(剣ヶ崎, 1965년 후보)는 한일(韓日) 두 민족의 혼혈의 비극을 통해, 개인과 실존의 문제를 그린 작품이다.

『박달의 재판』은 해방 후 좌우 이념 대립으로 혼란에 빠져 있는 남한의 어느 소도시를 배경으로 박달(朴達)이라는 최하층의 민중을 통해, 남한 정부와 미군정에 항거하는 민중의 모습을 생생하게 묘사하고 있다. 머슴 박달은 8·15 광복 직후 잘못 검거되어 감옥에서 처음으로 정치사상범들로부터 글을 배우게 되면서, 감옥을 학교로 여긴다. 그가 감옥에서 배운 것은 국가, 민족, 사회주의와 공산주의, 자본주의와 제국주의, 조선의 역사 등 참으로 방대하다. 해고당한 후, 잡역꾼이 된 그는 주워들은 사회주의를 지껄여 일부러 수감돼 고문이 심해지면 애걸하듯 전향해버리고는 다시 일을 꾸며 감옥행을 되풀이하곤 한다. 6·25 전쟁이 발발하자 박달은 "북진통일, 공비소멸"을 외쳐대고, 미군기지 노동자들과 합세하여 스트라이크를 일으키며 "이제 식민지는 싫다! 아메리카는 가난한 조선에서 떠나라!"는 내용의 전단(伝単)을 뿌리기도 한다. 박달의 반미제국주의는 반일제국주의의 연속선상에 있는 것이다. 결국 국가보안법 위반죄로 기소되어 재판받는 날 박달은 방청하러 온 마을사람들과 은밀한 웃음을 주고받으며 동지로서의 일체감을 확인한다.

『박달의 재판』에 대한 아쿠타가와상 심사위원들의 호평과 작품의 수상 누락은 당시 상반된 시대적 힘을 상징한다. 55년 체제 수립과 미국의 극동정책 등은 북(北)의 공산주의를 '똑같은 조선'으로 보는 것과 같이 반(反)체제적 내용을 담은 작품에 역풍이 되었던 것으로 보인다. 다른 한편으론, 진보의 시대 속에서 쓰루미(鶴見)로부터 '일본인의 역사 인식을 바꾸어 주었다'고 격찬받고, 연극으로도 거듭 상연되기도 했다. 김달수는 이전에도 『후예의 거리』(後裔の街, 1946), 『태백산맥』(太白山脈, 1964)과 3부작을 이루는 『현해탄』(玄海灘, 1952)이란 친북성향 작품으로 1953년 아쿠타가와상 후보로 선정되어 호평을 받은 바 있다.

당시는 남북한, 좌우익의 역학 관계가 마치 38선처럼 막상막하였다. 도쿄재판, 미국의 원조(援助), 공산당재일조선인연맹, 남로당, 마오쩌둥, 스탈린, 평화선, 레드 퍼지(Red Purge : 적색분자를 공직과 기업 등으로부터 추방하는 일), 전쟁 특수, 55년 체제, 조총련, 천리마, 북송, 안보, 4월 혁명, 5·16, 한일수교, 베트남, 고도 성장…. 『태백산맥』의 속편은 이뤄지지 않았고, 조총련으로부터 공격당하면서 김달수는 '사회주의 투쟁사'에서 '동포생활사' 성향으로 전향, 1981년 37년만에 염원하던 조국 방문을 거쳐 일찍부터 관심을 가져온 고대 한일 교류사 연구에 차츰 전념해감으로써 일본의 신식민사관을 일본어로 비판하여 『일본 속의 조선문화』(전12권, 1970~95)를 완성했다.

다음으로 『만덕유령기담』은 애비없이 자란 관음사의 중 만덕(万德)의 일대기로, 일제의 징용과 4·3사건을 거치면서 천진함으로부터 불의에 과감히 맞서 투쟁하는 민중으로 변신하는 만덕의 모습을 담고 있다. 재일동포 여인의 사생아 개똥이는 제주도 관음사에 맡겨져 이름도 없고 부모도 없이 만덕이라는 법명만 지닌 공양주가 된다. 무식하지만 불성을 지닌 이 무적자(無籍者)-있으면서도 없는 자-는 스님 입적 후 관리인이 된 서울 보살의 학대와 혹사를 받으면서도 그녀에게 모성을 느낀다. 모질고 모진 멍청이 취급, 창씨개명, 황국신민 서사, 강제 연행, 함바(飯場:노동자들의 숙소)…, 그리고 4·3사건과 정조를 지키기 위해 자살하는 새악시 등 관(官)에 의해 희롱당하며 죽어가는 양민들을 공양하는 만덕. 관음사의 소실로 분열된 그는 서울보살을 쫓아 S구사로 가고, 경찰이 "빨갱이는 인간이 아니다!"며 공비 처형을 명령하자 만덕은 "인간으로 보이걸랑요." 하며 우직하게 거부, 결국 수용소로 보내져 세상을 체감하지만 사형선고도 싱긋 웃어넘긴다. 처형된 후 시체더미에서 살아나 유령-없으면서도 있는 자-이 된 그는 상황이 반전되어 관(官)이 두려워하는 존재가 된다. 그는 유일하게 자신을 인간답게 대해준 빨치산들이 생각난다. 만덕을 버린 서울보살과 죄 많은 관원들이 공포에 떨며 불제로 새악시의 영조차 내쫓자, 만덕은 자기 자신이 스스로의 주인임을 깨닫는다. 그는 절에 불을 질러 서울보살만 구해주고는 자리를 떠난다. 만덕은 사람들의 상상력 속에, 당국의 공포심 속에 계속 살며 사람들에게 용기를 준다. 민중상을 듬뿍 혈육화한 이 텍스트의 여백에는, 반전평화·학생운동의 관념화, 전범의 부활과 우경화, 세계적 격동, 데탕트와 그 반동 등에 대한 전략(戰略)이 읽혀진다.

박달도 만덕도 일본어를 월경한 민담, 야사, 판소리적 혼성(混成) 언어와 문체로써 아Q(중국 작가 루쉰의 『阿Q正傳』의 주인공)의 '머릿속의 승리'도 오리엔탈리즘도 넘어선 조선의 민중상을 그리고 있다. 민족성과 주체성 탈환의 몸짓으로 인류 규모의 탈(脫)식민적 글쓰기와 상통하면서 테러나 전쟁, 문화혁명, 자유주의사관도 지양하면서.

마지막으로 『쓰루기가사키』(劍ヶ崎, 1965년 후보)는 일본 패전을 사이에 두고 가마쿠라와 요코스카 한 곳을 무대로 다로(太郎), 지로(次郎) 형제를 통해 혼혈의 비극을 형상화하고, 개인과 실존의 문제를 그린 작품이다. 다로, 지로의 부친 이경효(李慶孝)는 조선 귀족과 일본 여성 사이에 태어난 혼혈로 일본 육군 대위였다가 중일전쟁 중 행방을 감춘다. 모친은 자식들을 이끌고 일본으로 건너가고, 외조부는 딸을 재혼시키며, 차별받는 손자들을 잘 키워 교토대학까지 보낸다. 다로는 병역을 피하며, 지로는 군사 교련 중 반항하여 중퇴, 와세다로 진학한다. 다로와 사촌 여동생 시즈코가 서로 사랑하는 사이로 발전하자, 군국 청년인 사촌형은 분노하며, 패전 다음날 다로를 죽창(竹槍)으로 찌른다. "튀기가 믿을 수 있는 건 미(美)뿐"이라면서 다로는 새빨간 피를 흘리며 죽는다. 시즈코는 자살해버리고, 사촌형은 독립을 축하하는 조선인들을 죽이려던 현장에서 체포되나 도망하고 방황 끝에 광사(狂死)한다. 일본해군 중좌인 숙부 이경명도 조선인 학도병 유족들에게 유산을 나눠달라는 유서를 남기며 자살한다. 한국군 고관이 된 이경효가 미국행 차 일본에 들러, 국문학 강사가 된 지로를 만나 장남과 동생의 묘를 찾아가고 잠깐 옛 아내와도 재회. 지로와 조부는 이 최후의 해후로써 이경효와의 관계와 저 곳에서의 아픈 기억을 청산한다.

경치 좋은 쓰루기가사키(= '겐사키'= '검 끝')는 그 언어 이미지로써 죽창 끝 '죽음의 미'로 이화(異化)된다. 파악할 길 없는 평행운동인 '혼혈 자체가 일종의 죄악이다'라는 도착된 철학이 용명(溶明) 기법으로 시간을 왕복하며 펼쳐진다. 그러나 텍스트의 종점은 일제시대 일선융합 정책과 군국주의와 민족 모순의 희생자들의 진혼굿이라기보다, 약자와 소수자들의 소외와 미의 찬미였다. 1/4의 '조선인의 피'로 인해 간혹 차별은 받지만, 교육받은 따뜻한 일본인들 속에서 자칭 '9할 일본인'이 된 지로는 사촌형을 혈족으로서만 애도하고, 자신의 아이들이 멋모르고 조선인을 차별해도 묵인하고, 한국인이 된 부친의 권위주의적 민족론을 이해한다. 천황제와 그 거울상으로서의 한국 전체주의 사이에서 민중의 넋은 망각되고 오로지 미(美)만이 니힐하게 동어반복된다.

이 작품이 아쿠타가와상 후보로 오른 1965년은 한일수교의 해로, 반제반독점이나, 시민운동과는 다른 기류로 자민당과 박정희, 베트남 전쟁과 고도 성장, 국민의 '평화' 치매가 형성되어 가던 격동의 시기였다. 마사아키는 김달수, 김석범의 수상에 인색했던 심사위원들의 역사 인식의 결여를 지적했고, 김대중의 대외 의존을 비판하며, 서형제(徐兄弟) 구원에도 동조했고, 한국의 미를 찾고 '혼혈 귀족' 사칭의 탈을 벗으려는 등 민족적 고뇌를 환류했다. 이것은 실존적 미(美)의 전략일까? '악 순환'에 등을 돌려 숙명을 넘었다고 속단한 지로가 본 수평선 저편에 초인(超人)의 여명이 숨어 있었던 것일까?

'실존 · 개인'의 샘물은 '민중 · 민족'의 냇물들-장혁주, 정승박, 장두식, 이오 겐시 등-과 섞여 강이 되어 영겁의 바다를 돌고 도는 '고뇌'의 해류와 만난다. 민중 · 민족의 '탁류', 김달수 문학은 고대사 연구로 전환돼 지하수맥이 되었을지언정 개인사나 실존적 고뇌 등 다양성 풍부한 '현해탄'으로 드러나리라(김사량, 이은직 등과 비교). 4 · 3사건(2000년

명예회복)의 특수성을 보편성 쪽으로 열어 젖힌 김석범 문학은 민중·민족의 주류에 실존·개인의 지류들을 모아 대하를 이뤄 '통일'과 '민주화'의 대해(大海)로 향한다.

동화 『만덕이 이야기』로 재창작될 만큼 『만덕유령기담』의 '정치성'은 일면적이었지만, 『까마귀의 죽음』(鴉の死, 1957)부터 대하소설 『화산도』(火山島, 1997. 마이니치예술상 수상)까지 김석범 문학이 지니는 그것은 원래 입체적이고 갈수록 회오리쳐 사회과학적 '사상성', 갈고 닦아진 '문학성'과 어울려갔다. 그 독특한 마술적 리얼리즘으로 짜여낸 현대사의 만화경이자, 만다라인 이 대작은 '언어의 주박(呪縛)'을 푼 가위 '민족문학으로서의 세계문학'이며, 동아시아 역사교과서 문제의 필독서가 될 '역사교과서'이다. 고골리, 노신, 노마 히로시(野間宏), 사르트르, 귄터 그라스, 현기영, 현길언, 김학철 등과도 비견되는 김석범은 우리 문학의 금자탑이다. 노벨문학상이 그에게 주어진다면 문학상이라는 제도 자체가 한결 탈구축될 수 있으리라.

■ 재일문학

조국과 자신 간의 거리인식과 민족문제의 제기

재일한국인 2세대 문학

【김환기】

재일한국인 2세대는 다른 세대와는 달리 독특한 삶의 가치관을 지닌다. 조국과 삶의 터전으로 인식하는 일본을 바라보는 시각이 1세대나 3세대와는 다르기 때문이다. 민족적 정체성을 둘러싼 세대 간의 시각차는 문학을 통해서도 그대로 표출된다. 예컨대 김달수(金達寿), 김시종(金時鐘), 김석범(金石範)과 같은 1세대 작가들의 민족정신을 앞세운 진한 조국애와 유미리(柳美里), 이기승(李起昇)과 같은 3세대 작가들의 개아적(個我的) 존재성에 대한 접근이 2세대 문학에서는 동시에 자문자답되고 있다. 김학영(金鶴永), 이회성(李恢成) 문학은 그러한 재일의 내면 세계를 심도있게 묘사하고 있다.

■ 김학영의 문학

김학영 문학은 재일 현 세대의 정신적 고뇌를 부각시키고 동시에 그 실체에 접근하면서 조국과 현세대 사이의 '벽'에 초점을 두고 있다. 특히 폭력적인 아버지로 상징되는 일그러진 전 세대와 정신적 고뇌로 점철하는 현 세대 사이의 부조화를 현실적 '벽'과 말더듬으로 풀어간다는 점에서 다른 작가와는 구별된다. 그리고 현 세대의 벽에 대한 실체 벗기기가 민족과 결부된 개아찾기라는 점에서도 그러하다.

『얼어붙은 입』(凍える口, 1966)은 현 세대의 고뇌를 내향적으로 승화시킨 대표적인 작품이다. 이 작품은 현 세대 '나'와 이소가이(磯貝)가 느끼는 정신적, 심리적 갈등을 말더듬으로써 조명하고 있다. 나는 개인적 콤플렉스인 말더듬 앞에서, 왜 말을 더듬는가 하는 자문을 시작으로, 점차 내면적 심화 형태의 자기조명에 매달린다. 대학원에서 화학실험 발표를 앞두고 말을 더듬을까봐 노심초사하는 나의 심리, 어린시절 아버지의 무차별적 폭력에 대한 어두운 기억, 현실에서 일본 및 일본인들로부터 당하는 소외감, 장래에 대한 몽롱한 불안 등은 그러한 나의 심화된 고뇌의 단면들이다. 이른바 나의 분신과 다름없이 이소가이가 현실을 외면하고 철저한 '이방인 의식'으로 스스로에게 족쇄를 채우고, 시대의 주인이길 포기하며 자살한 것은 그러한 소외의식의 표출이다. 그리고 그의 죽음은 현 세대의 정신적 '이방인 의식'이 택할 수 밖에 없었던 마지막 탈출구였다 하겠다.

김학영 문학에서 이러한 현 세대의 절망과 삶에 대한 상실감은 어렵사리 발견할 수 있는데, 이는 그의 문학이 외향적 발산으로 이어지지 못함을 대변하는 것이기도 하다. 『유리층』(遊離層, 1968)에서 귀춘의 동반자살과 동생 귀영의 죽음을 향한 접근, 『알콜 램프』에서 알콜 실험실을 모두 깨부숴버린 준길의 자포자기, 『겨울의 빛』(冬の光, 1976)에서 암울한 자신의 위치를 책망하는 창환과 현길의 현실 인식이 그러하다.

말하자면 현 세대가 정신적 고뇌를 외부 세계와의 유기적 접촉을 통해 해소하기보다 오히려 모든 문제를 자기 쪽으로 돌리고 내면적 자기심화 형태로 해결코자 한다는 것이다.

김학영은 이처럼 자기심화 형태를 통하여 재일(在日)이 안고 있는 '벽'의 세계와 마주했다. 그러니까 김달수나 이회성처럼 민족의식이나 조선인의 질긴 생명력을 외부로 이끌어내지 않고 민족적 개념과 현실적 벽을 내면적으로 승화시키고자 했던 것이다. 여기에서 인간의 실존적 개념이 대두하게 되는데, 아마도 그의 문학에서 일컬어지는 개아(個我)의 해방 개념은 이러한 실존성과 괘를 같이하는 것이리라. 그리고 인간 본연의 실존성과 자아적 개념이 맞물리면서 전 세대의 '한'(恨)의 개념과 현 세대의 '벽'이 동시에 조명되는 것은 그의 문학이 갖는 자기심화의 전형이다. 물론 그러한 과정에서 조국과 민족이라는 운명적 개념과 일그러진 전 세대가 남겨놓은 상흔이 고스란히 현 세대의 벽으로 전이되었음은 말할 것도 없다.

■ 이회성의 문학

이회성은 재일한국인 작가로는 처음으로 일본 문단에서 자랑하는 아쿠타가와상을 수상한 작가이다. 그는 2세대이면서도 김학영처럼 내향적 자아추구 형태가 아닌 강한 민족적 정체성을 바탕으로 외향적 자기 찾기 형태의 문학을 추구했다. 특히 태어나 12살까지 살았던 사할린(樺太)을 중심으로 홋카이도(北海道)를 거쳐 일본열도를 떠돌던 작가 자신의 나그네 의식이다. 그의 문학은, 왜 조선인들은 사할린까지 와야 했고, 고국행이 이루어지지 못했는가, 왜 조선인은 일본땅에 정착할 수밖에 없었는가, 현 세대 앞에 가로놓인 현실적 벽의 진원지와 그 종착점은 어디인가 등을 문학적 화두로 삼고 있다.

『다듬이질하는 여인』(砧をうつ女, 1991)은 그러한 작가의 유민(流民) 생활의 좌절과 절망, 그리고 현 세대의 정신적 구심점 찾기를 일러주는 작품이다. 이 작품은 그의 초기작으로서 서른다섯에 타국에서 삶을 마감한 어머니를 모델로 조선 여인의 한(限)을 노래하고 있다. 특히 다듬이질이라는 극히 토속적인 정경을 묘사했다는 점과 작가의 어머니 본명인 장술이(張述伊)를 그대로 등장시켜 조모가 어머니의 한 서린 삶을 과거회상식 신세타령으로 내뱉고 있다는 점이 독창적이다.

> 다리미질을 안 하는 날은 포갠 옷가지에 헝겊을 덮어씌워, 늘어지게 다듬이질을 하는 것이다. 매일 보는 광경이었다. 싫증나도록 보았을 텐데, 어머니가 통통, 통통 다듬이질하는 것을 쳐다보는 것은 즐거웠다.

> "팔잔기라. 이렇게 된 것도 나라가 망했기 때문인기라. 아이고 귀신에 홀렸제. 뭣땜에 도둑놈의 나라에 갈 마음이 났을꼬. 나라를 빼앗고 또 딸자식마저 앗아가고……. 차리리 화전민이 되는 게 나았을 것인디! 아이고 내 팔자야, 술이야……."

첫 번째 인용문은 어머니가 다듬이질하는 장면이고, 두 번째는 조모가 딸의 기구한 운명을 회상하며 신세타령을 하는 대목이다. 모두 조국의 일그러진 근대사에 파묻힐 수밖에 없었던 조선인들의 한을 묘사하고 있는데, 특히 딸의 팔자를 들먹이며 암울한 시대상을 체념 섞인 넋두리로 풀어내는 조모의 입담은 처연하다 못해 한기마저 느끼게 한다. 이와 같이 『다듬이질하는 여인』은 한 여인의 기막힌 삶을 통해서 왜 조선인이 일본으로 흘러들어와야 했는지, 그들이 일본에서 어떠한 삶으로 점철되었는지를 피력하면서 풍부한 토속적 정서를 바탕으로 조선인들의 질긴 생명력을 조명하고 있다. 특히 '통통, 통통' 울리는 다듬질 소리에서 연상되는 조선적 이미지, 즉 외적 발산이 강해질수록 내적 심기가 굳어지는 다듬이질만이 갖는 독특한 '한 달래기'는 그러한 생명력의 근성을 일러주는 듯하다.

이회성의 조국의 운명과 연계한 조선인의 이방인적 삶은 『백 년 동안의 나그네』(百年の旅人たち, 1994)에서도 적나라하게 드러난다. 한결같은 보조로 리얼리즘의 수법을 따라가면서 평이한 문체로 작가가 고향 사할린의 탈출에서부터 규슈 하리오(九州針尾) 수용소에 이르는 각고의 경험을 복원시키면서, 억압된 민초들의 애환과 비극을 조국의 근대사와 결부시켜 서사적으로 묘사했다는 점에서 그러하다. 그리고 이러한 작가의 작품적 경향은 『또다시 이 길을』(またふたたびの道, 1969), 『가야코를 위하여』(伽倻子のために, 1970), 『사할린 여행』(サハリンへの旅, 1983), 『유역으로』(流域へ, 1992) 등에서도 그대로 이어진다. 이른바 작가 자신의 유민 가족사를 바탕으로 '사할린, 조선, 일본이라는 3개의 소용돌이 무늬가 일으키는 갈등' 양상이 민족적 정체성으로 관통하고 있는 것이다.

이상에서처럼, 이회성 문학은 나그네 의식과 조국의 일그러진 근대사를 통하여 조선인의 '한'을 노래하고, 김학영 문학은 말더듬을 통하여 내향적 자기 찾기를 시도한다는 점에서 두 작가는 뚜렷이 구별된다. 이른바 이회성과 김학영은 재일 현 세대의 시각을 통하여 조선인의 '이방인 의식'을 외향적 · 내향적으로 달랬던 것이다.

굳이 언급하자면 전자의 경우는 김달수, 김석범과 같은 1세대 문학에서 찾아볼 수 있고, 후자의 경우는 현 세대의 파탄적 양상을 리얼하게 담아낸 이양지(李良枝)와 같은 문학에서 확인할 수 있을 것이다. 물론 3세대 문학은 이러한 논의와는 별개로 개아의 실존적(実存的) 차원에서 새롭게 조명되어야 할 것이다.

■ 재일문학

한국과 일본을 동시에 비추는 거울

재일 3세대(신세대) 문학

【유숙자】

재일 3세대 작가는 엄밀히 말해, 한국에서 태어나 일본으로 건너온 부모를 두었다는 점에서는 재일 2세대에 속하지만, 연령이나 문단 데뷔 시기, 작품 경향 등이 앞에서 살펴본 이회성, 김학영과 같은 작가와는 뚜렷이 구분된다. 이들은 언어면에서 모국어를 상실하고 있는 점은 2세대와는 유사하며, 2세대가 지닌 조국과의 거리에 한층 깊은 틈이 형성되고 있다. 2세대에서 보이기 시작한 재일의 다양성은 3세대에 이르러 더욱 가시화되고 있다.

이회성, 김학영 등의 뒤를 잇는 신세대 재일 작가의 선두로는 단연 이양지(李良枝,1955~92)를 꼽을 수 있다. 이양지는 『나비타령』(ナビ・タリョン,1982)으로 문단에 데뷔, 『유희』(由熙)로 1989년 아쿠타가와상을 수상하면서 문단의 기대를 한몸에 받았으나 갑작스런 죽음으로 짧은 문학활동을 마감해야 했다. 그녀는 일본에서 태어나 성장했고 뒤늦게 민족의식에 눈을 떠 모국 유학을 통해 우리말을 비롯해 전통 음악과 무용을 익히는 등 열정을 보였다. 이양지의 문학에는 이처럼 자신의

민족적 정체성을 회복해 나가려는 의지와 그 과정에서의 갈등이 극명하게 묘사되고 있다.

『나비타령』에서는 작가의 내면적 고통과 가족에게 닥친 슬픔을 모국의 전통음악과 무속무용(살풀이춤) 속에 나타난 민족적 정서인 한(恨)으로 승화시켜 이를 극복해 나가려는 의지를 보여주었다. 『유희』에서는 일본어가 모어인 재일한국인 2세의 모국어 습득 과정에서 겪는 언어 및 문화적 충돌을 그렸다. 이양지 작품들 가운데 『각』(刻, 1984)은 일본은 물론 모국에 와서조차 이방인임을 절감할 수밖에 없는 재일한국인의 정신적 고뇌가 육체적 감각을 빌어 과감하게 표출되고 있다는 점에서 매우 개성 있는 작품이라 할 만하다. 모국이냐, 일본이냐 어느 한 쪽을 선택하기보다는 재일한국인으로서의 현실감각, 존재감각이 긴장감을 동반하여 숨막히게 그려지고 있다는 데 이 작품의 힘을 발견할 수 있다. 바로 여기에 신세대 재일작가로서의 새로운 재일성을 감지하게 되는 것이다.

한편 현재 일본 문단에서 일찌감치 그 재능을 인정받으며 왕성한 창작활동을 펼치고 있는 작가로 유미리(柳美里, 1968~)를 들 수 있다. 그녀는 처음부터 자신을 '한국인도 일본인도 아닌' 위치에 자리매김하여 재일작가라는 범주를 벗어난 영역에서 현대인의 고독이나 소외 등 보편적 테마를 소재로 삼아 그만의 문학세계를 전개해 보이고 있다.

특히 『풀하우스』(フルハウス, 1995), 『가족시네마』(家族シネマ, 1997년 아쿠타가와상 수상작) 등에서 유미리는 가족문제에 애착을 보였는데, 이는 작가의 자전적 사실과 무관하지 않다. 그녀는 자신의 가족에

게 발생하는 문제와 모습들을 작품에 반영하면서, 가족 속에서 체험하는 고독감을 바탕으로 타인과 현실세계와의 관계성을 제시하고 문제화하고 있다.

일본어판 『가족 시네마』.

『가족시네마』 이후, 유미리는 현대 일본사회가 안고 있는 여러 가지 문제점들, 이를 테면 스토커, 청소년 범죄나 폭력, 여학생의 원조교제 등을 『타일』(タイル, 1997), 『골드 러시』(ゴールドラッシュ, 1998)에서 각각 다루었다. 이는 「가면의 나라」(仮面の国, 1998)라는 시사평론을 집필할 정도로 사회 전반에 걸친 그녀의 적극적인 관심과 작가정신의 일단으로 받아들여진다. 최근에 유미리는 일본의 식민지 시기에 마라톤 선수로 활약했던 외조부의 고향 경남 밀양을 배경으로 한 장편소설을 한국과 일본의 유명 일간지에 동시 연재하였다. 이러한 시도는 지금까지의 유미리 문학에 전환점을 마련하는 계기가 되었다.

지난 2000년 가네시로 가즈키(金城一紀, 1968~)는 작품 『GO』로 재일작가로서는 최초로 나오키(直木)상을 수상하여 화제를 모으고, 재일문학에 신선한 바람을 일으키며 등장했다. 나오키상은 일본 문단에서 대중성이 강한 문학 작품에 수여되는 상으로 이로써 그는 재일문학이라면 으레 어둡고 고뇌하는 문학의 대명사처럼 간주되던 인식을 바꿔놓았다고 해도 과언이 아니다.

'GO'라는 영어 제목부터 파격적일 뿐더러, 한국 국적을 가진 그는 자신을 선뜻 '코리언 저패니즈'라 부른다.

"나는 조국이라는 말이 싫습니다. 저보다 앞선 재일작가 세대는 조국, 국가에 대한 희구심이 있어 갈등을 겪었다고 생각하지만, 저희 세대는 없다고 봅니다." "나는 원래 국적이 조선이었는데 고등학교 1학년 때 한국으로 바뀌었습니다. 어떤 변화가 생길 거라는 생각에 두근두근했지만, 아무것도 변하지 않았어요. 이 사실은 정말이지 충격이었습니다."라고 말하는 작가 자신의 재일감각이 이 소설에 고스란히 녹아 있다. 오직 하와이 여행을 성사시킬 목적으로 한국 국적을 선택하는 아버지 못지 않게, 나 또한 국적 따위는 언제든지 쉽게 바꿀 수 있는 거라고 생각한다. 국적 선택에 있어 생활의 편리함을 우선으로 고려하는 추세는 현실적, 실존적 조건으로서 재일을 살아가는 이들에게 어쩌면 당연한 것으로 받아들여지고 있는지도 모른다.

같은 시기에 『그늘의 집』(蔭の棲みか, 2000)으로 아쿠타가와상을 수상한 현월(玄月, 1965~) 역시, 기존의 재일문학에 새로운 가능성을 열어보인 작가로서 앞으로의 활동이 기대된다. 『젖가슴』(おっぱい, 1998), 『무대 배우의 고독』(舞台役者の孤独, 1998) 등 그의 소설은 재일문학에 내재된 자전적 경향을 탈피하고 작가의 상상력으로 구축된 공간에서 숨겨진 현실의 이면을 노출시킨다. 한국인과 일본인이 서로 어울려 생활하고 삶을 꾸려가는 가운데 발생하는 마찰과 차이점들을 차분하고 치밀한 문체로 이야기를 이끌어나가는 탁월한 솜씨는, 현월 문학을 돋보이게 하는 큰 미덕이라 할 수 있다. 작가 자신이 오사카(大阪)에서 거주하면서 재일 한국 · 조선인 집단 거주지역인 이카이노(猪飼

野)를 무대로 작품화했다는 점에서도 충분히 주목할 만하다.

이와 같이 재일문학은 '재일이란 무엇인가'라는 실존적 물음을 바탕으로 다양하고 독자적인 문학 세계를 제시하고 있다. 그리고 그 물음은 '재일'이라는 좁은 테두리 속에 갇히는 법 없이, 한국과 일본 두 나라를 동시에 비추는 거울로서 작용되기 시작했다.

민족을 내포하면서 민족을 초월할 수 있는 보편성의 획득은 재일문학의 미래에 대한 긍정적인 전망을 실어준다. 재일문학의 존재는 우리문학의 빈틈을 메우고 아울러 그 지평을 확대하는 데에도 일조할 것으로 믿는다. 새로운 재일문학의 전개를 우리가 좀더 관심있게 지켜보아야 할 이유도 여기에서 찾을 수 있다.

외면당하고 있는 일본 속의 우리 문학

재일동포문학의 현주소

【이한창】

'재일동포문학'이란 일본에서 발표되고 있는 우리 동포들의 문학을 가리키는 말로서 '재일조선인문학'이라는 명칭으로 통용되고 있다. 그러나 일본뿐만 아니라 중국, 러시아, 미국, 유럽 등 세계 각지에서 동포들의 문학 활동에 관심을 갖고 우리 국문학에 도입하여 새로운 장르로서 신설해야 한다는 생각에서 '동포문학'이라는 명칭을 사용하기로 한다.

대개 재일문학사는 식민지 시대에 한국과 일본에서 발표된 일본어 창작물을 그 시초로 잡는다. 1922년 정연규(鄭然圭)가 의병장의 이야기를 쓴『혈전의 전야』(血戰前夜, 1922)를 일본 문단에 최초로 알려진 단편으로 보고 있다.

재일동포문학은 해방 전 장혁주와 김사량 등의 저항문학에서 시작하여, 현재까지 일본 문단에서 최고 권위를 자랑하는 아쿠타가와상을 수상한 이회성, 이양지, 유미리, 현월 등 네 명의 작가 외에도 많은 작가들을 배출하여 일본 문단에 큰 비중을 차지해왔다.

이들을 간단하게 소개하면, 해방 전 일제치하의 일본 문단에서 본격적으로 문학 활동을 시작한 동포작가로는 시에 김용제와 백철, 소설에는 장혁주, 김사량 등이 있다. 김용제와 백철은 일본 프로잡지 등에 일제에 저항하고 민족에 대한 열렬한 애정을 노래한 시들을 발표했으며, 장혁주의 『아귀도』, 『박전농장』이나 김사량의 『토성랑』, 『기자림』 등은 일제의 식민통치를 고발하거나 저항하는 내용의 작품들이었다.

해방 후의 동포작가들의 동향을 살펴보면 1세대 작가인 김달수, 김석범이 추구해온 것은 민족의 독립과 남북통일 등의 문제였다. 김달수는 『후예의 거리』, 『현해탄』, 『태백산맥』에서 민족적 자각에 눈을 떠가는 지식인들의 모습을, 김석범은 『간수 박서방』, 『관덕정』, 『만덕유령기담』에서 조국의 현실을 각성해 나가는 민중들의 모습을 그리고 있다. 이들의 전통을 이어 60년대에는 이회성, 김학영 등이 나타났는데, 이회성은 민주화와 일본사회 차별, 전통의식 회복 문제 등을 다양하게 다룬 작품을, 김학영은 민족문제, 말더듬이, 부친의 폭력문제를 자신의 내부로 시선을 돌린 작품을 발표했다.

70년대와 80년에는 양석일, 박중호, 이양지, 이기승 같은 작가들이 등장했는데, 양석일과 박중호는 동포사회와 일본사회의 문제점을 다양한 시각에서 파헤치고 있으며, 이양지와 이기승은 일본과 조국 사이에서 자신의 정체성을 둘러싸고 고민하는 문제들을 발표했다. 90년대에서 현재까지는 아쿠타가와상을 수상한 유미리, 현월 등 새로운 젊은 신인들이 나왔는데, 유미리는 가족문제에서 시작하여 사회문제로 관심을 넓혀가고 있으며 현월은 공동체의 소외문제를 다루고 있다. 이들 외에도 고사명, 김태생, 정승박, 김중명, 정윤희, 원수일, 종주월, 김창생 등 많은 작가들이 나타나서 조국과 동포 그리고 자신들의 문제를 담은 작품활동을 했거나 계속하고 있다.

이상으로 살펴보았듯이 많은 작가들을 배출한 재일동포문학은 일본 문단에서 '재일조선인문학'이라는 독자적인 장르를 형성하고 있으며 많은 독자층도 확보하고 있다. 이처럼 동포문학이 일본 문단에서 커다란 주목을 받고 있는 이유로는 작품 속에 나타난 치열한 문제의식과 강열한 리얼리티, 그리고 신선한 문체 등 세 가지를 들 수가 있다.

먼저 동포작가의 작품 속에는 일제에 대한 저항, 조국의 민주화, 일본사회의 차별, 민족성 획득 등의 문제의식이 들어 있다. 그런데 이들 문제는 정치사상, 인식과 실천, 지성인들의 역할 문제 등을 소홀히 해온 일본문학에서는 찾아볼 수 없는 것들로 일본 독자들에게 커다란 자극을 주었다고 한다.

다음으로 김사량, 김달수, 김석범의 작품 속에는 풍자적이고 토속적인 민중이나 민족적인 각성을 하는 지식인들의 모습이 선명하게 형상화되어 있는데, 이들 모습에는 신변잡기적인 사소설이 주류를 이루고 있는 일본문학에서는 찾아 볼 수 없는 리얼리티가 나타나 있어 일본 독자들을 사로잡고 있다.

마지막으로 작품의 문체 속에서 발견되는 신선한 충격을 들 수 있다. 1세 작가들은 물론이고, 2, 3세 동포작가들이 과거에 지배자 언어였던 일본어로 글을 쓸 때 갈등을 겪으며 작품 활동을 하고 있다. 그런데 일본 독자들은 이중언어자인 동포작가들이 핸디캡을 가지고 있는 작품을 읽으면서 커다란 충격을 받고, 재미있는 표현을 발견한다는 것이다.

바로 이런 점 때문에 재일동포문학은 일본사회에서 넓은 독자들을 확보하고 있으며, 보수적인 일본 문단 역시 동포작가들에게 발표의 지면을 제공하고, 문학상을 수여하는 등 재일동포문학을 자신들의 독자적인 문학으로 인정을 하고 있다.

이러한 일본측의 적극적인 자세에 반하여 동포문학에 대한 우리의 관심은 극히 냉담한 편이다. 우선 유명작가나 화제에 오른 일부의 작품들이 국내에 소개되고는 있으나, 전체적인 동포문학에 대한 소개나 학문적인 연구도 거의 이루어지고 있지 않은 형편이다. 이러한 현실은 일반독자와 연구자들이 이들 문학이 일본어로 쓰여졌다는 사실을 들어 일본문학으로만 여기고 우리 문학 영역 밖으로 방치해왔기 때문이다.

이러한 태도를 시정하기 위해서 동포문학에 대한 귀속문제를 검토할 필요성이 대두되는데, 동포문학을 문학의 주체, 내용, 독자층과 문자 등 네 가지 측면에서 살펴보면 한일 양국 문학의 성격을 가졌다는 점이 드러난다. 즉, 동포문학은 일본어로 발표되었고, 일본문학권 속에서 성장했다는 점에서 일본문학의 성격을 지니고 있다.

그러나 동시에 문학의 주체인 작가들이 우리 동포들이며, 작품 속에 조국의 문제와 민족적인 정서를 담고 있다는 점에서 우리 문학의 성격을 갖고 있다. 특히 동포문학은 신문학 도입에서 1980년대의 민족문학에 이르기까지 우리 문학에 상당한 영향을 남겼으며 동포작가들이 일본문학으로의 편입을 거부하고 문학을 통해 자신들의 정체성을 확인하려는 사실을 감안할 때, 한국문학의 성격이 선명하게 드러난다. 더욱이 우리학계에서 한자로 쓰여진 문학을 우리문학으로 편입시킴으로써 문자만을 문학의 귀속요건으로 삼는 속문주의 원칙은 이미 무너졌다. 또 속문주의 원칙에 따르면 아프리카나, 중남미, 동남아시아 등에는 자국문학은 존재할 수 없고 식민지의 종주국인 영국의 영문학과 프랑스의 불문학만이 존재한다는 해괴한 결과를 가져온다. 그럼에도 속문주의 원칙만을 고집하려는 태도는 식민지문학을 억압하고 세계문학을 강대국 중심 문학으로 바라보려고 하는 문화제국주의적인 발상에서 나온 것으로, 반드시 극복해야 할 과제라고 할 수 있다.

이상으로 동포문학의 성격과 이에 관심을 갖고 연구해야 할 필요성에 대하여 살펴보았는데 요즈음은 다음과 같은 점에서 이들 문학에 대한 관심이 더욱 절실하게 요구된다.

첫째, 현재는 대다수의 1세 작가들은 세상을 떠났으며, 관계 자료들도 유실된 채 거의 연구가 진행되어 있지 않아, 재일동포문학은 그 존재조차 사라질 우려가 있다. 둘째, 현재 일본의 동화정책과 세대교체로 동포사회는 크게 흔들리고 있으며, 동포문학 역시 소멸될 수 있다는 위기감에 처해 있다. 셋째, 현재 러시아, 중국 등의 동포문학이 국내에 소개되고 이에 대한 관심도 높아지고 있으므로, 재일동포문학을 비롯하여 중국, 러시아, 미국, 유럽 등에서 이루어지고 있는 동포문학을 새로운 장르로서 인정하고 연구해야 할 좋은 기회이다. 넷째, 동포문학의 연구는 해외동포 정책을 세우거나 한일 양국의 현안인 정신대나 강제징용문제에 대하여 국민의 관심과 정확한 인식을 고취하는 자료로 활용할 수 있다.

이러한 이유를 생각해볼 때, 이제는 한일 양국 문학의 성격을 갖고 있는 동포문학에 대하여 폐쇄적이고 편협한 태도를 버려야 한다. 그리고 재일동포문학에 대하여 적극적인 관심을 갖고, 이들 문학을 범민족 문학으로 수용하여 우리 문학의 지평을 넓혀야 한다.

책임편집위원

구정호(중앙대학교 교수) 김종덕(한국외국어대학교 교수) 박혜성(한밭대학교 교수)
송영빈(이화여자대학교 교수) 유상희(전북대학교 교수) 윤상실(명지대학교 교수)
장남호(충남대학교 교수) 한미경(한국외국어대학교 교수)

편집 기획 및 구성

오현리, 이충균, 최영희, 최영은

사진제공

일본국제교류기금

나쓰메 소세키에서 무라카미 하루키까지

2판 1쇄 발행일 | 2021년 3월 25일

저 자 | 한국일어일문학회
펴낸이 | 이경희

기 획 | 김진영
디자인 | 김민경
편 집 | 민서영 · 조성준
영업관리 | 권순민
인 쇄 | 예림인쇄

발 행 | 글로세움
출판등록 | 제318-2003-00064호(2003. 7. 2)

주 소 | 서울시 구로구 경인로 445(고척동)
전 화 | 02-323-3694
팩 스 | 070-8620-0740

값 14,000원

ISBN 978-89-91010-04-8 94830
978-89-91010-00-0 94830(세트)

잘못된 책은 구입하신 서점이나 본사로 연락하시면 바꿔드립니다.